LENA VALENTI

Amos e Masmorras

III. A MISSÃO

São Paulo
2017

UNIVERSO DOS LIVROS

Diretor editorial: **Luis Matos**
Editora-chefe: **Marcia Batista**
Assistentes editoriais: **Aline Graça e Letícia Nakamura**
Tradução: **Wallacy Silva**
Preparação: **Monique D'Orazio**
Revisão: **Francisco Sória e Plínio Zúnica**
Arte: **Francine C. Silva e Valdinei Gomes**
Capa: **Rebecca Barboza**
Indicação de original: **Rayanna Pereira**

Dados Internacionais de Catalogação na Publicação (CIP)
Angélica Ilacqua CRB-8/7057

V249a
Valenti, Lena
Amos e masmorras: III. A missão / Lena Valenti ; tradução de Wallacy Silva.
– São Paulo : Universo dos Livros, 2017.
272 p. (Amos e masmorras; v. 3)

ISBN 978-85-503-0037-5
Título original: *Amos y mazmorras: III. La misión*
1. Literatura espanhola 2. Literatura erótica I. Título II. Silva, Wallacy III. Série

17-0717 CDD 863

Índices para catálogo sistemático:
1. Literatura espanhola

Universo dos Livros Editora Ltda.
Rua do Bosque, 1589 – Bloco 2 – Conj. 603/606
CEP 01136-001 – Barra Funda – São Paulo/SP
Telefone/Fax: (11) 3392-3336
www.universodoslivros.com.br
e-mail: editor@universodoslivros.com.br
Siga-nos no Twitter: @univdoslivros

Carta da autora

Livro após livro, a aventura só aumenta. Tenho muitos agradecimentos:

A Valen, por todo o apoio e confiança depositados em tudo o que eu faço. É maravilhoso trabalhar assim. Ainda temos muitos sonhos para realizar, não é?

À minha turma de "Limpar escadas", Elena e Aida: mesmo que não acreditem, a ajuda e a companhia de vocês foram e são muito importantes para mim. Vocês são "multi" em tudo: multifacetadas, multiesportivas e multiqueridas do meu coração. Eu multiadoro vocês. Obrigada por me deixarem adentrar o mundo de vocês. Como dá para perceber, vocês também fazem parte do meu. Uma loucura, não?

Obrigada ao meu professor de tiro, por tudo o que me ensinou em tão pouco tempo. E ao "Comissário", pelo aprendizado.

Obrigada às minhas guias, por estarem sempre à disposição. Lore e Du, por serem como são comigo. Eva, porque mesmo que às vezes esteja ausente, você está sempre presente. Yure, porque se eu fosse parar em uma ilha deserta, com você eu nunca me sentiria sozinha. E Esme, porque mesmo sendo novata no Editorial Vanir, parece que você é da equipe há muito tempo.

A todos que eu não citei, mas que de alguma forma se sentem parte de tudo isso, o meu mais sincero agradecimento.

E a todos os meus leitores e seguidores, a todos os que me acompanham nas redes sociais, aos que me conhecem um pouquinho e aos que não me conhecem, mas gostam do que eu escrevo: obrigada por continuarem comigo.

Amos e masmorras III e IV são, sem dúvida, os livros que fazem com que esta série erótica se afaste de todas as outras que existem. Não gosto de bater sempre na mesma tecla, ou de falar sempre sobre as mesmas coisas; esta história me ofereceu, então, a possibilidade de estudar e conhecer novos mundos e novas realidades, e este é o maior presente de um escritor: pesquisar e dar o melhor de si em cada obra. Eu poderia permanecer na minha zona de conforto e falar de novo sobre o que está chamando a atenção, como o erotismo, o sexo selvagem e a dominação. Mas eu já falei sobre isso em *Amos e Masmorras I* e *II*, e gosto de inovar.

O que vocês vão encontrar nessa nova aventura?

Não dá nem para imaginar. Só começando a ler para descobrir.

INFILTRE-SE

ARRISQUE-SE

CUIDE DO SEU CORAÇÃO

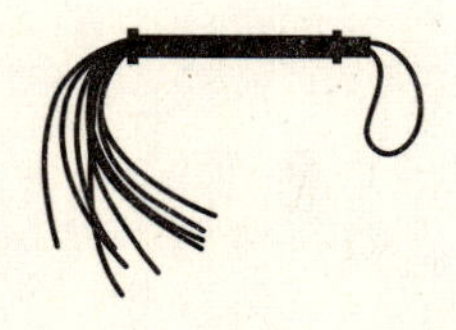

1

DATA: 26/07/2012

FONTE: SVR/FBI

CLASSIFICAÇÃO: CONFIDENCIAL

CONFIDENTIAL WASHINGTON 000328

CASO: AMOS E MASMORRAS

LK PARA CLEO CONNELLY

KL PARA LION ROMANO

MP PARA LESLIE CONNELLY

E.O. 32561: DECL: /23/2012

CATEGORIAS: Tráfico de pessoas, sodomização, prostituição, escravidão, tráfico de drogas

ASSUNTO: Abertura e conclusão do caso Amos e Masmorras

REF: WASHINGTON 939

Aprovado por: FBI, Elias Montgomery

Durante doze meses de treinamento, os agentes Nick Summers, Leslie Connelly, Lion Romano, Karen Robinson e Clint Myers haviam se infiltrado no mundo da dominação e da submissão para investigar e solucionar os casos de homicídio de Irina, Katia, Marru e Roxana, e encontrar a origem de uma droga desconhecida, fruto da combinação de *popper* e cocaína.

A descoberta do fórum Dragões e Masmorras DS e a chegada do segundo torneio, a ser realizado naquele mesmo ano, constituíram o ponto de partida do inquérito. Os agentes assumiram seus papéis de dominadores e submissos e investigaram todos os envolvidos até ficarem sabendo sobre um grupo denominado "Vilões", que controlava todo o esquema.

Depois disso, e alguns dias antes do início do torneio Dragões e Masmorras DS, Leslie Connelly desapareceu e, lamentavelmente, foi encontrado o cadáver de Clint Myers, companheiro dela na missão, morto asfixiado.

Cleo Connelly, irmã de Leslie, foi contratada pelo FBI para ajudar a desmascarar os Vilões, participando do torneio como parceira e submissa de Lion Romano, o agente encarregado da missão.

Durante as quatro longas rodadas do torneio, os agentes se envolveram nos jogos, assim como qualquer outro participante. No tempo livre, quando não estavam sendo monitorados pela organização, eles apuraram que a droga administrada aos submissos sem consentimento era uma variação de *popper* com cocaína, que melhorava a fórmula anterior e não provocava choques anafiláticos.

O contato direto com Markus Lébedev, agente secreto russo que havia participado do torneio no papel de Amo do Calabouço, levara à localização de Leslie Connelly. A relação de conveniência entre eles deu origem a uma ação conjunta do FBI com o SVR, fazendo Markus e Leslie atuarem juntos como amo instrutor e submissa. O agente reconheceu Cleo Connelly em uma das provas do torneio e a levou à Peter Bay, onde estavam muitas outras submissas cedidas por Belikhov, um russo que atuava na mediação entre os Vilões e os compradores. Ele era o responsável por levar as submissas para os amos instrutores, que as preparavam e faziam sua dominação. Graças à descoberta de Belikhov, os investigadores puderam constatar o que os Vilões faziam com as mulheres e os homens sequestrados: as vítimas eram adestradas para se tornarem escravos, mascotes e submissos de verdadeiros sádicos multimilionários. Alguns desses submissos iriam sobreviver e ser leiloados; outros iriam morrer na última noite do torneio, chamada de Noite de Santa Valburga. Enquanto os participantes celebravam o final das provas, os submissos e submissas drogados e sequestrados eram levados para outra ilha, onde seriam sacrificados.

Assim começava o relatório no qual Cleo Connelly resumia toda a investigação do caso Amos e Masmorras.

No relato, ela revelava a trama do rum, de como Lion havia suspeitado acertadamente de Mistress Pain, uma ama, menina rica do Upper East Side de Nova York, que tinha uma queda pelo agente Romano, e que era a responsável pela morte de Clint Myers e, tal qual Cleo pôde comprovar posteriormente, também de outros submissos não identificados que foram encontrados com marcas de *guiches* no períneo.

O grupo dos Vilões era formado por Sombra, Tiamat e o Vingador.

O Sombra era a Mistress Pain, como Claudia era conhecida pelos Vilões. Ela havia sequestrado Cleo Connelly e Lion Romano e os levado até Tiamat.

Tiamat era formado por cinco poderosas cabeças pensantes, dentre as quais se destacavam os D'Arthenay.

Eles eram um conhecido casal de multimilionários de Nova Orleans. Cleo já havia prendido o filho deles anteriormente, acusado de violência contra a mulher. O fato de os D'Arthenay terem reconhecido Cleo no torneio, assim como a Leslie, que já há algum tempo aparecia como ama em casas de BDSM, sabendo que a primeira tinha sido a responsável pela infelicidade do filho, acabou acelerando o andamento do caso. Os D'Arthenay queriam uma vingança pessoal, e pretendiam acabar com as irmãs na Noite de Santa Valburga. Mas não conseguiram.

Lion e Cleo fugiram da caverna em que estiveram a ponto de ser executados por Claudia e Billy Bob, o filho dos D'Arthenay. Billy Bob, que já havia levado uma surra monumental de Lion Romano em Nova Orleans, morreu na briga com o agente. Claudia ficou gravemente ferida.

A Noite de Santa Valburga foi abortada por uma incrível ação policial que reuniu as equipes das Ilhas Virgens, do FBI e do SVR.

O Vingador era Yuri Vasíliev, herdeiro de uma inigualável dinastia siderúrgica na Rússia. O pai dele, Aldo Vasíliev, é um dos dez homens mais ricos do país. O SVR estava investigando a relação de Vasíliev com esquemas de prostituição e tráfico de pessoas em território russo.

Tiamat, como já foi mencionado, era formado pelos D'Arthenay, e também por um banqueiro americano que tinha triplicado seu patrimônio comprando créditos baratos, chamado Leonard Necho, e pelos gêmeos Taylor, proprietários de uma cadeia de hotéis fundada pelo pai deles, Jonathan Taylor.

Todas essas figuras faziam parte ou simpatizavam com a Old Guard. Tinham inclinações sádicas e uma grande tendência a sentir prazer ao controlar a dor, o sofrimento e a morte alheia. Eles não pretendiam nada com aquilo, não tinham nenhum objetivo.

O procedimento era o seguinte: Belikhov recebia pedidos por homens e mulheres, e tentava atendê-los mediante seus contatos. Ele conseguia alguns por meio do fórum Dragões e Masmorras DS, como foi o caso de Irina, mas a maioria das pessoas era capturada por meio de sua rede de tráfico. Os Vilões encaminhavam as vítimas para serem treinadas por seus amos. Os amos e amas trabalhavam com eles por no máximo dois meses, com o objetivo de fazer os submissos aguentarem o máximo de dor possível. Eles queriam resistência, pessoas que não sucumbissem facilmente diante de um castigo, e por isso recorreram à ajuda de drogas como o *popper* e a cocaína.

Depois dessa dominação, os submissos eram devolvidos para os Vilões. E, tal qual eles haviam feito naquela noite, os submissos eram mostrados e vendidos para um monte de milionários pela internet, que faziam as compras via webcam. Aqueles que não fossem comprados eram levados para a fogueira, castigados e sacrificados, entregues como oferendas ao deus Beltane.

Por que eles faziam aquilo? Havia cinquenta pessoas presas prestes a serem julgadas. Cinquenta homens e mulheres que gostariam de ter uma noite na qual torturariam, mutilariam e acabariam cremando todos aqueles submissos que estavam com eles, entregues e drogados até não poder mais. E o que esses cinquenta acusados diriam no tribunal? A mesma coisa que tinham respondido nos interrogatórios.

– Por que esse sadismo? Por que matar?

– Porque a vida é muito desinteressante. Porque não existe uma diversão ou uma sensação maior de poder do que saber que você tem nas mãos o último fio de oxigênio de uma pessoa – havia declarado um deles. – Esse é o prazer que nós encontramos. Descobrir todo o nosso poder na confiança e na fragilidade dos outros.

Esse era o lema dos maus tratos: abusar da fragilidade e da confiança dos outros, saber que eles se atreviam a estar nas mãos daqueles sádicos, amarrados, submissos, esperando por aquilo que os faria voar, para dar de cara com o outro lado da moeda: um abusador que ia agredir, cortar, violar e diminuir cada parte de sua alma.

E essa era a diferença entre os Vilões e o que os agentes tinham visto em outros participantes importantes do torneio, como Sharon, Prince, Brutus, Olivia, Lex, Cam, Nick, Louise Sophiestication (Sophie), Thelma, Markus, Leslie e todos aqueles que, alheios ao que acontecia com as drogas e os malfeitores, queriam disputar o torneio Dragões e Masmorras DS de maneira saudável; amos e submissos de verdade que enxergavam aquilo como um jogo, como uma prática sexual, saudável, segura e consensual.

Os verdadeiros amos e amas alimentavam e reforçavam essa confiança, demonstrando que a dor era apenas um caminho para o prazer, e nunca para a dor extrema.

Os agentes deixaram claro no relatório que a dominação e a submissão de Dragões e Masmorras DS não tinham tendências sádicas.

Os sádicos sociopatas, como todos aqueles multimilionários aborrecidos com a própria realidade, como todos os Vilões, buscavam a dor e o sofrimento de verdade até o ponto extremo de tirar a vida.

De ferir por ferir.

De maltratar por maltratar.

Eram eles quem deveriam pagar por seus crimes.

E assim se fez.

2

Nova Orleans
Parque Louis Armstrong

Leslie Connelly era uma mulher prática, disciplinada e, dependendo da situação, fria. De fato, ela e sua irmã Cleo, que havia recebido uma proposta definitiva para ingressar no FBI depois de atuar com sucesso no caso Amos e Masmorras, eram opostas como a noite e o dia.

Ela precisava de um pouco da imaginação e da sensibilidade de Cleo.

Leslie se achava pragmática e não era chegada a histórias de amor; não acreditava nelas.

No entanto, sua irmãzinha ruiva com cara de fada tinha acabado de provar que algumas dessas histórias podiam se tornar realidade.

Prova disso era que Lion Romano, o agente encarregado que havia liderado a missão junto com a irmã de Leslie e assumido o papel de amo no jogo de dominação e submissão, estava escondido atrás de uma árvore, pronto para surpreender Cleo, com certeza, para pedir desculpas depois do tratamento horrível que havia lhe dispensado no hospital.

E era bom mesmo Lion esclarecer as coisas com Cleo, senão ele iria entender o significado de "se borrar de medo", literalmente.

Sim. As duas eram muito diferentes.

Leslie era morena, com cabelos longos, lisos e de um tom preto-azulado. Nada a ver com os cabelos ruivos e cacheados de Cleo. Era mais alta, e alguns diziam que possuía curvas mais exuberantes. Seus olhos eram prateados, muito distintos dos olhos verde-esmeralda da pirralha.

Leslie estava com trinta anos e Cleo com vinte e sete, mas não importava: continuava sendo sua irmã caçula, e Leslie sempre a chamaria do jeito que quisesse.

Mas não era só o aspecto físico que evidenciava a diferença entre as duas. Leslie estava sempre alerta, tinha olhos na nuca, e uma estranha necessidade de controlar tudo à sua volta. Provavelmente por isso, por essa ânsia de comandar, ela havia se dado conta de que o leão, Lion Romano, estava escondido, pronto para dar o bote no camaleão.

Só uma olhadela para Lion já havia sido o suficiente para ter certeza de que era realmente ele. Aquele corpo, aquela altura, o corte de cabelo de estilo militar… Eles trabalhavam juntos no FBI havia muito tempo, o suficiente para ela reconhecê-lo em meio a uma multidão. E seus movimentos ágeis e calculados o denunciavam. Pelo menos para Leslie.

Mas não para Cleo, que, em contrapartida, continuava olhando sua mãe e o brutamontes do Magnus dançarem no parque Louis Armstrong, ao som de "To Be With You", do Westlife, sem perceber que estava sendo observada por Lion Romano.

O caso Amos e Masmorras, nas Ilhas Virgens dos Estados Unidos, havia fortalecido o vínculo entre Cleo e Leslie; e entre Cleo e Lion, que sempre se gostaram. Os dois finalmente haviam aceitado esse fato e se rendido um ao outro.

Contudo, mesmo que naquela oportunidade o amor com uma pitada de dor e de perda tivesse sido capaz de vencer os perigos e o sadismo, o caso também acabou mostrando o melhor e o pior das pessoas. Uma realidade horrível e desanimadora.

Tudo havia começado no fórum Dragões e Masmorras DS.

Para se infiltrar naquele mecanismo que servia como isca para dominadores e submissos, Leslie, Clint, Karen, Nick e Lion tiveram que fazer um treinamento, a fim de se passar por dominadores e dominados. Tratava-se de um jogo inspirado no clássico *Dungeons & Dragons*, mas adaptado ao mundo da dominação e da submissão, daí vinha a sigla DS. Usando o fórum como chamariz, os criminosos atraíam homens e mulheres interessados no tema e os sequestravam para serem vendidos na última noite de um torneio físico e apoteótico de amos e submissos.

Os agentes deveriam descobrir quem eram os Vilões. Sombra, Tiamat e Vingador eram os chefes da quadrilha, e a quem todos se dirigiam como os encarregados pelo evento. Eles eram os responsáveis por oferecer o espetáculo e vender os súditos como escravos sexuais, dispostos a receber todo o tipo de castigo.

No entanto, aqueles que não tivessem sucesso em chamar a atenção dos sádicos compradores, um bando de multimilionários que agiam à distância, via internet, acabavam sacrificados na Noite de Santa Valburga, que acontecia imediatamente após o torneio, do qual apenas um casal poderia se sagrar campeão e embolsar o prêmio de dois milhões de dólares.

O torneio era real, mas muitos dos submissos e submissas que participavam das performances não estavam ali por vontade própria. Tinham sido enganados e drogados com uma variante de *popper* que os deixava desinibidos, vulneráveis ao tato, porém alheios à realidade que os cercava.

Claro, o torneio era só um pretexto: a verdadeira motivação era a de arranjar presas para serem sacrificadas e satisfazerem as inquietudes sádicas e deploráveis de pessoas asquerosamente ricas que estavam entediadas com suas vidas fáceis e queriam brincar de Deus. Careciam de manipular a vida dos outros, de decidir quando e como eles deviam morrer em suas mãos, ou entre suas cordas e açoites.

Era essencial que os agentes conhecessem todas as práticas sexuais e todas as técnicas do meio para participarem do torneio sem serem descobertos. E foi o que fizeram durante um ano. Visitaram casas de BDSM, aprenderam a se divertir como os praticantes... Foram escolhidos por membros do fórum que visitavam cada ponto de encontro e masmorra, em busca do que o BDSM tinha de melhor.

Mas Leslie e Clint, seu parceiro, chamaram a atenção dos Vilões muito cedo. Clint foi assassinado pelo Sombra. Por sua vez, Leslie foi sequestrada e levada a um amo instrutor para ser transformada em submissa, ensinada a receber cada tapa com prazer e a aguentar a dor.

O estômago de Leslie se revirava só de lembrar da sensação de estar frente a frente com o homem que tomaria conta dela, junto das outras mulheres sequestradas.

E esse homem era ninguém menos que Markus Lébedev.

Um homem que, da mesma forma que ela, não era o que parecia.

Markus era um agente secreto do SVR, o FBI russo. Estava infiltrado no torneio como amo instrutor, ou amo do calabouço, segundo a hierarquia do jogo. Leslie ficou chocada ao descobrir que ele era um agente secreto.

Imaginava-se que, ao se descobrirem, eles trabalhariam juntos; duas organizações completamente diferentes, FBI e SVR, num sistema de cooperação e colaboração para resolver o caso.

Foi exatamente o que aconteceu. Entretanto, Markus estava em uma investigação muito mais complicada, que envolvia o seu país com o tráfico de pessoas. O agente queria chegar ao líder da máfia russa, o encarregado de organizar o esquema e de receber o dinheiro das vendas.

E agora Leslie fazia parte de sua investigação. Juntos, graças aos interesses em comum que uniam os dois países, eles trabalhariam até desvendar completamente a organização criminosa.

Como e onde as pessoas eram sequestradas? Quem as comprava? Quantos estavam envolvidos? Quantos países permitiam isso? E o pior, os grupos de traficantes trabalhavam com o consentimento das autoridades de seus países?

Além de tudo o que foi descoberto, com o que viveu naqueles dias, Leslie aprendeu muito sobre ela mesma; sua necessidade de dominar era quase doentia, era sua zona de conforto. Mas ser dominada por uma pessoa muito mais forte era mil vezes mais estimulante.

Markus não encostou nela nenhuma vez, nunca tentou fazer nada. Ele a respeitava muito.

Mas, naquela noite no La Plancha del Mar, na festa dos piratas, no mesmo dia em que ela e Cleo se encontraram, Leslie decidiu quebrar as regras.

Por quê?

Ela não sabia. Só tinha certeza de que queria interpretar seu papel da melhor forma possível, e também provocar o russo de moicano avermelhado, de tatuagens pelo corpo inteiro e olhos ametista, que, com um sorriso indolente, sem muitas palavras e agindo quase de forma mais soberba do que ela própria, havia despertado sua curiosidade como nenhum outro homem conseguira.

Leslie, claro, entrou no caso como ama do falecido Clint. Com Markus ela teve que interpretar o papel de submissa. E naquela noite ela o fez por vontade própria.

Lembrou-se de que elas estavam em uma passarela de modelos. As submissas eram expostas para os participantes como se fossem comida. Markus estava sentado em uma espécie de trono, depois de ter apresentado Lady Nala para o público e dançado com ela.

Ele açoitava e beijava todas as submissas, que, vestidas de látex, engatinhavam ao seu redor, esperando, sob o efeito da droga, que ele as acariciasse e as acalmasse como sabia fazer.

Parecia que ele tinha uma habilidade nata de dominador; submetia praticamente só com um olhar. Mas ele nunca olhou para Leslie daquela forma, e ela sabia que tinha sido por consideração. Mesmo assim, seu orgulho feminino ficou ferido.

Por isso ela fez o que fez. Ajoelhou-se entre as pernas abertas e musculosas dele, aproveitando a situação de *animal play*, como se fosse sua cadelinha, abriu o zíper daquela calça de couro preta, assumindo que ele não poderia fazer nenhum gesto que os denunciasse.

Markus apertou os olhos avermelhados e lançou uma olhadela de advertência.

Leslie não era exatamente uma expert em sexo, mas o treinamento para ser ama a tinha ensinado muitíssimas coisas, e ela queria praticar algumas com ele.

Enfiou a mão dentro da calça de Markus até conseguir lhe agarrar as bolas. Com isso, o pênis semienrijecido acabou ficando ereto e duro como uma pedra.

Nenhum dos dois falou nada. Só se olharam, num acordo implícito de que eles dariam um novo passo naquele relacionamento especial. Ela não tinha razão alguma para aquilo, não tinha motivo para fazer uma felação nele. Ela faria porque estava com vontade.

Ele levantou a mão esquerda, tatuada com caveiras e um gato preto que subia por seu antebraço, e a pegou pelo brilhante rabo de cavalo de *dominatrix*. Franziu as sobrancelhas castanhas, desafiando-a a continuar.

Leslie não se assustou.

Colocou o pau dele para fora da calça e, com maestria, abriu a boca para senti-lo e acariciá-lo com a língua e com os dentes.

Chupou e massageou com a parte interna das bochechas, como se estivesse tirando o caldo de uma cana enorme.

Ela nunca soube o que o Markus tinha achado daquilo, porque eles não se falaram muito mais depois, já que ele deveria conduzir e organizar todas as submissas, incluindo Leslie, sem demonstrar apreço por qualquer uma delas. Ele não poderia, de forma alguma, criar um vínculo afetivo com elas, pois eram apenas reféns. Uma mercadoria valiosa que tinha de ser lapidada para os sádicos consumidores. A açoitada que Leslie levou na bunda podia ter sido um indicador de como ele havia se sentido. Mas um indicador de quê? Ela estava sendo repreendida por ter sido muito má? Ou estava apanhando por ter sido boazinha demais com ele? Será que ele tinha gostado?

Depois da conclusão do caso e de deter os Vilões na Noite de Santa Valburga (aquela noite agitada, cheia de mortos e feridos, na qual se pretendia realizar uma carnificina com os submissos descartados), Leslie, na verdade, se despediu do russo com certa frieza.

Ela ficou feliz porque ele pelo menos havia cumprido sua promessa de defender as submissas e de cuidar, de alguma forma, de Cleo. Markus só fez um movimento com a cabeça e ofereceu a mão de modo protocolar, como se eles fossem dois empresários que estavam fechando um acordo. Aquele gesto tão impessoal a incomodou muito.

Cedo ou tarde eles estariam cara a cara novamente para averiguar quem eram os comandantes, na Rússia, do tráfico internacional de pessoas. Markus trabalhava com esse tema havia anos, e estava imerso naquele mundo do mercado negro e da máfia. Ele tinha se passado por um simples domador de mulheres, com caráter e reputação marcantes.

Ninguém sabia que Markus era um agente e, por enquanto, era melhor manter o disfarce para evitar surpresas desagradáveis. Ninguém poderia denunciá-lo, ou alguém seria capaz de falar com um fantasma?

Depois da aventura nas Ilhas Virgens, Leslie foi para Nova Orleans. Markus ficou em Washington. A jovem queria descansar na companhia da irmã, antes de partir para a próxima missão com o russo de moicano. Ela achava que, quando eles tivessem contato de novo, seria de uma maneira estritamente profissional, principalmente depois de tamanha demonstração de indiferença. Mas o contato veio em forma de mensagens de celular. Mensagens bem claras nas quais Markus dizia estar em Nova Orleans e querer vê-la, porque estava devendo uma violação a ela.

Uma violação... Mas que cretino, Leslie pensou sorrindo e apontando os olhos para o horizonte. O russo estava lá. Ela sabia, podia sentir o cheiro dele no ambiente, entre os aromas dos waffles, das batatas com tempero cajun e da Coca-Cola... Sobrepondo-se às fragrâncias das flores do parque e dos perfumes dos homens e mulheres de Nova Orleans, estava a essência do perigo e da perseguição.

Eles se veriam de novo, em um contexto menos radical do que o vivido nas Ilhas Virgens.

E, aparentemente, ele tinha um certo interesse nela. Um interesse sexual.

Leslie não via problema nenhum. Tudo o que não tivesse a ver com vínculos sentimentais em excesso e que não a afastasse de sua profissão a entretinha e a satisfazia momentaneamente.

Voltar a vê-lo seria tão divertido quanto jogar Tetris. Uma peça aqui e outra ali, bem encaixadas... e pronto.

No parque Louis Armstrong havia uma fiel escultura de bronze do grande músico de jazz, assim como uma outra dedicada à lembrança dos escravos da Louisiana. Era o que rodeava um pequeno e espaçoso jardim com um lago modesto, aos pés de uma passarela ideal para uma caminhada.

E foi ali, na passarela, que Leslie pousou o olhar prateado e não voltou a desviá-lo. Markus estava na ponte, e os olhos dele tinham um único alvo: ela.

Ele vestia uma camiseta branca que marcava seus músculos e não escondia as tatuagens; as pessoas deviam achar que ele era de alguma banda de rock, não só pelos desenhos na pele, mas também pelo moicano espetado castanho-avermelhado, mais claro nas pontas. A calça Levi's estava um pouco folgada na cintura, fazendo o jeans esconder ligeiramente seus sapatos Munich pretos com faixas vermelhas.

– Meu Deus – Cleo murmurou. – Moicano a doze horas.

– Eu já vi – Leslie assegurou. – Então ele me achou... – Ela sorriu e se virou, ignorando-o.

Markus, ao perceber que Leslie estava fugindo dele, negou com a cabeça e começou a rir.

– Pra onde você está indo, Les? – perguntou Cleo.

– Vou brincar de gato e rato – ela respondeu, beijando a bochecha da irmã. – Você vai ficar bem?

– Sim. Vai dormir em casa?

– Claro. – Leslie franziu a testa.

– Vai nada. Já estou vendo ele vindo.

– Ei, quem você acha que eu sou?

Cleo achava que Leslie passaria a noite fora com Markus, mas estava errada. Ela não era esse tipo de mulher.

– Ok... Quem é o gato e quem é o rato? – Cleo indagou.

– Bom, eu sou a gata. – Leslie piscou um olho. – Boa noite, ratona.

Leslie se afastou da irmã ao ver que o russo estava caminhando em sua direção. Enquanto andava para trás, observava-o com fascínio; aquele corpo imenso do russo, cada vez mais perto dela, que a cercava como uma onça espreita um rato, estava fazendo-a duvidar do que tinha afirmado.

Quem era a caça e quem era o caçador?

Markus passou perto de Cleo, a corajosa irmã da agente Leslie Connelly. Como infiltrado, ele admirava o empenho de ambas; as Connelly ostentavam com orgulho e dignidade o sobrenome do pai, que havia se tornado um herói em Nova Orleans depois do furacão Katrina.

Leslie estava usando um vestido violeta que fazia o rapaz pensar em flores e incrustações de pedras preciosas.

Ele nunca tinha conhecido alguém tão magnético quanto aquela mulher; estar perto dela na missão era uma injeção inquietante de paz. Algo estranho, tendo em vista as questões sujas que estavam envolvidas, mas era assim que ele tinha se sentido.

Leslie, seus olhos de névoa e sua calma encantadora, mexeram com ele. E o pior era que ela seria sua parceira na viagem determinante que estava por vir, na qual pretendiam pegar os mafiosos com a mão na massa e desarticular a principal rede de tráfico de pessoas da Rússia.

Como o fariam? Só o vice-diretor Montgomery sabia. Os dois teriam a primeira reunião com ele no dia seguinte.

Mas agora, antes de trabalhar e de se concentrar apenas em seus principais objetivos, Markus queria acertar uma dívida que tinha com aquela deusa morena.

E iria acertar.

Iria porque a jovem superagente, como ele a chamava, havia realizado seus sonhos mais pervertidos, inclusive durante a missão.

E porque nunca alguém o havia intrigado tanto como a tal garota.

Ele nunca tinha misturado o trabalho com o desejo. Sempre dizia para si mesmo: "onde se ganha o pão, não se come a carne."

Devido às circunstâncias, ele não havia seguido à risca o seu próprio mantra, mas também podia considerar que nunca tinha se interessado daquela forma por alguém da profissão dele.

Uma vida que não era vida, cheia de relações falsas: era isso o que fazia parte da rotina de Markus.

No entanto, Leslie tinha feito por ele algo que ninguém jamais fizera; agido com espontaneidade, quebrando e desprezando as regras.

Seduzindo-o assim, sem mais nem menos, como um arranhão na pele, que não se sabia muito bem de onde vinha, mas que deixava uma cicatriz.

E em uma vida tão difícil como a sua, não tinha nada que Markus apreciasse mais e que o comovesse mais do que as coisas genuínas.

– *Khamaleona* – Markus cumprimentou Cleo, com os olhos ametista fixos no vestido violeta que se perdia na multidão.

– Markus – ela respondeu com um gesto de cumplicidade, a par das intenções dele.

Se tinha alguma coisa que Markus sabia sobre Cleo, era que ela seria sempre muito fiel à irmã mais velha, então era melhor ele tratar a Leslie com cuidado se não quisesse que a ruiva camaleônica ficasse nervosa e o abrisse no meio como um coitado de um porco.

Leslie se escondeu entre as árvores que cercavam uma pequena praça, ficando isolada da vista de quase todo o mundo, a menos que alguém se enfiasse dentro da mata.

Markus deu um passo à frente, como se estivesse entrando em um mundo paralelo, cheio de paixão e êxtase: *Markus no País das Maravilhas*.

Como ele se sentiria diante da rainha? Um minúsculo ou um gigante?

E a rainha o esperava, bela e sublime, apoiada com certo desamparo no encosto do único banco que havia no pequeno recinto. Um lugar feito sob medida para esse tipo de encontro.

– Oi, superagente – Markus a cumprimentou, inebriado pelo resplendor que as luzes do jardim produziam na pele nívea de Leslie. – Você já conhecia este lugar? Já tinha vindo aqui com seus namoradinhos?

Leslie, que estava de braços cruzados, o que fazia seus seios ganharem mais destaque no decote do vestido, deu de ombros e sorriu, desinteressada.

– Oi, Lébedev.

Ficaram em silêncio.

Eles estavam se estudando, eram duas pessoas frias e calculistas. E Leslie era especialista em sustentar a tensão. Falava pouco, só o que convinha, mas suas palavras costumavam ser fulminantes como uma sentença.

Markus não abria a boca. Preferia que seus olhos, nunca muito confortantes ou benévolos, dessem um parecer.

Mas, nesse contexto de desejo e de paixões ocultas sob a luz do luar, os olhares eram bem diferentes.

– Sem aquelas roupas de *dominatrix* você parece outra pessoa. – Markus virou a cabeça para o lado e a analisou. O cabelo preso no topo da cabeça e os sapatos de salto a faziam parecer mais alta, mas sem chegar à altura dele. E Markus adorava se sentir mais poderoso nesse sentido.

O corpo dela, com curvas nada exageradas, mas suficientes para fazer qualquer um se perder, estava envolto em um vestido de verão maravilhoso.

Caralho... Ele havia a imaginado de todas as maneiras, transando com ele em várias posições; mas a imaginação era só isso: devaneios e fantasias. Ele sabia muito bem que não iria se envolver com Leslie além do que aquela noite proporcionasse. Só aquela noite, porque, no dia seguinte, os sonhos e as fantasias iriam desaparecer para se misturarem com a mais cruel e triste das realidades. E não haveria tempo para alívios físicos ou contatos cheios de sensualidade.

– Você, por outro lado, está exatamente igual a como eu me lembrava. Seu personagem tomou conta de você, Markus? – ela perguntou provocando, modulando a voz de uma forma falsamente agradável, tal qual uma sereia antes de seduzir os marinheiros.

Era verdade. Markus continuava parecendo um amo rígido e controlador. Será que ele era assim normalmente?

– Sou o que sou. Talvez eu não esteja interpretando nenhum papel. – Aproximou-se dela com passos lentos. – Talvez o que você esteja vendo seja tudo o que existe.

– Um mural ambulante? – perguntou ela, também adotando a segurança e a petulância de uma verdadeira ama. – Tribais, gatos, cruzes, caveiras... – Apontou cada uma das tatuagens dele sem precisar tocá-las, pois ela se lembrava perfeitamente. Sabia como eram e onde cada uma estava. – Onde é que estão a âncora e o "amor da mamãe"?

Markus levantou um pouco os cantos dos lábios, sem chegar a sorrir.

Ah, sim. Aquela era a mulher que ele tinha na memória. Atrevida, grosseira e tão severa e absoluta que dava vontade de lhe baixar a calcinha e deixar aquela bunda vermelha como pimenta. Talvez os anos de preparação para se infiltrar como amo tivessem transformado Markus em algo mais do que ele se lembrava, mesmo que, francamente, jamais tenha havido em seu corpo uma única célula de conformismo ou de submissão.

Ele odiava a incompetência e a debilidade; não suportava a mediocridade, por isso procurava encarar o trabalho com o máximo de seriedade, tornando-se alguém inflexível e que não aceitava nenhum tipo de erro.

Nesse sentido, Leslie era parecida com ele, por isso ele sabia que não teria problemas em trabalhar com ela, a não ser que ela voltasse a surpreendê-lo como havia feito no La Plancha del Mar.

Markus lhe chamaria a atenção, porque aquele comportamento poderia colocá-los em problemas sérios.

– Não gosto desses tipos de tatuagens. Deixo essas para os chorões e para os bêbados.

– Não, na verdade elas não combinam com você – ela garantiu sem mudar de posição ou mover um só milímetro de seu corpo.

– Você sabe por que estou aqui?

– Claro – ela respondeu arrogante. – Você quer me dar o troco. Não gostou que eu te peguei de surpresa daquela vez.

– Daquela vez? Quando? – ele questionou, fazendo-se de desentendido. – Ah, sim. Quando você colocou o meu pau na sua boca como se ele fosse um picolé?

O leve brilho nos olhos da mulher lhe deu a entender que ela se lembrava de maneira tão vívida quanto ele. E isso era bom. Bom porque os dois queriam que aquilo acontecesse de novo.

Mas dessa vez os papéis seriam trocados.

Markus colocou a mão direita no bolso de trás da calça e pegou uma carta do baralho Dragões e Masmorras DS, segurando-a entre o indicador e o dedo do meio.

– Essa é a carta que você tirou. Sabe qual é?

– O ás de copas – brincou Leslie.

Markus negou com a cabeça e ela revirou os olhos.

– A carta *switch*. Troca de papéis. A ama se torna submissa; o submisso se torna amo.

– Ou seja – ele disse, a ponto de explodir dentro da cueca. – Acho que tenho que retribuir o favor.

Leslie deu uma gargalhada, controlando a todo o momento o tempo daquela conversa.

– Você está falando da felação? Esse é o favor que você quer retribuir?

– Exatamente. Quero te dar o equivalente à felação. Pode fazer as honras, Leslie. – Ele dirigiu os olhos avermelhados à parte inferior do vestido dela, esperando que ela o obedecesse.

– O que você está querendo que eu faça, Lébedev?

– Levanta o vestido e deixa eu abaixar a sua calcinha. Vai ser divertido e você vai gostar.

– Por que você acha que vou continuar com esse jogo? Nós não estamos mais atuando.

– Porque você fez tudo certinho desde que a gente se conheceu, e eu acho que você gosta tanto quanto eu.

– O que te faz pensar que eu quero que você faça algo comigo? – Ela não sabia de onde vinha a necessidade de se fazer de difícil, mas urgia nela a vontade de se comportar assim com Markus. Se fosse mais fácil, certamente ele perderia o interesse.

Markus ergueu o queixo e sorriu com mais segurança.

– Você está com os mamilos durinhos, dá pra perceber pelas marcas no vestido. Seus lábios estão levemente inchados, coisa dos hormônios, significa que você quer ser beijada. Suas pupilas se dilataram e seu sangue se acumulou nas bochechas e no nariz. – Ele levantou a mão e a colocou na lateral do pescoço de Leslie. – Seu coração está batendo muito rápido, superagente… – cochichou.

– Você acabou de fazer um inventário das minhas zonas erógenas?

– Não. O inventário de verdade vai chegar quando eu enfiar a mão no meio das suas pernas pra confirmar que você está bem molhada, assim como eu estou bem duro. Não gosto de ficar devendo nada pra ninguém, Leslie. Deixa eu te chupar.

Claro. Quando um homem daqueles pedia para te chupar, não dava para ter dúvidas. *Meu Deus, siiiiim*, ela sorriu para si mesma.

Deixaria ele tocá-la e chupá-la. Por que não? Eles não tinham nada a perder. E mais ainda, Leslie tinha uma curiosidade insana em relação a Markus. Será que ele sabia fazer direitinho? Seria tão rígido e mandão com ela quanto tinha sido com as outras submissas? Ele ia conseguir satisfazê-la?

Antes de trabalhar nesse caso e de começar a conhecer suas próprias inclinações e desejos sexuais, Leslie só utilizava o sexo como válvula de escape.

Era um sexo atípico, claro.

Ela estava com trinta anos de idade e continuava virgem, então tinha que ser algo muito atípico, para não deixar ninguém penetrar.

Por que era assim? Por que ela afastava os homens que queriam possuí-la? Ela sabia o motivo: não suportava a vulnerabilidade e nem nada que envolvesse se entregar a outra pessoa. De fato, ela nunca tinha se sentido atraída pela ideia de dormir com ninguém, fosse homem ou mulher. Por um tempo, chegou a pensar que com as mulheres poderia ser diferente, mas durante o treinamento de ama ela passou pelas mãos de mulheres, e também não teve vontade de ir para a cama com elas.

Era uma coisa tão íntima... ela ainda não havia encontrado a pessoa certa, que provocasse a vontade de se entregar.

No entanto, esse pensamento estava mudando, graças a Markus.

Desde que tinham se conhecido, ela não conseguia pensar em outra coisa que não fosse estar completamente submissa, dominada e à mercê dele.

Mas não voluntariamente. Se Markus quisesse ser o homem a possuí-la, ele teria que conquistá-la.

E Leslie não cedia com tanta facilidade. Para ela, o fácil era muito chato. E tudo em sua vida tinha vindo de forma muito natural: todos os homens que ela quis, as notas excelentes, as máximas qualificações no FBI, ser uma das poucas mulheres indicadas para a SWAT...

Provavelmente era por isso que ela trabalhava como agente infiltrada. Porque precisava se sentir viva e em perigo. E, naquele instante, o perigo era Markus.

– Você quer me provar, Markus?

O moicano afirmou com a cabeça. Seus olhos brilhavam na escuridão como os olhos de um lobo faminto cheio de determinação.

– Então prova – ela desafiou, fechando as pernas com força.

Markus se apoiou no banco, colocando cada mão em um dos lados da cintura de Leslie, cercando-a.

O russo lambeu os lábios, e ela fez o mesmo, e os dois estavam olhando um para o outro. Leslie estava com a franja muito grande, e só dava para ver aqueles lindos olhos. Markus ficou com vontade de tirar os cabelos do rosto dela.

– Você fechou as pernas? – ele indagou.

– Fechei.

– Abre.

– Não.

– Eu vou te provar de qualquer jeito. – Ele tirou uma bala do bolso. – Esse *korovka roshen* é de menta. É bem ardida – ele esclareceu.

E, de repente, Markus fez algo que Leslie não entendeu até se ver desmaiada de costas no chão, com as coxas bem abertas, apoiadas nos ombros do agente.

Ele rasgou a calcinha no meio. Nem sequer a tirou com delicadeza. Não. Foi um animal. Imobilizou-a por completo.

– Você achava que ia lutar contra mim, superagente? – Ele deu risada, passando um de seus dedos pela vagina nua. – Você não consegue.

– Como assim eu não consigo? – protestou ela, tremendo ao sentir o triscar dos dedos de Markus. – Me solta, assim não…

Ela estava só com os ombros e a cabeça apoiados no chão; o resto do corpo estava suspenso por Markus e seu pescoço, como se ela fosse um coala de cabeça para baixo.

– Assim não… o quê? Você achou que podia chupar o meu pau na frente de todo mundo no La Plancha del Mar, sem sofrer nenhuma consequência? Eu te respeitava porque você também era uma agente, e ainda por cima, americana. Mas depois do que você fez… Eu achei que não seria tão ruim cobrar um preço pelo serviço prestado.

Markus desejava aquela mulher. Queria sentir o sabor dela, assim como ela havia feito com ele. Então, com as duas mãos, ele prendeu os tornozelos e os punhos dela, e pousou a boca aberta em sua vagina.

Leslie deu um grito ao sentir a língua, fria por causa da bala, em sua parte mais íntima. Ele a lambeu com habilidade e sem preliminares, direto ao ponto e para conseguir seu objetivo, que era o de proporcionar um orgasmo arrebatador, como o que ela havia dado para ele.

Colocou e tirou a língua como um lagarto, e depois a lambeu de cima a baixo, até voltar a chupar o clitóris com os lábios. Deu umas mordidinhas, acariciou e curtiu aquela vagina inchada e molhada.

Para Markus, Leslie tinha um sabor de paraíso. Era um limbo, distante daquela vida que ele não tinha. Um parênteses entre a hipocrisia e a falsidade. O aspecto dela e a sensibilidade que possuía diante dele não eram mentira. Ele não precisava saber de mais nada, mesmo não a conhecendo de forma tão íntima.

Da mesma forma que não precisava conhecê-la tão bem para perceber o momento exato em que ela gozou. Não foi pelo grito, inexistente, mas pela vibração no ventre e no clitóris de Leslie.

Uau, isso foi muito sexy, ele pensou.

Markus ergueu a cabeça novamente, limpou a boca e o queixo com o antebraço, e olhou para Leslie de forma intensa. A moça não tinha gritado porque estava com a boca cravada no próprio joelho, que ela mordeu para não gemer, e assim resistir ao orgasmo.

Ou os orgasmos de Leslie Connelly eram silenciosos, ou ela gostava de confundir as pessoas.

De uma maneira ou de outra, o jeito que ela gozava tinha deixado Markus tão duro que chegava a causar dor. Ele se levantou rapidamente, deixando que ela recuperasse uma posição e uma postura mais cômoda e digna do que aquela, apesar de ele estar gostando. Leslie tinha um corpo muito bonito.

– Parece que você deixou uma marca no seu joelho, selvagem – Markus falou, mexendo, dissimulado, na cueca para acomodar direito a ereção.

– E você esqueceu uma baguete dentro da calça – ela destacou, tomando ar para se levantar e colocar de volta a saia do vestido. Estava nua da cintura para baixo; se batesse um vento, ela ia mostrar a bunda para todos os que quisessem ver.

Markus fez uma careta e depois sorriu.

– Finalmente, senhorita Connelly. – Ele levantou a mão e se virou de costas. – Agora estamos em paz, não é?

Leslie pestanejou, confusa.

Estavam em paz? Assim? Sem mais nem menos? Tão rápido?

Ela não tinha imaginado que, mesmo depois do orgasmo, ainda estaria querendo mais, e se surpreendeu ao se dar conta de que o que realmente desejava era que o moicano tirasse a cueca e transasse com ela.

Ela nunca havia sentido aquilo por ninguém.

– Sim. Estamos em paz – respondeu ela, penteando a franja com os dedos.

Markus se afastou do pequeno esconderijo, mas antes olhou para Leslie, por cima do ombro, e falou:

– Até amanhã.

– Amanhã?

– Sim. Ah, e Leslie…

– O quê?

– Tira essa franja do rosto. Assim não dá pra ver esses seus olhos de *vedma*.

– Eu não tenho olhos de bruxa – Leslie rebateu. Ela falava russo e mais três idiomas, assim como Cleo.

Markus começou a rir e negou com a cabeça. Sua crista balançava de um lado para o outro.

– Eu acho que tem. Nova Orleans está cheia de bruxas.

3

Nova Orleans
Rua Tchoupitoulas
No dia seguinte

Leslie abriu os olhos e a primeira coisa que viu foi Pato, seu lindo camaleão, mexendo-se em uma das plantas do terrário que, aliás, ele estava dividindo com Rango, o outro camaleão, que pertencia à Cleo.

As duas eram fanáticas por aqueles bichos, e ambas tinham uma tatuagem do réptil na parte interior de uma das coxas. Graças a esse detalhe, Markus conseguiu reconhecer Cleo no torneio Dragões e Masmorras DS e ajudá-la a obter informações importantes sobre o andamento do caso.

Durante suas passagens por Nova Orleans, Leslie se hospedava na casa da irmã, na maravilhosa e charmosa rua Tchoupitoulas, repleta de casas coloridas, com jardins próprios e plantas muito exóticas.

Ela havia chegado muito tarde na noite anterior, depois da festa no parque Louis Armstrong. Com a intenção de não incomodar os pombinhos, mais conhecidos no mundo do BDSM como Lady Nala e Lion King – nada mais nada menos do que Lion e Cleo, que provavelmente estariam dando uns amassos no andar de cima –, Leslie decidiu deitar no sofá da sala, descalçar os saltos e fechar os olhos ali mesmo.

Mas ficou a noite toda sem conseguir dormir.

Talvez os barulhos não a tivessem deixado cair no sono. Ela havia listado tudo o que os ardentes agentes estavam estragando durante o encontro sexual: um vaso caindo no chão, os livros da estante batendo no piso de tacos, depois um quadro e, como tênue minúcia, o som de um bichinho de pelúcia apitando quando alguém de um metro e noventa pisava nele. Certamente era o coelho que Cleo tinha dado de presente para Lion quando eles eram crianças, e que agora, por alguma estranha razão, havia retornado àquela casa.

Depois os barulhos cessaram, e Leslie teve que lidar com seus pensamentos e sua solidão.

As lembranças quentes tomavam conta dela. Nunca tinha se deixado levar pelos instintos mais básicos, mas o encontro com Markus, direto, frio e sem preliminares, deixou-a querendo mais.

E a conquista? E as primeiras palavras de sedução? Onde havia ficado tudo isso?

Markus também devia ter se perguntado a mesma coisa quando ela decidiu fazer uma chupeta na frente de todos os amos e amas no La Plancha del Mar. Mas não tinha sido nada calculado; foi algo natural, que ela fez porque havia ficado com vontade na hora.

Por outro lado, Markus Lébedev tinha ido buscá-la em Nova Orleans de forma premeditada e meticulosa. E tocado justamente no ponto que faria Leslie ver estrelas, como um astronauta perdido no espaço. E ela viu muitíssimas estrelas.

Leslie se mexeu no sofá e ficou de barriga para cima, olhando as vigas de madeira artificial no teto. Sua irmã adorava detalhes, e decorava tudo com ornamentos de muito bom gosto.

Na entrada da casa havia um gato dos sonhos segurando um porta guarda-chuvas, e um cabideiro com o enorme chapéu do relojoeiro de *Alice no País das Maravilhas*. Cleo adorava plantas, flores e filmes de fantasia.

Leslie gostava mais de séries do tipo *Almost Dead* e *The Big Bang Theory*, embora não parecesse. E sua casa não era tão aconchegante como a de Cleo, não tinha gatos, nem sonhos, muitos menos flores ou plantas.

Mentira. Tinha algumas plantas, mas Leslie gostava mais das artificiais. Elas não morriam tão rápido.

O vestido lilás da noite anterior tinha se transformado em um tecido amassado que envolvia sua cintura, deixando sua vagina livre, sem calcinha, graças ao Markus. Leslie cobriu os olhos com o antebraço e respirou fundo.

Será que era aquele calor úmido de verão de Nova Orleans que a deixava tão molhada? Não. Nem pensar.

Não era o calor.

Ela precisava urgentemente de um banho, de preferência gelado. Mas estava com medo de subir e dar de cara com uma daquelas bagunças que Cleo deixava pela casa e que tanto a incomodavam.

Porque sim. A ordem era essencial para seu equilíbrio mental.

Cleo era o caos. E Leslie, a ordem.

Então, para evitar encontrar calcinhas e cuecas jogadas pela escada, ou se deparar com algum morador da casa pelado ou em posição vergonhosa, ela olhou para a *piscuzzi* que havia no jardim, e que estava atraindo-a como se estivesse cheia de "sereios".

Ela levantou do sofá e se alongou, tentando alcançar o teto, em frente à televisão de quarenta e duas polegadas e tela plana que Cleo tinha na sala.

Olhou para a *piscuzzi* de novo, de soslaio.

O que fazer? Tomar banho ou não? Aquela joça tinha até um controle de temperatura da água e um compartimento de sabão que soltava espuma perfumada.

Olhou para seu relógio dourado Casio. Simples e preciso igual a ela. Sete da manhã.

– Não consegui dormir nada...

Usou o polegar para limpar uma manchinha que estava no vidro do relógio e andou até o balcão da cozinha; ligou a máquina de café da manhã, três em um, estilo anos cinquenta, que tinha dado de presente para Cleo em seu aniversário de vinte e cinco anos. Era uma *Retro Serie Breakfast Station*. Fazia café, torradas e fritava o que quer que fosse. Ideal para um típico café da manhã americano.

Colocou os pedaços macios de pão no miniforno da máquina. Não era pão de fibras e nem de cereais, mas o que ela mais gostava, cheio de colesterol. Pôs o café para esquentar. Era só fritar uma tortilha com queijo e *voilá!*, estaria com as baterias recarregadas.

Finalmente, depois de cravar pela terceira vez seus olhos cinzentos na água da *piscuzzi*, Leslie cedeu, fraca e instável como se sentia naquele momento.

Ela ia tomar um banho enquanto o café da manhã se preparava sozinho na máquina, meditar sobre a conveniência de voltar a incomodar Markus com mensagens no celular.

Logo mais eles teriam que trabalhar juntos, a missão era iminente. Então, não deveriam mais se envolver, a menos que a missão exigisse sexo. Iam assumir papéis diferentes dos interpretados no torneio e talvez o contato físico não fosse mais necessário.

Mas por que não podiam continuar se divertindo? Ela era uma mulher. Ele era um homem.

Era só sexo. Não havia nenhum elo emocional entre eles.

Sexo, pura e simplesmente.

Por que não?

Enquanto ela tirava o vestido e ficava nua diante da *piscuzzi*, sua consciência, tão sábia, respondeu por ela: "Porque você nunca deve misturar trabalho com prazer".

Lébedev sabia que aquela visita ia pegar Leslie de surpresa. Uma mulher tão controladora e meticulosa como ela não ia aceitar a ideia de que ele soubesse de todos os detalhes do que viria a seguir, e ela não.

Markus estava em Nova Orleans porque o vice-diretor Montgomery, do FBI, que também o acompanhava, tinha solicitado uma reunião em território neutro que, naquele momento, não sofresse a influência de nenhum tipo de máfia.

Pensava-se que em Nova Orleans não havia máfia. Só mágica.

E a magia negra, o vodu e todas as suas variantes, encontravam-se em um único epicentro: aquele pedaço do mundo, terra de grandes escritores do gênero paranormal e de terror; universo dos magos e dos pais de santo. Diziam que por ali andavam muitos daqueles mortos-vivos: os zumbis.

A questão era que russos, hispânicos e árabes eram supersticiosos e tinham medo de magia; os italianos nem tanto, e foram eles que, a partir de 1865, representados pelos sicilianos, chegaram no porto ao sul de Nova Orleans para instalar sua própria máfia, liderados pelos Machecca e pelos Matranga.

No entanto, naquele momento, não era a máfia siciliana que mais preocupava o FBI e o SVR.

O caso no qual ele estava há anos acabara levando-o a colaborar com a agente Connelly no Amos e Masmorras. E agora Leslie era uma peça fundamental para eles, e tinha que continuar ajudando. Os dois sabiam disso. Não dava para fugir.

Montgomery saiu do Mustang dirigido por Markus – que buscou o vice-diretor no aeroporto – e sorriu diante da fachada da casa. O russo não pôde deixar de reparar, e sua mente processou a informação. Montgomery gostava de Cleo.

Era muito cedo e talvez a agente Leslie ainda estivesse dormindo.

Os pássaros cantavam celebrando a manhã, e a umidade começava a ficar carregada.

Era estranho saber que ele teria uma reunião de trabalho com Leslie enquanto ainda sentia o gosto dela nos lábios. Ele a havia chupado na noite anterior e ela havia consentido.

Vai ser divertido, ele pensou.

Andaram até a casa de Cleo. A primeira surpresa foi encontrar a porta de entrada aberta. Um casebre de madeira e tijolos, pintado de branco e azul, com vasos no alpendre dianteiro transbordando de flores de diversas cores. As cadeiras de vime eram decoradas com belas almofadas estampadas de vermelho e branco.

Um verdadeiro lar.

Markus nunca tinha tido algo assim, pois sua profissão exigia que ele não criasse raízes em lugar nenhum.

Pelo visto, Cleo era toda luz e cor. Ele sorriu ao pensar o quanto ela era diferente da sexy, séria e emocionalmente isolada Leslie Connelly. Eram irmãs, claro, mas não siamesas.

Não o agradou nada o fato de a porta estar aberta.

Com o tempo, ele tinha aprendido a controlar muitas de suas exigências e intolerâncias; mas controlá-las não era o mesmo que eliminá-las. Por isso, ele se incomodou ao perceber que uma agente como ela..., melhor dizendo, que uma casa cheia de agentes tinha uma segurança tão pobre, mantida por mentes distraídas.

Não havia dúvida que Lion Romano tivesse passado a noite ali. O agente americano estava apaixonadíssimo pela irmã mais nova de Leslie e, como macho alfa, não ia perder a oportunidade de marcar território tão logo retornasse para aquelas terras.

– Deixaram a porta aberta – Montgomery advertiu, empurrando-a com a parte de trás dos dedos.

– Vamos entrar – Markus falou, decidido.

E a casa o arrebatou com o cheiro de tortilhas, torradas recém-preparadas e café quentinho. Cheiros com os quais não estava familiarizado.

O interior não desperdiçava nenhum espaço. Na sala havia um terrário com apenas um camaleão. Deveriam ser dois... Onde estava o outro?

As almofadas em forma de peça de quebra-cabeça estavam imaculadamente distribuídas no sofá, de comprido e de largura, por tonalidade: das mais escuras para as mais claras. Sobre a superfície amassada ainda estavam as marcas do corpo de uma mulher. E não só as marcas. Também o cheiro.

O perfume de Leslie tinha ficado gravado para sempre em sua cabeça, desde que ele a conhecera. Ela havia lhe contado que era o *Hypnotic Poison*, da Dior, e o sofá estava com o cheiro dela. Markus jamais iria confessar que tinha comprado um frasco para borrifar perfume na calcinha que tinha arrancado dela na noite anterior. E que a calcinha estava, na verdade, no bolso de trás de seus jeans.

Através dos vidros ele pôde ver o jardim na parte de trás da casa. Tinha identificado um saco de pancadas Lonsdale. A grama verde e bem-cuidada contrastava com a madeira do alpendre traseiro.

Ouviu o som de uma bomba de água e sentiu o cheiro de sabonete de morango.

Depois, uma voz feminina cantarolou o refrão de uma música.

– *Wooh, tonight! Tonight we could be mooooore than friends... Wooooh tonight... Tonight we should be mooooore than friends...*[1]

Montgomery franziu a testa e olhou para Markus com cara de interrogação.

O agente ignorou o vice-diretor e, atraído por aquela voz que, diga-se de passagem, cantava baixinho para não desafinar, avançou com um passo silencioso, como uma onça prestes a atacar. Aproximou-se do alpendre e ficou atônito com o que viu.

Havia uma mulher completamente nua em uma enorme banheira de madeira: uma jacuzzi. A superfície da água estava coberta com uma espuma perfumada, e a moça, de frente, estava com os braços e o pescoço apoiados na borda acolchoada, enquanto cantava a música que estava ouvindo dos fones de seu iPod.

Era Leslie, entregue às borbulhas e ao frescor de seu banho. Sem preocupações e nem distrações. Ela, a água e a música.

Markus pestanejou, boquiaberto ante a visão.

Ela estava tão sensual, com os cabelos molhados e brilhantes, boiando como novelos negros entre a água e o sabão...

Estava com os olhos fechados. Eles desenhavam uma curvatura mais do que especial e insinuante. Aqueles olhos puxados também tinham algo de inquietante.

– Merda! – gritou uma voz atrás dele.

Montgomery tinha virado de costas ao ver Leslie naquela cir-

---

1 "Uuuh, esta noite! Esta noite podemos ser maaaaais do que amigos... Uuuuuh, esta noite... Esta noite devemos ser maaaais do que amigos..." (N. E.)

cunstância. A voz profunda do vice-diretor alertou a jovem, que abriu os olhos imediatamente e os focalizou em Markus.

Ele seguiu piscando, sem vergonha nenhuma, desfrutando do que estava vendo.

Ela pestanejou confusa, repetidas vezes, sem entender o que ele estava fazendo ali, como se sua mente não o conseguisse encaixá-lo naquele lugar, naquele espaço.

– Mas por todos os santos! – exclamou ela. – Que merda você acha que está olhando!? – gritou afundando-se e jogando água nele.

Markus começou a rir.

– Fala pra ela se vestir! – pediu Montgomery, encabulado.

Markus sorriu, divertindo-se, e limpou a espuma que havia caído em seus olhos.

– Ela se afundou. Quando ela sair, eu falo.

– Tira ela daí, pelo amor de Deus! Ela vai se afogar!

Montgomery voltou a olhar para a frente e evitou ver sua melhor agente como Deus a botara no mundo.

– Mas não estou vendo nada – Markus respondeu.

– Pior ainda!

O vice-diretor apontou os olhos azuis para o balcão da cozinha, mas onde antes havia uma máquina de café da manhã retrô vermelha agora estava a bunda de um homem pelado. Montgomery arregalou os olhos e negou com a cabeça.

– Agente Romano! – ele exclamou, para chamar a atenção.

Lion, que tinha se levantado para pegar um café e alguma coisa na geladeira, virou-se, surpreso, e cobriu suas partes mais nobres. Havia um curativo na lateral do tronco do agente, escondendo a ferida causada pelo Vingador no torneio Dragões e Masmorras DS.

– Mas que diabos o senhor está fazendo aqui?! – perguntou, histérico. – Lébedev?! – Lion olhou para Markus com estranheza.

O moicano levantou a mão para cumprimentá-lo, sem deixar de olhar para a *piscuzzi*, preocupado porque Leslie ainda não tinha emergido de seu mergulho.

– Romano – ele saudou.

– O que vocês estão fazendo aqui?! – Lion gritou.

– O que é isso?! – Montgomery alfinetou, com os olhos azuis dilatados pelo choque. – Uma maldita casa de nudismo? Todos estão com as coisas de fora!

Markus riu baixinho. Lion lançou um olhar de poucos amigos para o russo.

– Vocês não sabem tocar a campainha? – perguntou o agente, em meio a dentes cerrados.

– Nós tocamos, mas ninguém atendeu. Aliás – Markus olhou de soslaio, censurando pelo descuido –, vocês deixaram a porta aberta. O sistema de segurança dessa casa é uma vergonha.

– Essa casa não tem sistema de segurança, Lébedev – Lion apontou, mal-humorado. – Só um monitor de identificação. Mas ele desliga quando a porta está aberta. É a casa da Cleo, e ela é feliz assim. Mas já prometi cuidar disso.

– Você está demorando.

– Claro, russo – respondeu, arisco. – Estou demorando porque a porra de um personagem do Dragões e Masmorras enfiou um chifre no meu pulmão. Não ia dar muito certo instalar um sistema de segurança respirando por ventilação mecânica – respondeu, irônico. Olhou para sua própria nudez e indagou: – E a Leslie?

– Está fazendo apneia na jacuzzi – esclareceu. – Nós a assustamos e ela mergulhou, envergonhada.

Lion levantou as sobrancelhas pretas; a que tinha a cicatriz subiu mais do que a outra.

– Então arranca ela de lá ou ela não vai sair até ficar com os pulmões cheios de água. É uma cabeça-dura.

Markus apertou os olhos cor de ametista. Lion Romano conhecia Leslie muito bem, mas até que ponto? Será que já havia rolado algo entre eles?

Lion sorriu ao ler essa mesma pergunta na feição de Lébedev.

– Pode ficar tranquilo, russo; eu sou da Cleo – disse Lion, abordando o assunto com determinação.

Montgomery olhou para um e para o outro, como quem não acredita no que está ouvindo.

– Por favor, senhores. Você – olhou para Lion –, vá lá pra cima e nos deixe a sós. Senhor Lébedev – instruiu ao russo –, salve a Leslie de morrer afogada.

Lion abriu a geladeira sem se importar que contemplassem sua nudez, pegou alguns sucos de caixinha, frutas e sanduíches frios, e subiu as escadas que levavam ao andar superior.

– Boa sorte – Lion desejou, e sorriu para Markus por cima do ombro.

Com Lion fora de cena, Montgomery respirou mais aliviado.

– Lébedev, tire a agente Connelly dali – ele repetiu sem paciência.

Markus deu de ombros e saiu para o alpendre, enfiou os braços na água e tirou Leslie, como se tivesse pescado uma sereia ou um peixe enorme.

– Não me tira assim! Estou pelada! – Leslie gritou sem abrir os olhos, já que eles estavam cobertos de espuma. – Markus! Me deixa aqui dentro!

– Então fica quietinha – ele ordenou sem inflexões, tirando, com os dedos, a espuma do rosto dela. – Trago um roupão pra você? O vice-diretor Montgomery está esperando na sala.

– Montgomery? – ela perguntou, abrindo os olhos aos poucos e cuspindo o sabão que havia dentro de sua boca. – O que ele está fazendo aqui? Tira as mãos de mim! – Leslie reclamou enquanto afastava as mãos dele, cuidando para que Montgomery não os visse.

Markus ficou com vontade de falar que achou ela muito sonsa na noite anterior. Mas Leslie gostava de manter a aparência profissional… e ele também.

Eles não ficariam com essas conversinhas diante do Montgomery, iam se comportar com seriedade.

– Ele veio para nos passar as diretrizes – Markus explicou, esperando que ela reagisse.

Leslie pestanejou, e seu semblante alterado e corado se transformou em uma máscara de respeito e responsabilidade.

– Isso é uma convocação? – ela perguntou com decoro.

Markus balançou a cabeça afirmativamente.

– Sim, uma convocação.

– Muito bem. Me dá aquele roupão ali. – Ela apontou um roupão preto felpudo com uma Pantera Cor-de-Rosa estampada nas costas.

Markus levantou, já que estava meio ajoelhado na frente da *piscuzzi*, e pegou a peça, inspecionando-a com os dedos.

Leslie virou os olhos e levantou a mão.

– Não é meu. É da minha irmã – ela justificou.

– Engraçado.

– Sim. – Ela mexeu os dedos esperando que ele entregasse o roupão. – Se você acha que eu vou subir aí pra pegar, Lébedev, você está muito enganado.

Markus ficava surpreso por se divertir tanto com ela.

– Ontem você não estava com tanta vergonha.

– Cala a boca – ela repreendeu baixinho. – O Montgomery pode escutar.

– Montgomery? O coitado está desorientado lá na sala, torcendo pra ir embora logo dessa casa cheia de doidos. Tenho certeza de que ele até tapou os ouvidos pra não ter que escutar mais nada. Os agentes norte-americanos são muito estranhos.

– E eu tenho que ouvir isso de um cara com um porco-espinho na cabeça.

Markus sorriu, sem se abalar.

– Você vai me dar o roupão ou não? – perguntou ela, impaciente.

Ela não queria fazer o vice-diretor esperar. Ele tinha um alto cargo no FBI e merecia respeito.

Markus negou com a cabeça, só para provocar.

Os olhos cinza de Leslie brilharam, desafiadores, e ela reagiu como ele não esperava. Saiu da *piscuzzi*, deixando a água escorrer por todo seu corpo e acariciar sua pele nua e lisa. Seios, barriga, vagina, coxas...

Ela olhou para Markus, decidida. Levantou uma das pernas, exibindo o camaleão, e depois a outra, para sair da *piscuzzi*. Caminhou lentamente, com uma aparente e calculada naturalidade, até parar na frente do russo.

Ele engoliu saliva e abriu o roupão.

Leslie virou-se de costas, sorrindo, soberba. O rapaz tinha ficado sem palavras.

Ela deixou Markus fazer uma análise detalhada de suas costas e de sua bunda.

Ele engasgou.

– *Plokhoy Khamaleona* – falou ao ouvido dela, ajudando-a a vestir o roupão.

Leslie se afastou para amarrar a faixa na cintura e se cobrir por completo, sem deixar exposto nenhum centímetro de sua pele. Markus tinha a chamado de "camaleão malvado" e ela encarou como uma provocação.

– Deixa pra brincar em outra hora, russo.

Ela deu meia-volta e eles foram para a sala.

4

O vice-diretor Montgomery estava sentado na poltrona da sala. Sua careca brilhava de vez em quando, e seus olhos azuis analisavam Markus e Leslie. Estava vestindo um terno cinza-claro e uma camisa branca. Tinha deixado o sobretudo perfeitamente dobrado sobre o braço da poltrona, e estava bebendo o café com gelo oferecido por Les.

A jovem agente não conseguia parar de imaginar o que aquele representante de um dos altos cargos da organização mais importante de agentes federais dos Estados Unidos estaria pensando, quando ela, a única mulher que poderia ser admitida pela SWAT, tinha sido encontrada em uma jacuzzi bitermal, nua, cantando uma música de Inna e Daddy Yankee; e agora estava ali, com o cabelo molhado e penteado, usando um roupão da Pantera Cor-de-Rosa, tentando aparentar que continuava sendo uma pessoa tão íntegra e comedida quanto antes.

Elias Montgomery deu uma tossidinha e entrelaçou os dedos das mãos, sem deixar de estudar o casal de agentes que deveria trabalhar em equipe.

– Como vocês sabem – ele anunciou, indo direto ao assunto –, o caso Amos e Masmorras acabou tendo alguns desdobramentos. Descobrimos com sucesso qual era a finalidade do torneio e para que serviam as submissas e submissos sequestrados; também averiguamos qual era a droga, de fórmula tão evoluída, que era utilizada nas dominações. Pegamos os traficantes. Pegamos os vilões e os assassinos sádicos. No entanto, o que nos preocupa é o desenrolar do caso, o ponto crucial da investigação envolvendo o SVR e o FBI: a origem dos sequestros e o tráfico internacional de pessoas. Estamos atrás de uma organização originária da Rússia – falou Montgomery, abrindo sua inseparável maleta e tirando uma pilha de folhas grampeadas. – Estamos perante um conflito que enche os cofres dos delinquentes; traficantes de pessoas que tocam esse negócio há décadas. Estamos falando da máfia russa, que tem bases sólidas ao redor do mundo. Batizamos esse caso, já que é um derivado do AeM, como "Amos e Masmorras: nos Reinos Esquecidos", para fazer referência aos países do Leste e traçar um paralelo com Toril e os reinos esquecidos de *Warcraft*, tal qual acontecia no torneio.

Montgomery pegou seu café gelado e deu um gole enorme, procurando manter a tensão e a atenção de seus agentes.

– O motivo de eu ter vindo sem avisar e sem muito tempo para planejar nosso próximo movimento é que ocorreu algo com quem estávamos contando.

– O que aconteceu? – Leslie perguntou, interessada.

– Belikhov foi esfaqueado na prisão preventiva em Washington, semanas antes de seu julgamento – Markus respondeu sem olhar para ela. – Ele sobreviveu, mas foi transferido para o hospital da penitenciária de Parish, aqui em Nova Orleans, para ficar longe de influências russas e de contas que ele tenha a acertar.

– Parish não é exatamente um reduto da paz – Leslie destacou, levantando uma sobrancelha.

– Mas agora é a melhor opção para ele. Aparentemente, as garras de Yuri Vasíliev chegaram até Belikhov para acabar com a vida dele. Os dois estavam na mesma cadeia.

Leslie não se surpreendeu, pois sabia que, em se tratando da máfia e de quadrilhas, muitos assuntos pendentes eram resolvidos atrás das grades, quase sempre com um assassinato. Só existia um lugar onde havia mais corrupção e vandalismo do que nas ruas: na prisão.

O que deixou Leslie realmente surpresa foi Markus ter ficado sabendo de todo o ocorrido antes dela.

– Você já sabia? – ela perguntou, enquanto se cobria ainda mais com o roupão.

– Sabia – respondeu Markus.

– Desde quando?

– Há três dias. Meu superior me alertou, e concordamos que deveríamos nos reunir com você o quanto antes para que pudéssemos colocar a mão na massa.

Ela se sentiu mal e desinformada.

– E por que não me deixaram a par do que aconteceu com Belikhov? – Leslie quis saber.

– Porque a senhorita estava em Nova Orleans e estamos atentos à nossa comunicação – Montgomery explicou. – Há alguns dias, encontramos um programa instalado no sistema de e-mail do FBI. Algo parecido com o NSL, que nós utilizamos para fazer espionagem. Não íamos entrar em contato com a senhorita para contar o que estava acontecendo. Ou por acaso acha que os russos estão de braços cruzados, sabendo que seu mediador e que Yuri desapareceram? Não saiu nada na imprensa sobre o caso nas Ilhas Virgens, e nem vai sair, até que a gente esteja seguro de que está tudo resolvido e de que nossos informantes não correm nenhum risco. Mas isso não impede que os russos levantem suspeitas.

Leslie concordou, mas não pôde deixar de olhar para Markus com certa aversão. Então, pensou friamente, ele não tinha ido vê-la porque queria, na noite anterior. Ela imaginou tantas besteiras e, na verdade, ele só estava ali a trabalho. Só aproveitou a viagem para chegar umas horas antes e saboreá-la, mostrar quem mandava e deixar claro que ele era um fiel seguidor da lei de talião: olho por olho, dente por dente. No caso, chupada por chupada.

Leslie não gostou.

– Compreendo – ela disse, em tom seco. – O senhor tem certeza de que ninguém sabe que o Belikhov foi transferido pra cá? – Leslie perguntou em um tom mais profissional.

– Absoluta – sentenciou Montgomery.

A moça se levantou, sem se importar se os outros vissem ou não o desenho estampado em seu roupão; tirou as torradas da máquina de café da manhã retrô e ofereceu algo para o vice-diretor:

– O senhor gostaria de tomar café? Tem tortilhas de espinafre com queijo e torradas quentinhas.

Montgomery pensou, mas depois negou com a cabeça com uma desculpa.

Markus girou a cabeça, parecendo a menina de *O Exorcista*, como se estivesse possuído, e sorriu.

– Eu não quero, obrigado – ele falou, irônico.

Leslie olhou como se ele fosse transparente e sentou de volta no sofá, com outra xícara cheia de café, as torradas e as tortilhas.

As pequenas decepções a deixavam com fome.

– Certo. Deixa eu me localizar – ela pediu, mordendo a torrada. – Belikhov está no presídio de Parish.

– No hospital do presídio – Montgomery corrigiu-a.

– Uhum. E o que o senhor supõe que devemos fazer com ele?

– Você e Markus vão continuar com os disfarces e serão peças indispensáveis para solucionar essa trama. Vamos colocar Markus na prisão por um dia, para que ele tenha contato com Belikhov. Ele vai aparecer no hospital como um preso debilitado, com algumas feridas, e se encontrar com Belikhov por acaso. Tentaram matar o mediador para que ele não nos desse mais nenhuma pista, já que ajudar o FBI a resolver o caso pode servir para a diminuição da pena. Belikhov tem nomes, pois já atuou como intermediário e teve contato direto com clientes e fornecedores. Ele pode facilitar muito a nossa busca, se nos disser como chegar aos verdadeiros chefes da máfia e do tráfico internacional de pessoas. Porém, considerando que ele já sofreu um ataque, talvez pense duas vezes antes de falar de novo. Ele já sabe qual é o preço que se paga por abrir a boca, mas falaria se fosse com alguém como ele. E essa pessoa será o Markus, pois eles já tiveram contato anteriormente para a dominação das submissas. Estamos confiantes de que Belikhov o verá como um dos seus.

Leslie balançou a cabeça em sinal de positivo. Fazia todo o sentido.

– O senhor mencionou que ele falaria de novo. O que ele contou antes de ser atacado?

– Ele nos deu o número de uma conta em um banco na Suíça, que operava recebendo depósitos especiais. Montantes absurdos pagos pela compra de mulheres que eles chamam de *vybrannoy*, ou "escolhidas". Elas são enviadas para chefes e pessoas com altos cargos; russos, árabes e até mexicanos. Tem bastante gente envolvida nisso.

– As *vybrannoy*... – Leslie repetiu, arrepiada.

– Sim. Antes de colocá-lo em prisão preventiva, nós os interrogamos para que ele identificasse, por foto, algumas dessas mulheres escolhidas. Várias estavam naquele barco, nas Ilhas Virgens, e já tinham sido compradas.

– Mas nunca foram entregues – Markus esclareceu, sério, olhando para a torrada de Leslie. De repente, ele estava com muita fome. – Interviemos no barco. E, claro, congelamos a conta.

– Entretanto, em breve, os compradores vão querer o dinheiro de volta – informou Montgomery.

– Ou as mulheres – Leslie e Markus falaram ao mesmo tempo.

Eles olharam um para o outro, e depois voltaram a se virar para a frente.

– A questão – destacou o vice-diretor chefe – é que foi feito um depósito, nessa conta, três vezes maior do que os dos demais compradores. Oito dígitos. Mais de dez milhões de dólares por uma única mulher. Belikhov nos disse que essa *vybranny* era a mais cara de todas e a mais especial, destinada ao líder da *Organizatsja*, um contraventor conhecido como *vor v zakone*.

Leslie achava fascinante o universo das máfias russas. Tinha estudado sobre elas no FBI e conhecia todos os nomes e códigos dessas organizações.

Sabia que a máfia russa era composta por mais de quatrocentos grupos espalhados pelo mundo: dos Estados Unidos à Alemanha, França, Grã-Bretanha, Espanha, América Latina, África do Sul... Eles estavam em toda parte. Pareciam uma praga quase impossível de ser exterminada.

Seus membros podiam ser de diferentes nacionalidades: chechenos, armênios, russos, coreanos, usbeques, georgianos... Entre eles havia desde ex-agentes da KGB até praticantes de luta livre, boxeadores, veteranos militares do Exército Vermelho, atletas campeões olímpicos... Daí vinha a fama de ser a máfia mais violenta e poderosa. Seus integrantes não eram cidadãos quaisquer. Eram homens e mulheres extremamente preparados, física e psicologicamente, que faziam da *mafiya* a maior e mais difusa organização criminosa do mundo, sendo considerada uma ameaça crítica a todas as democracias.

Eles se dedicavam às fraudes fiscais, ao narcotráfico, à venda de armas, à extorsão... e, principalmente, ao tráfico de pessoas.

O destino das mulheres sequestradas podia ser o mais diverso: exploração sexual, prostituição, sadismo, como no caso do Amos e Masmorras, ou realizar a fantasia de algum multimilionário com uma adolescente ou uma virgem. Ou seja, saciar o apetite de um doente mental.

Às vezes, essas mulheres eram usadas como presentes entre dinastias ou quadrilhas; algumas sobreviviam e até passavam a fazer parte do grupo. Outras morriam, à mercê dos maus tratos aos quais eram submetidas.

Era uma realidade triste e assustadora. Mas era uma realidade, no fim das contas.

– O *vor v zakone* é o peixe grande – Markus prosseguiu, com um olhar penetrante para Leslie. – O *pakhan*. Se chegarmos até ele, podemos destruí-los, mas precisamos de provas incontestáveis do que eles fazem. Como conduzem o negócio? Como conseguem as garotas?

– No AeM constatamos que eles agiam através de um fórum – apontou Les.

– Sim, mas eles utilizam diferentes meios de captação. Estamos falando de uma ação massiva – esclareceu Markus. – Da origem. Do *modus operandi*. Vamos lidar diretamente e de cara com o tema.

Leslie pestanejou, sem compreender ao que Markus estava se referindo. Era claro que eles iam lidar com o tema.

– Qual é o problema? – ela perguntou, de repente.

Markus olhou para Montgomery, que fez um sinal afirmativo, como se desse a permissão para revelar uma informação delicada.

– Nós sabemos quem é a *vybranny* que o *vor* quer.

– Ótimo – exclamou Leslie, colocando a longuíssima franja molhada para trás. – Pode-se considerar uma vantagem. Nos dá uma margem de manobra. Já temos a identificação dela? Ela está sob proteção? Vai aceitar colaborar com a gente?

Markus afirmou com a cabeça, sem deixar de olhar nos olhos dela.

– Sim, ela vai aceitar colaborar com a gente... É você, Leslie.

– O quê?

– Você é a *vybranny* que o *vor* está procurando.

Leslie sempre havia sonhado em ser agente do FBI. Ela e sua irmã imaginavam se tornar as novas Maria L. Ricci, a famosa agente especial de inteligência do FBI.

Havia imaginado desmantelar conchavos políticos e ser a responsável por colocar o maior terrorista do mundo atrás das grades.

Sonhar era de graça, e Leslie acreditava muito em suas habilidades e em suas virtudes. Nas virtudes de sua inteligência.

O que ela nunca teria imaginado era que seu físico chamasse tanto a atenção de um chefão da máfia russa, e que pagariam tantos milhões de dólares por ela.

A morena engoliu saliva enquanto sustentava a xícara de café entre as mãos. A bebida estava tão gelada quanto ela.

– O *vor* pagou essa quantidade de dinheiro porque sabe quem eu sou – ela deduziu. – Os D'Arthenay tiveram que informá-los de que eu trabalho no FBI... Eles querem a minha cabeça.

– Não. Ninguém descobriu a sua identidade – Markus esclareceu. – Eles continuam achando que eu sou um amo russo que treina as mulheres que eles conseguem, e que você é uma dessas mulheres que seriam submetidas. Se os D'Arthenay abriram a boca, foi para falar que a Cleo era policial em Nova Orleans... E, mesmo assim, duvido que tenham dito alguma coisa. Margaret, a mulher de Xavier D'Arthenay, nos explicou que eles não podiam denunciar a Cleo para os compradores russos, porque matariam o casal se soubessem que os dois haviam permitido a entrada de agentes da lei no Dragões e Masmorras DS. As identidades de vocês estão a salvo. A sua mais ainda.

– Entendi. – Ela ergueu a xícara de café e bebeu três goles seguidos. – O que eu tenho que fazer agora? Como vamos proceder?

– O *vor* está atrás da senhorita, Leslie – Montgomery explicou. – O que ele não sabe é que Markus fugiu da noite final, a Noite de Santa Valburga, levando, de forma muito inteligente, a sua *vybranny*. Ninguém chega sozinho ao *vor*, só por intermediários. Belikhov vai cumprir esse papel. É com a ajuda dele que vamos dar o primeiro passo.

Leslie olhou para Markus, e ele nem sequer piscou. Os olhos ametista soltavam faíscas vitoriosas.

– Vocês vão trabalhar juntos: você vai continuar sendo a refém dele. Markus será seu *advokat*, o que eles chamam de encarregado.

– Eu sei falar russo, senhor – Leslie pontuou. – E conheço os jargões da máfia.

– Eu sei. – Montgomery ignorou o tom incômodo de sua agente. – Mas nem por isso vou deixar de lembrar que você é uma peça muito importante para nós e para eles. Você é uma isca, um osso que será farejado. E com seus conhecimentos de russo e sua competência, esperamos que vá muito longe na investigação.

Leslie sabia que eles só estavam tentando amenizar a situação.

Pelo amor de Deus... Ela estava encabeçando a lista de desejos de um dos mais poderosos comandantes de quadrilhas russas. E saber que eles estavam espalhados por todo o mundo e que tinham contatos por toda parte não era exatamente algo de que se orgulhar.

Ainda assim, era sua grande oportunidade.

Leslie tinha objetivos ambiciosos: queria se tornar inspetora. Ela ganharia muitos pontos para conseguir uma promoção no caso de um êxito em "os Reinos Esquecidos".

Risco? Sempre havia. O perigo estava em todo lugar. Mas Leslie tinha sido preparada para momentos como aquele e não teria medo de nada.

– Vou fazer o melhor que eu puder – ela prometeu, colocando a xícara sobre a mesa e secando a palma úmida das mãos no roupão. – Quando começamos? Como nós vamos atuar? – perguntou, ansiosa pelo início.

– A primeira coisa que devemos fazer é colocar o Markus no hospital do presídio de Nova Orleans. A senhorita vai entrar lá com ele como enfermeira assistente. Vamos nos assegurar de que não haja mais ninguém por lá nesse período, e de que a visita de vocês se mantenha em absoluto segredo. Não se preocupem com a segurança. – Montgomery se levantou da poltrona e deixou o expediente de AeM: nos Reinos Esquecidos em cima da mesa. – Aí estão as informações sobre a conta multimilionária; a distribuição dos presos no torneio por todas as cadeias dos Estados Unidos; e o que sabemos sobre os *vory*. Não vou entrar em contato novamente até que vocês tenham um relatório detalhado de tudo o que descobrirem. Estamos tomando conta uns dos outros; um passo em falso pode colocar tudo a perder.

– Quando vamos entrar na prisão, senhor Montgomery? – Markus perguntou, penteando o moicano com as mãos.

– Amanhã de manhã. Seu diretor no SVR está em contato conosco. As duas organizações governamentais estão preparando a operação em conjunto, mas só podemos confiar plenamente em vocês dois, que conhecem todos os detalhes do caso. Nesta tarde, vou enviar dois celulares monitorados e com ligações internacionais liberadas. Assim vamos mantendo contato. Não deixaremos vocês sozinhos – ele esclareceu com determinação.

– Mas vamos viajar sozinhos.

– Vocês vão ter uma lista de contatos em Londres.

– Minha irmã não pode nos acompanhar?

– Ainda tenho que convencer sua irmã a ser uma agente federal. – O vice-diretor deu uma olhada para o andar de cima e sorriu. – Nem ela e nem o agente Romano devem se envolver nesse caso. Não está na jurisdição deles.

– Muito menos na sua; você é americana – Markus destacou, apontando para Leslie.

– Quando um crime é internacional e afeta também os cidadãos norte-americanos, Lébedev – rebateu Les, olhando-o de soslaio –, o poder de intervir cabe ao governo dos Estados Unidos e às suas agências de segurança. E eu faço parte de uma dessas agências.

O vice-diretor sorriu ao ver como Leslie rapidamente estava colocando Markus no lugar dele.

– Perfeito. – Montgomery secou o suor da careca com um lenço branco. – Amanhã, às oito da manhã, apresentem-se no presídio de Parish. Um guarda vai estar esperando por vocês e os conduzirá por um andar exclusivo, longe dos presos comuns. Vocês vão ter uma hora para estar com Belikhov antes que entre o pessoal do turno da manhã e aborde vocês com perguntas inadequadas. Ninguém ali, a não ser o meu contato, vai saber que vocês são agentes. Tomem cuidado.

– Sim, senhor – Leslie respondeu enquanto o acompanhava até a porta.

– Preparem-se. Façam as malas e resolvam o que tiverem que resolver. Dentro de vinte e quatro horas vocês vão continuar com a missão. Confiamos em vocês.

– Não se preocupe, senhor Montgomery.

– Até mais, agente Connelly.

– Até mais.

Leslie fechou a porta e apoiou a testa na madeira.

O vice-diretor tinha ido embora. A partir daquele exato momento, Markus e ela voltavam a ser um casal; uma dupla, como eles chamavam.

Leslie deu meia-volta e o encarou enquanto apoiava as costas na entrada. Seu cabelo tinha secado rápido. A franja, que estava para trás, deixava à mostra aqueles olhos puxados e inteligentes; duas bolas prateadas imensas, cheias de pressentimentos não muito bons.

– Você não gostou que a gente vai ter que trabalhar juntos nisso, não é? Você parece valorizar muito o que conseguiu até aqui e talvez ache que eu possa receber créditos que não cabem a mim.

Markus negou com a cabeça. Leslie estava muito errada. Não tinha nada a ver com isso; era algo pessoal.

– Não é verdade – ele disse. – Respeito muito a sua competência e tudo o que você faz, senhorita Leslie. Mas estou acostumado a trabalhar sozinho. Nunca com mulheres – ele confessou, e muito menos com mulheres que o atraíam daquela forma.

– Ah, é isso… – Leslie sorriu e cruzou os braços. – Eu sou um incômodo pra você, Markus?

– Não – ele respondeu. – Mas pode ser uma distração. Eu acatei a ordem de colaborar com você no torneio; foi um imprevisto que eu relevei. Mas sou uma pessoa solitária. Não trabalho em equipe. O SVR e o FBI nos obrigaram a isso. Vou ter que aceitar, mas aceitar não significa que eu vá gostar.

– E, claro – ela disse sem uma pitada de humor –, se você somar a tudo isso o desejo que sente por mim, fica ainda mais desagradável, não é?

– Pode ser. Vou tentar ignorar. Ou... – ele olhou descaradamente para ela, de cima a baixo. – Pode ser que não.

– Pode ser? Pode ser que não? – ela repetiu, divertindo-se. – Você sabe que vai trabalhar comigo, e que não gosta tanto assim da ideia, mas vem no parque Louis Armstrong antes da visita do Montgomery pra meter a língua no meio das minhas pernas? E diz que vai tentar ignorar isso? Temos um problema, russo. Você é muito cara de pau.

– Não. Não tem problema. Você fez algo comigo no torneio e eu te dei o troco.

Leslie descruzou os braços e caminhou até ele. Levantou a mão. Markus se afastou...

– Não vou fazer nada com você, Lébedev – ela explicou, surpresa. – O que você acha que eu vou fazer? Te diminuir? Posso te derrubar usando apenas dois dedos, mas não quero te humilhar.

– Pois fique sabendo que eu posso te matar com um dedo só. Mas não vamos fazer esses testes. Nós já tivemos todo o contato que deveríamos ter tido.

– Tudo bem, como você quiser... – Mas Leslie não gostava nada daquilo. Ela ia querer tocá-lo. Estava convencida disso. De preferência naquele exato momento. Seus dedos estavam coçando para tirar aquela camiseta! Pelo visto, o russo já tinha tomado sua decisão. Enquanto trabalhassem juntos, nada de brincadeiras ou relações íntimas. – Não haverá nada de mais enquanto estivermos trabalhando, mas… – Ela voltou a levantar a mão, que tinha ficado no meio do caminho. – Só deixa eu pegar o Pato.

– Pato? – Markus levantou os olhos para enxergar o que quer que estivesse em sua cabeça.

– Meu camaleão. Ele fugiu do terrário. O Pato adora explorar a casa e se camuflar perfeitamente. Ele está na sua crista.

– Eu nem notei.

– Você notaria se esse moicano não estivesse tão duro. – Ela sorriu enquanto pegava seu réptil, um adorável camaleão que estava mudando de cor, abandonando o castanho-avermelhado do cabelo de Markus para voltar a sua usual coloração esverdeada.

Markus mordeu a língua. *Duro.*

Ele estava com uma outra coisa dura. Porém, sabia perfeitamente que, uma vez que a missão tivesse começado, ele deveria deixar de lado seus instintos carnais, por mais atraente e sedutora que Leslie fosse para ele.

– Os Reinos Esquecidos sempre foram investigados no SVR, Leslie. – Ele segurou no pulso dela, o que segurava o camaleão, e olhou fixamente para ela. – Estou há muitíssimo tempo infiltrado. Eu já fiz de tudo, ouviu? De tudo. Coisas que você nem pode imaginar, tudo para chegar ao jardim desses traficantes de pessoas. E agora estou quase entrando na casa. Não quero que ninguém ferre o meu trabalho. Estou há anos atrás disso.

– Você acha que vou te ferrar? – Leslie estava analisando a psique dele na velocidade da luz. Markus tinha muitos segredos, e não parecia ser um homem egoísta ou ambicioso, nem sequer muito preocupado com sua reputação; então, qual era o combustível dele? Do que ele tinha medo? – Eu quero que tudo corra bem tanto quanto você; meu futuro profissional está em jogo. Eu não vou estragar nada, e espero que você também não me ferre, punk. Foi a sua gente que se reproduziu como uma praga pelo mundo inteiro, russo. Não venha me culpar por isso.

– Não estou te culpando. Mas não vou tolerar erros. Sou o encarregado por você, lembre-se. Ninguém pode ferrar ninguém.

– Sim. E você, lembre-se de que, na verdade – ela ficou na ponta dos pés e se soltou das mãos dele –, sou uma agente federal. Espero que o seu papel não suba à cabeça, Lébedev. Vamos remar para a mesma direção, e estamos no mesmo barco.

O russo concordou, olhou para Leslie e Pato pela última vez, e depois caminhou para a porta de entrada, não sem antes roubar duas fatias de pão de forma da cozinha.

– Amanhã às seis e meia eu passo pra te pegar – ele anunciou sem olhar para ela.

– Você vem me pegar? Por que é que eu não vou te buscar?

– Porque você não sabe onde eu estou hospedado, sabichona. – Mordeu o pão e, com a boca cheia, salientou: – Às seis e meia.

– Seja pontual. Não comece com o pé esquerdo. – Ela sorriu com malícia, sabendo que era exatamente isso o que Markus estava querendo dizer.

O russo saiu e fechou a porta. Nesse mesmo momento, uma alegre, feliz e aliviada Cleo Connelly desceu as escadas. Ela estava vestindo só uma camiseta larga de Lion; seus cabelos longos e vermelhos estavam ao vento.

Animada, foi direto importunar a irmã mais velha.

– Primeiro – enumerou diante da surpresa de Leslie –, é melhor você se cuidar a partir de agora. Se alguém te matar, eu te mato, está ouvindo?

– Cleo…

– E segundo: que história é essa de que o Markus te chupou como se você fosse um sorvete ontem à noite?! No parque?! E você não me conta nada, sua sem-vergonha!

Leslie começou a rir.

Típico da sua irmã.

Onde houvesse uma intriga sexual, era melhor que os mafiosos e traficantes se afastassem.

5

Nova Orleans
Presídio de Parish

Leslie gostava de Nova Orleans. Tinha nascido e sido criada lá, entre aqueles campos de algodão, cana de açúcar e milho; nadando no rio Mississippi e curtindo o bairro francês, sua música e as histórias de bruxas e vampiros que eram contadas nas ruas.

Havia muitas coisas sobre as quais ela podia falar com carinho e nostalgia, mas não desse lugar para onde estavam indo.

Se havia algo do que se envergonhar em Nova Orleans, não seriam os praticantes de vodu, nem as profundas tradições norte-americanas que seguiam vigentes; a vergonha, a mancha, era o presídio de Parish, um complexo de terceiro mundo, sujo e sinistro.

Parish era uma das prisões mais escabrosas do mundo, e entre seus muros já tinham acontecido coisas terríveis e asquerosas contra a dignidade humana. Alguns anos antes, um grupo de detentos havia encaminhado uma denúncia de maus tratos e vexações de todos os tipos por parte dos funcionários do presídio.

O sistema penitenciário da administração municipal era ridículo. Além do mais, nem o governo do estado nem o governo federal faziam nada para resolver aquela questão, o que transformava Parish em um foco silencioso de violência e repressão.

Leslie sabia por Cleo que a reforma realizada depois da vergonhosa denúncia recebida não havia melhorado muito as coisas. Ainda apareciam na televisão imagens dos presos bebendo cerveja, usando drogas, apostando dinheiro e até mesmo portando armas.

Devia haver um acordo entre o Departamento de Justiça e o xerife da cidade para arrecadar fundos e melhorar o estado do presídio. O xerife responsável pela prisão tinha sido muito incompetente. Era algo que todo o mundo sabia, os vídeos deixavam muito claro.

O caso foi a juízo e a audiência final decidiu aprovar a reforma, mas o custo anual para manter o presídio podia colocar a segurança pública em risco.

No fim das contas, tudo continuava na mesma.

Leslie sabia porque a cadeia continuava sendo um inferno de corrupção: as autoridades não se importavam com os presos que já estavam atrás das grades; estavam preocupadas mesmo com os delinquentes que estavam à solta.

Por isso, o presídio de Parish não tinha evoluído ou melhorado nos últimos tempos.

Markus passou pontualmente para pegá-la de carro, um Dodge Nitro preto e com os vidros escuros.

Ele dirigia sério, sem cometer erros, com os olhos fixos na pista.

Sem música, sem uma mísera canção para animar o trajeto. Estava vestindo uma calça bege e uma camiseta branca de manga curta.

Seus braços tatuados ostentavam músculos grandes e bem definidos, mas não eram desagradáveis. Caveiras, cruzes invertidas, estrelas, frases, tribais e gatos... Era uma espécie de descrição de seus princípios. Nenhum era bom, com certeza. Todas as tatuagens eram típicas de ex-presidiários. Cada uma delas deixava bem claro: "Não mexa comigo".

Leslie tinha olhado para ele várias vezes, de canto de olho.

Aquele perfil perfeito a distraía; seu cabelo moicano a deixava com vontade de penteá-lo ainda mais.

O que aquele homem tinha para chamar tanto a atenção dela?

– Esse lugar é um esgoto – ele disse ao chegar à porta da prisão.

E Leslie não tinha como negar. Era mesmo.

Só faltavam os lobos uivando na porta para parecer que eles estavam em um filme do Hitchcock.

– Isso eu não vou discutir – ela respondeu.

Um policial usando óculos de sol e uma camisa de manga curta os cumprimentou com um movimento de queixo. Estava suando por causa do calor sufocante de Nova Orleans.

Era jovem, não aparentava mais do que trinta anos, e já sabia quem eles eram. Tinha reconhecido os dois.

Levantou a mão, que segurava chaves grandes e pesadas.

– Vamos?

Markus e Leslie se olharam e concordaram, sem dizer uma só palavra.

A situação parecia muito mais surreal do que eles tinham imaginado. O FBI havia transferido um preso de extrema importância para uma prisão de quinta categoria de Nova Orleans porque ali ele não entraria em conflito com mafiosos russos... Mas talvez ele entrasse em conflito com uma agulha contaminada, nessas injeções que transmitiam hepatite em um piscar de olhos.

Será que Belikhov ficaria ali até que o caso fosse solucionado?

Era arriscado demais.

Leslie tirou seus óculos escuros Carrera, com lentes que escureciam de acordo com a luz, e deu uma olhada na fachada.

Realmente. Fazia muitos anos que ela não passava por ali, mas era tudo tão desagradável quanto antes.

– Nova Orleans é uma cidade engraçada – Markus falou, sem esboçar nenhuma emoção no rosto.

Leslie sabia que aquela seria a feição dele durante a missão. Markus era um homem de contrastes. E ela ainda não sabia como lidar com isso.

– Você não gosta daqui? – ela perguntou, seguindo o policial. – Eu adoro.

– Ainda estou decidindo se gosto ou não – ele declarou, andando à frente dela.

– Isso porque você não viu as procissões para os mortos e os rituais de magia – ela brincou. – Tenho certeza de que você adoraria esta cidade.

– Por quê?

– Porque ela é tão estranha e mórbida quanto você – ela respondeu, analisando-o de cima a baixo.

– Por aqui – o policial os interrompeu, guiando-os pelos vestiários, grandes espaços com armários de metal, chão de cimento e um grande banco de madeira bem no meio, indo de uma ponta a outra. – Ainda falta um pouco pro pessoal do próximo turno chegar – ele disse com nervosismo.

– Quanto tempo nós temos?

– Uns quarenta e cinco minutos. O preso chegou agora há pouco para tratar das feridas. Você vai ter que administrar um remédio para dor e desinfetar os machucados. Use luvas.

Leslie concordou. Tinha uma experiência em primeiros socorros e sabia como tratar feridas causadas por facas.

– Aqui está o traje laranja de presidiário, senhor. Vista-se – o policial ordenou ao Markus. – E este é pra você – ele disse para Leslie, oferecendo um uniforme de enfermeira. – Foi o único que eu encontrei. Não sei se é do seu tamanho.

– Óbvio que não – Leslie replicou, enquanto o segurava, de má vontade. Não estava nem lavado e fedia a suor de velho. – James.

– Sim, senhorita? – respondeu o rapaz, surpreso por ser chamado pelo nome.

– Certifique-se de que nenhum outro guarda entre nas dependências médicas – Leslie disse.

– Sim, senhora.

Markus ergueu as sobrancelhas ao perceber a veneração do policial olhando para Leslie. O rapaz estava esperando que a agente se trocasse na frente dele.

– Obrigado, James – Markus falou. – Pode esperar lá fora.

O policial lamentou e saiu do vestiário.

Leslie sorriu por baixo do nariz e se virou para tirar a blusinha branca de alças e a calça jeans.

Ela estava usando uma roupa de baixo simples e discreta, preta. Prendeu os cabelos e tirou, de sua miúda bolsa de couro, uma cinta-liga com uma pequena pistola Beretta PICO. Colocou-a ao redor da coxa e vestiu as enormes calças de enfermeira, que ela teve que amarrar com o próprio cinto.

Virou-se de repente, disposta a vestir a bata – não dava para chamar aquela coisa enorme de outro jeito –, e deu de cara com Markus.

– Você sempre anda com essa Beretta escondida? – ele perguntou, estudando-a.

– Sim.

– E se alguém te revistar?

– Quem é que vai me revistar aqui?

– E se o Belikhov achar tudo muito suspeito e decidir te fazer de refém? E se ele vir que você está com uma pistola?

Leslie pestanejou, incomodada. Sério que ele estava preocupado com aquilo?

– Você viu essa calça? Estou parecendo o homem do saco, Lébedev. Relaxa. Estou completamente assexuada e a roupa não marca nada. – Ela colocou a bata por cima da cabeça e grunhiu ao sentir o cheiro horrível. – Além do mais, você vai estar comigo, não vai? Se acontecer alguma coisa, nós dois cuidamos dele.

– Assexuada? – Markus ajudou Leslie a se vestir, numa atitude que a deixou surpresa. – Você disse assexuada? – Ele riu. – Dá pra notar que você é uma mulher pelo que você fala. – Ele se ajoelhou diante dela para dobrar as barras da calça, que estavam se arrastando no chão. Dobrou quatro vezes; quatro dobras perfeitas, simétricas e precisas. – Não olhe na cara dele. – Ele levantou e mexeu na franja dela, deixando-a bem na frente dos olhos, cobrindo bem aquele olhar claro e prateado. – Não fale. Só faça o seu trabalho e escute.

Leslie ficou com vontade de cair na risada. Ela estava sendo tratada como uma espiã mirim.

– Sim, papai.

– Não estou brincando.

– Sério mesmo? Mas assim vou acabar morrendo de rir. É melhor você mudar a sua estratégia, russo. Sei muito bem qual é o meu trabalho. – Ela se afastou, constrangida e nervosa por estar tão perto dele, e andou na direção da saída.

– Não fique muito perto dele. Belikhov não é tonto.

– Nem eu – Leslie respondeu, dessa vez ofendida.

Cabaço.

Uma mulher, em um ambiente tomado por homens, sempre estava suscetível ao preconceito e aos comentários machistas daquele tipo. O machismo ainda existia em diversas formas e nuances.

E ela não gostava nada daquilo.

Havia sofrido da mesma forma nos testes físicos, estudado as mesmas coisas para o exame de ingresso, e tido que fingir como os outros no psicotécnico. Trabalhou tanto quanto os homens e, quando foi aprovada, ficou com a segunda melhor nota, superada apenas por Lion Romano.

Não era justo nem apropriado que Markus tentasse protegê-la, dando-lhe conselhos como se ela fosse uma novata, como se ela tivesse acabado de sair da escola e não soubesse o que a esperava no mundo real.

Ela não se considerava feminista, mas também não podia aguentar aqueles comentários. Por isso, quando entraram na enfermaria, que precisava de uma reforma urgente, ela se concentrou em seu trabalho para não dar mais espaço à sua chateação.

As paredes eram de cor creme; as janelas, brancas, estavam cobertas por grades pretas. Só havia três camas reclináveis automáticas, uma ao lado da outra.

E somente uma delas estava ocupada.

Leslie olhou para o paciente por um décimo de segundo: Belikhov.

A jovem acompanhou Markus, que se fazia de doente, mantendo o silêncio, até ajudá-lo a se apoiar em uma das camas e a se esticar por completo.

A enfermaria tinha uma mistura antagônica dos cheiros de saúde e de ranço.

Os lençóis que estavam sobre Belikhov pareciam limpos, como os dos outros leitos.

Belikhov estava muito magro, mas com vigor; como Markus, ele possuía diversas tatuagens por todo o corpo. Tinha cabelos pretos, penteados para trás, um nariz adunco e não aparentava ter mais do que cinquenta anos. Seu rosto, de feições angulosas, lembrava o de um vampiro, do tipo mais sádico e original.

Não estava usando relógio, nem anel ou colares...

Os presos tinham que deixar todas as suas joias em um cofre do presídio para que não as utilizassem como armas. Eram comuns casos de gente que fundia o ouro para fabricar utensílios afiados e cortantes, ou usava anéis para praticar agressões, lâminas para cortar os pulsos ou pingentes para arrancar as córneas.

Sim. Tudo na cadeia era muito selvagem e vulgar.

– Enfermeira – Belikhov grunhiu com uma voz que a deixava arrepiada –, me dá alguma coisa pra dor. Minhas costelas estão doendo.

Leslie deu meia-volta logo que entrou nas dependências e procurou o armário dos remédios. Havia um móvel de metal trancado; James tinha cedido a chave, então ela o abriu e esperou que Markus iniciasse uma conversa com Belikhov enquanto ela procurava a dopamina.

Belikhov tinha levado uma facada na caixa torácica, com a sorte de não ter nenhum órgão vital atingido. Era uma ferida profunda, com vários pontos internos e externos.

– *Zdras-tvuy-tye*. – Markus cumprimentou Belikhov, esperando que ele se virasse e o reconhecesse.

E foi isso o que aconteceu.

Belikhov se virou, assustado, e analisou Markus cuidadosamente. Encontrar alguém que falasse russo já era, por si só, algo excepcional.

Sua cara dizia tudo; não esperava ver Markus ali, em uma cadeia de merda como a de Parish. A partir daquele momento eles começaram a conversar no idioma deles.

– Porra! Que demônios você está fazendo aqui? – perguntou o mediador.

Markus manteve o rosto rígido e inexpressivo enquanto contava que tinham espalhado todos os envolvidos no torneio Dragões e Masmorras DS pelos presídios do país, para evitar complôs, e que ele havia sido transferido para Nova Orleans.

– Eu cheguei esta noite – Markus esclareceu. – Você está aqui desde quando?

– Já faz uns dias – ele respondeu sem se expor completamente. – Por que merda você está na enfermaria?

– Alguma coisa me caiu muito mal no avião... Eu vou botar minhas tripas pra fora a qualquer momento. – Dobrou-se sobre si mesmo, ficando em posição fetal.

– Caralho, que nojo... Enfermeira! A dopamina! – Belikhov levou a mão ao peito.

– O que aconteceu? Alguém te machucou por aqui?

– Aqui? Este lugar está cheio de rappers neguinhos e viciados em cocaína. Eles só te machucam se você pegar a droga deles.

– Então onde foi?

– Foi na prisão de Washington – ele esclareceu, afastando-se ligeiramente para que Leslie encontrasse uma veia e injetasse o calmante. – Eu não te vi por lá – completou, olhando de soslaio.

– Estava em outro local. Completamente isolado.

– Eu achava que também estava isolado… Mas a *Organizatsja* tem um alcance enorme, amigo. Fui apunhalado em um dos corredores que vão das celas para o pátio.

Leslie, por sua vez, escutava toda a conversa enquanto dava batidinhas na seringa, com o polegar e o dedo do meio, para retirar o ar. Espetou a agulha na veia de Belikhov e deixou a solução percorrer o tubo de plástico até atingir diretamente a corrente sanguínea dele.

– Eles têm tudo sob controle. Não existe uma prisão que não tenha um informante da *mafiya*. Eles estão estruturando essa teia de aranha há décadas – Belikhov explicou, enquanto fechava os olhos.

– Claro – Markus concordou, tossindo.

– Bom, você deve saber melhor do que ninguém… – disse Belikhov, abrindo um olho para dar uma espiada no moicano. – Essas tatuagens te entregam: você quer ser um *vor v zakone*. Você quer conduzir o barco.

Leslie removeu a seringa e olhou desconfiada para Markus. Ele não queria ser um *vor v zakone*. Que bobagem era aquela? Mas ele estava infiltrado em um caso de máfias e ela não sabia até que ponto seu papel podia ter subido à cabeça.

Markus percebeu o olhar de Leslie. Ele não gostou de imaginar que ela estivesse colocando a integridade dele em dúvida.

– Por que te atacaram? – quis saber o moicano.

– Por saber demais. Por isso. – Belikhov levantou a camisa como pôde e mostrou os olhos que tinha tatuados no peito.

Markus reconheceu a tatuagem. Ele sabia o significado de todas. Sua vida podia ser contata pelos desenhos no corpo, assim como a de Belikhov.

Os olhos indicavam que ele era um delator. Certamente, Belikhov havia passado por algum presídio russo e sido marcado com todos os símbolos das quadrilhas, para que, quando saísse, pudesse trabalhar para um *vor*.

Belikhov trabalhava para um *vor*, não havia dúvida. E não para um *vor* qualquer. Para um dos *vor v zakone* mais poderosos da Rússia.

Mais especificamente, o *vor* que Markus procurava desde que entrara no caso do SVR e que ele ainda não tinha conseguido identificar. Só sabia que atendia pelo nome de Drakon, que significava "dragão". Parecia um homem invisível. Só aparecia quando queria. O agente sabia que a família Vasíliev tinha negócios com o Dragão, provavelmente era por isso que Belikhov tinha sido atacado no mesmo presídio em que estava preso Yuri Vasíliev.

Os Vasíliev tinham engordado sua fortuna durante a queda da União Soviética. Com o livre mercado e uma sociedade anárquica, a economia e os recursos ficaram nas mãos de oligarquias que se transformaram em multimilionárias; um mercado negro baseado na venda de empresas a custo baixo, superinflação, especulação de preços e nenhuma burocracia. Os Vasíliev tinham conseguido sua fortuna graças ao mercado negro, que era supervisionado pelas *mafiyas*.

Vasíliev tinha uma equipe de segurança particular, que nada mais era do que uma das milhares de quadrilhas mafiosas que regiam o país.

Na verdade, muitas famílias milionárias russas tinham relações estreitas com as máfias e as financiavam, em troca de segurança e proteção.

Mas as coisas acabaram se voltando contra essas famílias. As máfias se tornaram tão fortes e poderosas que passaram a extorquir os milionários e fazê-los trabalhar para as quadrilhas, não mais em troca de segurança, mas simplesmente para não serem mortos pela própria máfia. Ou pagavam, ou morriam.

Muitas empresas do país, desde multinacionais até bancos, eram supostamente protegidas pelas quadrilhas russas; mas a verdade é que essas empresas tinham sido coagidas, e estavam nas mãos de um *vor v zakone*.

A Rússia estava maculada e corrupta, num ponto em que até os altos representantes do governo, os advogados e os banqueiros tinham sucumbido ao poder dos contraventores. Por isso era tão difícil solucionar os casos de tráfico de pessoas, de drogas, de armas e outros crimes que se espalhavam pela antiga União Soviética. Todos estavam comprados de alguma forma, e sofriam ameaças das máfias e dos *vory*.

Foram criadas muitas *bratvas* que dominavam diferentes frentes. Elas brigavam, inclusive, entre si, criando verdadeiras guerras urbanas para conseguir a supremacia e o controle do país. Chechenos, eslavos, russos... Todos lutando pela coroa. Com o tempo, cada uma definiu sua posição e seu lugar dentro do mercado negro.

E um dos *vor* mais importantes e sanguinários era Drakon, que havia expandido seu negócio de tráfico de pessoas e de drogas por todo o mundo. Como será que ele se chamava? Qual era o nome por trás do personagem que tinha tanto poder para conseguir aqueles depósitos exorbitantes em troca de suas mulheres?

– Compreendo – Markus admitiu, retomando o assunto com Belikhov. – Vieram atrás de você porque sabiam que você ia falar. E você falou?

– Falei, maldição. Claro que eu falei. Tenho... – ele completou, constrangido – ... tenho família. Eles me prometeram que, se eu falasse, minha família teria proteção e eu poderia conseguir uma redução da pena.

Ao que tudo indicava, até Belikhov tinha sentimentos. Não importava que ele traficasse mulheres ou que se relacionasse com homens sem alma e sem coração; ele tinha família e queria cuidar dela.

– Não vou te perguntar o que é que você sabe... mas talvez exista um modo de eu me assegurar que você e sua família continuem vivos.

O russo apertou os olhos. Sua feição afiada, deformada pela dor, pouco a pouco foi relaxando com o efeito do calmante.

– Do que você está falando?

– Da escolhida do *vor*. Ela está escondida e sob ótimos cuidados.

Belikhov se ergueu, apoiando-se nos cotovelos, e olhou para Markus, estupefato.

– A *vybranny* – sussurrou.

– Exatamente – Markus confirmou, e sugeriu, com um gesto, que ele falasse em voz baixa. – Eu também tenho interesse em me proteger. Talvez eu consiga te tirar daqui.

– Me tirar daqui? Como?

– Com um trato. Preciso entregar a *vybranny* diretamente para o *vor*.

– Não dá... – Belikhov murmurou com os olhos vidrados. – Não tem como se aproximar do *vor* Drakon, a não ser que você passe por toda a guarda dele.

Markus arqueou as sobrancelhas castanho-escuras. Tinha acabado de receber uma informação gratuita. Estava confirmado que se tratava mesmo de Drakon.

– Mas você sabe como chegar até ele.

– Não. Sempre tratei com intermediários, nunca diretamente com ele. – Ele lambeu os lábios e sorriu. – Mas sei uma maneira de conseguir.

– Fala.

Belikhov negou com a cabeça e estudou o semblante de Markus.

– Por que eu diria?

– Posso te ajudar.

– O que ganho com isso?

– Se eu conseguir levá-la ao *vor* – respondeu o agente soviético –, vou receber privilégios. Se você aceitar colaborar comigo, posso pedir uma garantia de que você e sua família fiquem escondidos e sob proteção.

– Não acredito em você. Se você sair daqui, vai ser para colaborar com o FBI – o russo rebateu. – Se eles me relacionarem com você, vão me matar e esquartejar minha família. Eu vou ser sempre uma *suqui* aqui dentro. Mas eles vão fazer coisas horríveis com elas. Tenho uma filha pequena... Não quero que aconteça nada com elas.

Markus entendia a situação de Belikhov. Russos como ele estavam acostumados e viver na cadeia. Disso não tinham medo, nem que virassem as cadelas dos detentos.

Era o que significava *suqui*: cadela.

– Não vou sair daqui para colaborar com ninguém. Vou sair com meus próprios recursos. Tenho ótimos advogados. E no fim das contas, não fiz nada de mau. Sou apenas um amo que fazia dominações para o torneio. Eu não sei nada sobre quem eram essas mulheres ou sobre o que era feito com elas.

– Você as dopava. Sabia qual era o efeito que aquilo causava nelas.

– Sim. Mas nenhuma das mulheres me viu. Ninguém sabia que era eu. Estou consideravelmente protegido.

Belikhov voltou a deitar na cama, sem deixar de olhar para Markus. Não estava muito seguro para confiar no moicano, mas ele era um dedo-duro, estava no seu sangue, e Markus sabia que, mais cedo ou mais tarde, ele iria abrir o bico.

– Eu preciso da sua ajuda, Belikhov. Vai ser bom para nós dois – insistiu.

O homem meditou por alguns segundos e depois soltou:

– Londres.

– Londres?

– Sim. É um paraíso para as *mafiyas*. Todo ano eles monitoram eventos especiais, por todo o mundo, onde haja grande fluxo de mulheres. Procuram sobretudo as virgens. Adoram desflorá-las. Londres é um lugar ideal para os negócios deles.

Leslie usou o estetoscópio em Belikhov, e depois fez a mesma coisa com Markus.

Virgens como eu, a agente pensou amargamente.

Na Inglaterra, quarenta por cento dos crimes eram cometidos pela máfia russa. Londres, em especial, tinha se tornado uma espécie de Éden para todo o tipo de atividades ilícitas e criminosas.

O mais importante: era lá que o dinheiro da venda das mulheres era lavado. Por isso o leilão era realizado na capital inglesa. E por essa mesma razão, a quadrilha de Drakon estava instalada em Londres.

Os problemas da cidade eram a mídia permissiva e a economia não regulamentada, que permitia fraudes fiscais e econômicas, além do controle ínfimo de *hackers* e da venda de armas.

Além do mais, Londres era um lugar conhecido pelo turismo. Por ser um destino de adolescentes em busca de diversão, eles podiam encontrar por lá todas as meninas que quisessem. Todas as vítimas que eles cobiçavam estavam lá; vítimas que evitavam viajar para a Rússia, dentre outros motivos, por causa da máfia.

Em Londres conseguiriam garotas de diferentes etnias, cor de pele, cor de cabelo, cor de olhos… Era, para eles, um grande supermercado.

A SOCA, a Agência para o Crime Organizado, tentava deter a expansão das máfias russas; mas, nos últimos tempos, também haviam se juntado a elas as quadrilhas albanesas-kosovares, chinesas e até as turcas. O crime não dava descanso.

A Inglaterra estava sufocada e, para fechar com chave de ouro, protegia os mafiosos. Ainda repercutia o caso de Grigori Luchansky, o chefe de uma organização mafiosa. A justiça inglesa o tinha absolvido e libertado.

Em seguida, veio o caso de Michael Terney – dono de mais de duzentos milhões de dólares, fruto de estelionato –, que o Reino Unido se negou a prender.

Leslie sabia porque um governo podia ser tão permissivo: o alcance das *mafiyas*, as influências dos assassinos e suas ameaças eram muito difíceis de ser combatidos. E não havia terrorismo maior do que esse: infundir o medo e a dor da morte na cabeça das pessoas.

– Depois do desastre das Ilhas Virgens, eles vão realizar novos sequestros, e de forma massiva – Belikhov prosseguiu. – Eu deveria estar pronto para conduzir as garotas que seriam levadas, dessa vez, de Londres. São muitos clientes que pagaram e não receberam nem a mulher, nem o dinheiro de volta. Os soldados das *bratvas* vão capturar todas as mulheres que aparecerem pela frente e levá-las para compensar o prejuízo.

– Levá-las? Como? Pra onde?

– Isso é que eu não sei... Mas serão mulheres de diferentes nacionalidades; encomendas que vão viajar para todas as partes do mundo até chegarem às mãos de seus compradores. Uma vez sequestradas, as moças passam por um crivo: umas são destinadas para determinado fim, as demais, para outro. Se você quer mesmo chegar até o *vor*, primeiro vai ter que contatá-lo através de seus soldados... Mas são muitas *bratvas* diferentes operando em pontos de chegada de transportes: portos, estações de trem e aeroportos. Só que os membros da quadrilha para a qual eu trabalho têm uma marca distintiva no dorso da mão, e trabalham principalmente nos aeroportos.

– Que marca é essa? – Markus não dispunha dessa informação, que ajudaria muito para iniciar o processo de busca e de negociação.

– Um dragão que morde a própria cauda, desenhando um círculo. O símbolo de Drakon. Por que... eu estou tão zonzo? – ele perguntou, de repente.

– Zonzo? – Markus repetiu.

– É, porra... Parece que a minha língua está funcionando sozinha. Não sei porque estou te contando tudo isso...

Leslie, que estava levantando a camisa de Markus para colocar o estetoscópio em seu peito tatuado, fixou os olhos cinzentos nos olhos ametista dele e deu uma piscadinha.

Markus não estava acreditando. Leslie tinha aplicado alguma droga junto com a dopamina? Seria isso? Ele apertou os dentes e fez um sinal negativo com a cabeça.

Ela deu de ombros e se virou para buscar um pouco de vitamina B no armário de medicamentos e preparar uma injeção para Markus.

– Que merda é essa que você está me dando? – Markus perguntou, em inglês, para Leslie. Não queria tomar injeção nenhuma. Ele nem estava doente!

– Você vomitou muito. Isso vai ajudar na sua recuperação e fará com que se sinta melhor – Leslie explicou, fingindo profissionalismo, completamente tomada por seu papel.

– Acredite, Mark. Isso vai fazer você se sentir muuuito melhor – Belikhov cantarolou, cravando seu olhar escuro e sonolento no teto.

– Claro, Belikhov. – Markus tinha que manter o foco. Afastou Leslie um pouco e olhou novamente para o russo. Sentiu a picada da agulha no braço, mas não deu importância. – Um dragão mordendo a própria cauda. Dentro de alguns dias vai haver um evento em Londres.

– Sim. É um festival de música. Dura três dias. Começa depois de amanhã. A *bratva* de Drakon vai estar por lá até o último segundo para atacar suas presas. É só abordar um deles e convencê-lo a te aproximar do *vor*. Desde que você diga pra ele quem você tem… Espera um pouco. – Ele parou. – Quando você pretende sair daqui? Você não vai ter tempo de agir.

– Hoje, ao meio-dia, meu advogado vem aqui. Ele é muito bom. Vai me tirar daqui com um estalar de dedos.

– Ah. – Belikhov achou a resposta completamente coerente e continuou a delação. – Então, vá para a Inglaterra com a *vybranny*. Para o aeroporto de Londres, em Heathrow, onde a maioria das jovenzinhas vai desembarcar. Eles vão escolher algumas. Depois que as garotas tiverem sido separadas e preparadas, o *vor* vai comparecer na venda final das mercadorias. Não sei como e nem onde vai ser essa venda, elas sempre acontecem em lugares diferentes, mas você vai ficar sabendo se chegar longe o suficiente. Ele e outros chefes vão marcar presença, como se fosse um leilão de luxo. – Olhou para o agente, de cima a baixo. – Você bem que podia conseguir um lugar entre eles; também se tornar um chefe, Markus. E quando me tirar daqui, eu posso trabalhar pra você. – Belikhov começou a rir.

– Trabalhar pra mim? Por que você está dizendo isso?

– Acho que você tem pinta de *vor*. Eu já tinha percebido em Peter Bay. Você esteve nas cadeias russas, amigo. – Olhou dissimuladamente para as tatuagens do moicano. – Que cortem a minha mão agora mesmo se você não estiver preparado pra isso... Você quer ser um homem do crime.

Leslie engasgou. Afastou-se dos leitos e passou a deixar as coisas de volta em ordem. Estava desconfiada de Markus. O histórico dele chamava a atenção.

Ela apertou o botão do interfone e falou:

– Já administrei a medicação do preso 347. – Que era ninguém mais, ninguém menos que Markus. – Podem vir retirá-lo.

Leslie se apoiou na parede, esperando que a porta se abrisse para ela sair dali. Estava meditando sobre quem Markus era, sobre o que ele teve que fazer para estar ali e ser o que ele era agora.

Aquele homem tão enorme, deitado em uma cama, com aquele cabelo tão peculiar e perfeitamente espetado, ofereceu a mão ao Belikhov.

– Você vai ter notícias minhas.

– Bom... é o que eu espero. Ou eu também vou contar tudo sobre você – ele disse com indiferença.

Markus se levantou e ficou em pé diante dele.

– Você não sabe nada sobre mim. Eu não vou ajudar o FBI. Só vou entregar ao *vor* o que é dele por direito, e salvar a sua pele, Belikhov.

– *Ne, ne, ne...* – ele negou, movendo a cabeça de um lado para o outro. – Seu corpo e suas marcas me dizem alguma coisa, Markus. Você desrespeitou o código dos ladrões, e por isso foi castigado na prisão. O que fizeram com você? O que você fez? Quem viola o código uma vez – ele levantou o dedo indicador e apontou –, viola duas vezes.

Markus curvou os lábios, desenhando um sorriso digno de assassino, e respondeu:

– Bom descanso, Belikhov. *Bolshoe spasibo.*

Muito obrigado.

– *Pazhalsta.* – De nada. – A gente se vê.

Quando os dois chegaram ao vestiário para se destrocar, Leslie se aproximou de Markus para falar com ele. O que o Belikhov quis dizer com aquela história de código dos ladrões? Markus tinha desobedecido o código? Quando?

Lébedev estava se trocando em silêncio, de costas para ela.

– Markus...

– Leslie. – Ele então se virou bruscamente e a agarrou pelo queixo. – Vamos deixar as coisas bem claras, gata. Qualquer coisa, eu repito, qualquer coisa que esteja passando por essa sua cabecinha – ele cravou os dedos nas bochechas dela –, você deve me comunicar. Que merda você injetou nele?

– Tiopental. Nós usamos em interrogatórios – ela se desculpou, mesmo não estando arrependida.

– Eu não uso. Ou você não acha que o Belikhov pode identificar todas as substâncias que são injetadas nele? É a porra de um mafioso! Ele já provou de tudo!

– Eu posso utilizá-lo quando e como me convém. Você não é meu superior, Markus.

– Exatamente. Estamos trabalhando em equipe. – Ele soltou o queixo dela. – Então é melhor você se comportar e me informar sobre tudo o que está planejando fazer... E de onde você tirou esse caralho de tiopental?

– De uma bolsinha na minha cinta-liga – ela explicou tranquilamente, com um olhar de reprovação. – Não volte a me segurar assim de novo pelo rosto, Markus, ou eu arranco esses seus cabelos. Não estou brincando. Além do mais, graças a mim, Belikhov não resistiu e te contou tudo sobre a quadrilha do Dragão.

– Graças a você? – Talvez Leslie tivesse razão. Mas ele não iria reconhecer, dentre outros motivos porque ela havia acabado de colocá-los em perigo. – Por outro lado, se o Belikhov tivesse percebido que estava sendo drogado, não diria nada. Foi uma negligência da sua parte.

– Negligência? – ela repetiu, cada vez mais brava. – Negligência é você não me falar que esteve em uma maldita prisão russa e nem contar o que te aconteceu lá.

– Isso não é relevante.

– Como assim, não é relevante!? Se o Belikhov conhece a sua história, outros como ele também vão conhecer. O que significam todas essas suas tatuagens? Eu deveria estar por dentro de tudo o que diz respeito à minha dupla. Você queria ser um *vor v zakone*? Esse era o seu papel como infiltrado? Mesmo? Que merda está acontecendo? Agora eu vou ter que perguntar ao diretor Spurs ou ao vice--diretor Montgomery com que tipo de parceiro eles me juntaram?

– Não somos uma dupla. Só estamos trabalhando juntos, excepcionalmente. Eu não tenho parceira. Não tenho dupla.

– Ótimo. Não somos uma dupla. – Maravilha. Markus só contava o que o interessava. – Eu vou informar o FBI sobre isso, e você informa os seus superiores, se quiser. Mas vai ter que me explicar que código você quebrou e o motivo.

– Não tenho que te explicar nada do que fiz, Leslie. São informações confidenciais e eu não vou divulgá-las para você. Elas são da alçada do serviço de inteligência internacional da Rússia, e não de uma agente do FBI. Certo? Eu não faço perguntas sobre o seu passado, nem sobre as coisas que você teve que fazer e que te transformaram em quem você é agora.

– Eu já entendi. Já entendi que você não se importa com nada.

– Não é que eu não me importe... É que é insignificante.

Os músculos da mandíbula de Leslie ficaram tensos. Markus tinha acabado de confessar, abertamente, que não se importava com nada que ela tivesse feito na vida. Em Peter Bay eles haviam conversado sobre muitas coisas, porém relacionadas ao presente, como gostos ou preferências; nada muito íntimo, nem muito profissional.

Insignificante: uma bela palavra para definir tudo o que eles sabiam um sobre o outro.

Leslie não conhecia Markus.

Markus não conhecia Leslie.

– Podemos nos focar no que é do nosso interesse, agente?

– Claro, russo – ela aceitou, beligerante.

Leslie tinha entendido uma coisa naquele momento.

Markus trabalhava sozinho porque era incapaz de confiar em outra pessoa.

Quando ela o conheceu como um amo, em Peter Bay, sentiu-se segura porque ele era um agente da lei, um semelhante, que nunca causaria qualquer dano a ela.

A segurança de outrora não tinha nada a ver com a relação que estavam tendo agora. Trabalho era trabalho. E nada mais.

Markus não queria ser incomodado e, mesmo Leslie sentindo que ele a queria e a olhava com olhos desejosos – porque ela era mulher e percebia muito bem –, era notável que Markus a via mais como um peso do que como um reforço para a missão.

– Muito bem, agente Lébedev – ela aceitou, rangendo os dentes.
– Ficou claro que eu sou sua colega de trabalho, e não sua parceira.

Sabendo disso, esses serão nossos papéis: vou com você na condição de refém; vou ser a escolhida do *vor*. Você será o encarregado de mim, ou como você queira chamar.

– Encarregado está bom.

– Então eis o que vamos ter que fazer: primeiro, comprar duas passagens para Londres, em caráter de urgência, para hoje à noite. Teremos que acionar nossos celulares internacionais e começar a procurar os membros da quadrilha do Dragão. De acordo?

– Cem por cento.

– Então, futuro *vor v zakone* – ela disse com repulsa –, vamos sair dessa pocilga.

6

Leslie, que estava observando as nuvens durante o voo para a Europa, repassava mentalmente tudo o que eles tinham pedido para os *hackers* da inteligência do FBI.

Os celulares tinham sofrido ajustes, como a adição de um supressor de picos de tensão, que protegia as linhas para que os agentes pudessem enviar informações com total tranquilidade. Usando os celulares eles poderiam se comunicar tanto com o FBI quanto com o SVR. Na Inglaterra, membros da SOCA estariam preparados para intervir, mas sem nunca interferir na missão se não fosse estritamente necessário.

Leslie preferia que não houvesse interferência. Já era difícil trabalhar com alguém que seguia protocolos distintos, como o russo; imagina então se os ingleses resolvessem se meter na história.

Sua identidade do FBI tinha sido anulada enquanto ela se preparava para o torneio do caso Amos e Masmorras, então ela não deveria se preocupar com isso. Mas mesmo assim se preocupava. Ela era paranoica nesse nível.

Paranoica para se pentear e deixar o cabelo liso e arrumado; paranoica por organização e limpeza. Paranoica para... quase tudo.

Ela também pediu que um dos *hackers* cedesse um cartão de crédito para que ela pudesse usar o meio milhão de dólares que Nick Summers, outro agente da missão Amos e Masmorras, conhecido no mundo do BDSM como Tigrão, tinha lhe dado de presente, depois de ser o ganhador involuntário do torneio. Lamentavelmente, a parceira do Nick, Thelma, havia sido assassinada pelos Vilões na Noite de Santa Valburga. Leslie podia imaginar o quanto o agente estava mal e como ele se sentia culpado por não ter conseguido proteger Thelma.

A questão era que, enquanto seus belos olhos reparavam em uma nuvem que se dispersava no céu, ela estava viajando para a Europa, infiltrada, na companhia de um agente soviético que escondia muitos segredos; e Leslie se via na obrigação não só de informar seus superiores sobre o andamento da missão, mas também de alertá-los sobre Markus.

Alguma coisa nele a deixava com a pulga atrás da orelha e, depois das palavras do Belikhov e da falta de comunicação entre os agentes, essa insegurança só aumentava. E ela odiava se sentir assim em relação a um companheiro, mas o russo não facilitava as coisas. E ela não ia se deixar levar pelo *sex appeal* dele, ou pela atração que sentia por ele.

Depois que saíram do presídio, Markus a deixou em casa para que ela terminasse de arrumar sua leve e insignificante bagagem e deixasse os celulares prontos. Eles não tinham voltado a conversar, exceto quando o agente informou os detalhes sobre o voo que eles pegariam e sobre as passagens.

Eles tinham se despedido de forma conveniente.

E depois, quando voltaram a se ver, só se cumprimentaram com: "Esfriou agora à noite". "Uhum", foi o que ela respondeu.

Ela ficava irritada por não poder falar. Nunca tinha sido uma matraca, essa era a Cleo, mas Leslie sempre puxava assunto e gostava de escutar e de falar com os outros. Ver as expressões, os gestos, os olhares, decifrar se a pessoa estava mentindo ou não, se a voz era trêmula ou não... Não dava para detectar essas coisas em Markus, porque o tom de voz dele era monótono, sem altos e baixos. E ele proferia as palavras perfeitamente, de forma pausada, certeira e educada.

Ela coçou a coxa e tirou uma bolinha branca da calça. Tinha se vestido discretamente, com um jeans preto justo e uma camiseta rosa com decote. Mas estava fazendo frio no avião, e ela não tinha deixado nenhuma blusa na bagagem de mão. Esfregou os braços e se cobriu com uma manta quadriculada, vermelha e preta, cedida pela aeromoça. Mesmo assim, ela continuava gelada.

Markus se mexeu, ao lado, tirou a jaqueta jeans que estava usando e colocou por cima dos ombros dela.

– Não quero que você fique gripada – ele disse, solícito.

Ela não estava esperando por isso.

– Claro, como é que você vai entregar um produto estragado, né...? – ela brincou, com humor ácido.

– De nada.

Mais uma vez, Markus ignorou o comentário. Ele abriu a mesinha que estava nas costas da cadeira à sua frente e, sem pedir permissão, fez o mesmo com a mesa dela.

– O que você está fazendo? – ela perguntou. – Eles ainda não vão servir o jantar.

– Não importa. Estou morrendo de fome. Não como nada desde que saímos de Parish, ontem.

– Você não comeu nada?

– Não.

– Isso dá quase um dia inteiro, Markus. Você não comeu nada, de verdade? – Leslie olhou para ele de cima a baixo, surpresa; um homem tão grande e forte tinha que se alimentar para sustentar todos aqueles músculos. Ele devia estar faminto. – Mas por quê? Ai, desculpa... – ela retificou imediatamente. – Você também não vai me responder isso, não é? Só vamos conversar sobre trabalho e coisas banais.

Markus olhou fixamente para ela, e suas pálpebras oscilaram um pouco.

– Esqueci.

– Esqueceu o quê?

– Esqueci de comer.

Dessa vez foram os olhos cinzentos de Leslie que pestanearam, incrédulos.

– Esquecer de comer é a mesma coisa de esquecer de respirar – ela opinou, atônita. – Eu não consigo me esquecer de comer. Tenho que alimentar o verme.

O russo piscou e depois, como num passe de mágica, sorriu. Sorriu de verdade.

Leslie, confusa, viu-se estarrecida ante o gesto, extremamente comovida. Como um maldito sorriso podia provocar aquilo nela? A expressão era acompanhada por ruguinhas adoráveis no canto dos olhos, sinal de que ele não era nenhum moleque, mas um homem; um homem único e atraente, tão sexy que a água se esquentava sozinha quando ele tomava banho.

– Você tem um verme? – Markus perguntou, entretido.

Ela saiu de seu deslumbramento particular e falou precisamente:

– Sim. Chama-se Ária.

– Ária?

– Sim.

– É um apelido?

– Claro.

– E qual é o nome completo? – ele questionou, interessado.

Leslie arqueou uma sobrancelha preto-azulada e pensou: *Sério mesmo?*

– SolitÁria.

Markus franziu a testa e Leslie ficou vermelha.

– É tipo James Bond, sabe? – Fez o V da vitória com o indicador e o dedo do meio e os moveu. – Sacou?

– Isso foi uma piada?

– Se você está perguntando é porque eu contei muito mal... Bond... James Bond. Ária... SolitÁria.

Leslie queria se afundar no assento. Estava morrendo de vergonha. Nunca contava piadas. Não tinham nenhuma graça quando ela narrava, e ela sabia disso. Mesmo assim tinha que soltar uma dessas com o homem mais obtuso e com o menor senso de humor do mundo.

Que desastre. Markus a deixava meio nervosa.

Para esconder a cara de vergonha, ela se cobriu com a jaqueta jeans emprestada e ficou embebida naquele cheiro. Ele era muito cheiroso.

Um cheiro de limpo.

Um cheiro de macho.

– Você costuma se esquecer de comer? – ela mudou de assunto.

– Às vezes.

– Eu não acredito... – sussurrou ela, estupefata. – E seus horários?

– Variam muito.

A aeromoça atendeu ao chamado e interrompeu a conversa.

– O que os senhores desejam? – perguntou a moça loira e sorridente, de camisa tão apertada que parecia que os botões podiam saltar a qualquer momento.

Markus analisou o cardápio. De repente, como quem não queria nada, pediu cinco hambúrgueres especiais, batatas recheadas com legumes, azeitonas, quatro sucos, duas cervejas, duas Cocas light, uma caixa de bombons e outros doces... A lista parecia não terminar. A cara da aeromoça era impagável. Leslie ficou com vontade de rir.

– Deixa comida pros outros... – ela cochichou no ouvido dele.

Porém Markus, irredutível, inclinou a cabeça para ela.

– E você, quer comer o que, Les? – perguntou, usando seu apelido.

Les. Ele tinha acabado de chamá-la de Les, como se fossem amigos.

Mas aquilo não tinha sido a verdadeira surpresa. O escandaloso era que ela pensava que todo aquele arsenal de alimentos era para dividir, e pelo visto, não: era só para ele.

A agente se engasgou.

– Acho que um hambúrguer especial e um refrigerante é o suficiente. Obrigada.

A aeromoça olhou, agradecida, porque já não tinha mais papel para anotar, e se despediu com sua enorme lista de pratos a serem preparados.

Markus se ajeitou no assento e apoiou a cabeça no encosto.

Leslie não parava de olhar para ele e, de repente, começou a rir como uma doida. Ela não imaginava que ele pudesse agir daquela maneira, como um morto de fome desesperado, e além do mais, pedir toda aquela comida com tamanha naturalidade, como se todo mundo comesse assim todos os dias.

– Eu falei que estava com fome – ele se justificou, dando de ombros.

– Claro – respondeu Leslie –, os meninos sentados ali atrás também estão com fome e tenho certeza de que acabou o estoque de hambúrgueres. Você os deixou sem nada! – Ela secou as lágrimas das risadas, tentando, em vão, se acalmar. – Pelo amor de Deus... onde você enfia toda essa comida? Parece o Come Come, da Vila Sésamo.

Foi aí que o russo deu um salto e começou a rir com força, acordando mais de um dos passageiros que aproveitavam a escuridão noturna para dormir.

Leslie riu mais ainda.

– O que é que tem tanta graça? – ela indagou, um pouco perdida.

– Come Come. Achei engraçado esse nome...

– Come Come? Sério?

Les olhou para o moicano, que estava tremendo de tanto rir; olhou como se ele tivesse sete cabeças; o fato de gargalhar com uma besteira daquelas e não com sua piada da solitária despertou nela uma estranha ternura.

E também medo.

O que se escondia no passado do Markus?

Eles tinham saído do aeroporto Louis Armstrong International na segunda-feira, às dez e meia da noite, e chegado a Londres no dia seguinte, às oito da noite. Foram vinte e duas horas de voo, com uma escala em Barcelona.

Markus adorou visitar a capital da Catalunha, porque tinha ouvido falar muito bem da cidade. Talvez, quando se aposentasse, no futuro, ele fosse para lá. Um homem como ele, sem nenhuma raiz, podia morar em qualquer lugar, não podia? De preferência em uma cidade como aquela: cheia de luz, cultura e alegria.

Ele estava cansado, fazia muito tempo que não dormia; mas, pelo menos, depois de saquear as despensas de todos os aviões em que eles estiveram, agora estava com a barriga cheia e com energia suficiente para continuar assim por mais dois dias.

Não precisava de mais nada.

Só quarenta e oito horas. Quarenta e oito horas intensas até chegar ao *vor*. E ele chegaria, claro que sim. Chegaria.

Porque estava perseguindo aquilo havia mais de sete anos. Porque aquele caso tinha arrancado dele parte da humanidade que ele tivera, e acabado com muitas coisas que ele gostara até transformá-lo, da pior forma possível, em um esconderijo de si mesmo. Em uma sombra.

De fato, havia dias que ele se olhava no espelho e se deparava com um desconhecido, cuja origem ele não recordava.

Quem era ele? Por que estava fazendo tudo aquilo?

E imediatamente em seguida ele era bombardeado por todas as razões, explodindo sua mente, deixando-o de joelhos, porque a verdade era uma só: ele estava fazendo tudo aquilo por vingança.

Nada era mais poderoso do que a *vendetta*. E ela o tomaria por inteiro.

Enquanto Leslie pegava o táxi, um tradicional e elegante *black cab*, todo preto, muitas outras perguntas fustigavam sua consciência. Era surpreendente que ele ainda a conservasse.

Aquela mulher havia tido o azar de ir parar com ele na missão de sua vida; e ele não teria nenhum escrúpulo no momento de usá-la como fosse mais adequado para a investigação.

Infiltrar-se implicava deixar muitas coisas para trás; dentre as quais a essência de si mesmo. Principalmente quando se tratava de entrar na máfia mais cruel e sangrenta de todas. Ele não hesitaria em se comportar como um supervisor nazista se a situação assim exigisse.

Por exemplo, ao sair do avião, ele fez Leslie prender os cabelos e escondê-los debaixo de um gorro de linho cinza-escuro, bem largo. Obrigou-a a colocar óculos e a se vestir com cores mais neutras e menos chamativas. Ela teve que ir no banheiro tirar a camiseta rosa e colocar uma blusinha branca, de alcinhas.

– Estou parecendo uma fã do Bob Marley – Leslie resmungou, contrariada. – Talvez você devesse desfazer essa crista. Assim você está chamando a atenção.

– Eu não importo. Ninguém vai olhar pra mim – ele rebateu, enquanto colocava a blusa mal dobrada dentro da mala de viagem, de couro preto, de Leslie. – Eles estão de olho nas mulheres, procurando presas fáceis. As que estão sozinhas, ou em grupos de duas ou três pessoas. Você tem um belo corpo, Leslie, e um rosto lindo... Mesmo desse jeito você continua chamando a atenção – ele disse, irritado.

– Você está me xavecando, russo? No banheiro feminino? – ela perguntou, mal-humorada. Não entendia aquela necessidade que ele tinha de monitorar tudo. Tudo bem, ela era controladora, mas aquilo era ultrapassar os limites. – Porque eu te lembro que você está atrás de uma porta que tem uma placa de uma mulher de saia. E a não ser que você seja escocês, estilo *highlander*, duvido que você se confunda.

Markus fez um som com a garganta, parecido com uma risada rouca.

Sim, ele tinha entrado com ela para se assegurar de que não havia câmeras nas instalações ou nas cabines. Os membros das quadrilhas podiam tentar escutar conversas de todo o tipo, para descobrir se as mulheres estavam viajando sozinhas ou acompanhadas.

– Eu sei. Você sabe por qual razão eu entrei aqui com você – ele disse no pequeno compartimento, com um vaso sanitário no meio. Ele olhou para os peitos da agente cobertos por um sutiã branco de renda, e voltou a se sentir mal. Por que ele não podia deixar de olhar para ela? Por que ele gostava tanto do que via?

– Sim. E não tem câmera. Isso eu também posso checar, Lébedev – ela cochichou.

– Você tem razão – ele confessou, dando de ombros. – Não quero que você chame a atenção até que eu decida. E não sei que tipo de roupas você trouxe. Só queria verificar que não vestisse nada fosforescente, nem aquelas combinações horríveis que os norte-americanos amam, para deixar óbvio que você é estrangeira.

Leslie franziu as sobrancelhas e negou com a cabeça.

– Quero que você saia daqui e me deixe tranquila. Preciso de privacidade.

– Tudo bem – ele cedeu, sabendo que a tinha ofendido um pouquinho. – Te espero lá fora.

Ele estava mentindo.

Não ia ceder um milímetro sequer.

Leslie era encantadora. A mulher mais interessante que ele já tinha conhecido. Possuía um sabor único e explosivo e, sempre que ele se lembrava disso, acabava se masturbando como um louco pensando nela, em como Leslie tinha gozado em seus lábios e palpitado em sua língua.

Mas aquela obsessão insana não levava ninguém a lugar nenhum e ele tinha que fazê-la sumir.

Nada, nada era mais importante do que colocar um ponto final naquele assunto. Acabar com a quadrilha de tráfico de pessoas do *vor* e ficar frente a frente com Drakon.

Ele estava arriscando sua posição por isso, mesmo que, a essa altura, já não soubesse mais para quem estava trabalhando ou de que lado estava.

Ele só sabia que estava do seu próprio lado.

Sua missão era estritamente pessoal e intransferível.

7

Eles se hospedaram em um dos hotéis Ibis de Londres. Nada muito pretencioso, mas muito funcional. Assim evitariam grandes deslocamentos para acompanhar o movimento na chegada do aeroporto e investigariam de que forma as mulheres eram atraídas, monitoradas e sequestradas.

– Me dá medo saber que existem mulheres tão ingênuas, que confiam em homens que elas nunca viram na vida – disse Leslie, em voz alta, enquanto, sentada no pequeno escritório próximo à janela, abria sua mala de viagem e tirava o tecido que protegia o compartimento especial, evitando que fosse descoberto pelas máquinas de raios-x e pelos detectores de metais. Ali estavam suas armas: a Beretta de bolso e a Glock 19 com mira a laser vermelha. Uma bela híbrida, preta e elegante como uma pantera, de aço e plástico rígido. Ela carregou as duas pistolas com balas especiais e as deixou juntas, alinhadas. – Todas essas mulheres sequestradas têm o mesmo perfil: são ingênuas.

– Elas não são ingênuas. Simplesmente estão desinformadas. Elas não acham que essa coisa de tráfico de pessoas as possa atingir e por isso agem de forma inconsciente e despreocupada. Tenho certeza de que muitas nem sabem o que significa o conceito de "tráfico de pessoas". – Markus tinha tomado banho e agora estava encostado na parede, olhando pela janela, ao lado de Leslie. Ele gostava do ritmo que a norte-americana tinha para carregar suas armas; ficava hipnotizado com a forma com que ela mimava e cuidava delas, como se fossem…

– Olha isso, russo. – Leslie levantou a Beretta e deu uma piscadinha. – A melhor amiga de uma mulher. Eis aqui. Uma pequena pistola que a salve de psicopatas como esses que estão à solta por aí… Com um pente, chega a até trinta e três tiros. Automática.

Markus sorriu. Sim, era isso. Leslie tratava suas armas como se elas fossem seus melhores amigos. Com cuidado e ternura para não as riscar, não as maltratar… Elas sempre estavam preparadas; prontas para a ação.

A moça ficou observando aqueles cabelos espetados, aquela crista, cujas pontas, mais avermelhadas, olhavam para cima. Ele tinha se vestido: jeans, camiseta preta e um Nike de couro preto. Estava arrebatador. A tatuagem em seu ombro passava pelo peito e subia pela lateral do pescoço, camuflando-se atrás da orelha direita.

– Você quer ver a minha?

– O quê?

– Minha pistola.

– Você quer me mostrar a sua pistola? – Leslie arqueou uma sobrancelha preta e começou a rir. – Senhor Lébedev, eu não sabia que você era tão direto.

Markus levantou os cantos dos lábios e levou a mão para a parte inferior das costas.

– Uma HK USP 45 automática. É feita de polímero, não requer nenhum tipo de ajuste ou manutenção, por ter um sistema de redução de recuo. – Passou os dedos pela pistola escura, que tinha um pequeno dispositivo a laser abaixo do cano. – E também tenho uma

Beretta. – Ele voltou a colocar as mãos nas costas. – Que nem você. Mas a minha é muito maior e mais grossa do que a sua.

Leslie negou com a cabeça e começou a rir.

– Você sabe que tamanho não é documento, né?

Markus concordou com a cabeça e se viu, de novo, brincando com ela, mostrando sua pistola prateada com o cabo preto.

– Acho que sim, Connelly. Vinte e dois centímetros de comprimento. Toda de aço – ele murmurou, tocando no cano como se fosse seu pênis.

Leslie engoliu saliva e levantou as sobrancelhas.

– Atira bem?

– Nunca falha.

Os olhos ametista de Markus flertavam livremente. E os dela também. Por que estavam fazendo aquilo se o combinado era que não deveriam perder o foco na missão?

Como evitar?, Leslie se perguntava. Ela não conseguia se enganar. Um tinha chupado o outro, não dava para negar, mesmo que Markus soubesse se fazer de indiferente melhor do que ela.

Leslie se levantou da cadeira do escritório e parou na frente dele. Analisou os traços talhados e contundentes do russo.

Cada vez que o olhava de perto, ela perdia o juízo. Nunca tinha passado por isso. Nunca tinha se sentido assim com um homem. Eram aqueles olhos.

Não eram as tatuagens, nem os músculos ou o queixo quadrado... Nem sequer o cabelo.

Seus olhos. Em seu olhar se escondiam milhares de segredos e uma súplica. Os segredos a assustavam, mas era a súplica que a atraía.

O que ele estava pedindo? Aqueles olhos, quase rubis, clamavam pelo quê? Aquele chamado estava ali desde sempre. Leslie tinha percebido logo que o viu pela primeira vez.

Markus intimidava com sua presença e seu comportamento grosseiro e rústico. O recurso que mais utilizava era o sarcasmo, muitas vezes ácido e áspero como ele mesmo. No entanto, Leslie e Cleo eram especialistas em perfis e tinham aprendido a observar as pessoas.

Markus não dizia nada. Ardia em fogo brando e, em algum momento, perderia o controle. Só aí ela poderia conhecer a verdadeira personalidade do agente soviético.

Enquanto isso, ela estava em situação desfavorável diante dele. Por um lado, Leslie era incapaz de compreendê-lo; por outro, gostava dele mais do que estava disposta a admitir. E isso significava apenas uma coisa: problemas.

O moicano se deu conta de que Leslie estava tentando enxergar através dele e não gostou da situação. Ele então interrompeu o contato visual e caminhou até o sofá laranja para se sentar e ligar a televisão.

– Minha pistola ganha da sua, Lébedev – disse Leslie, segurando a Beretta, consciente de que ele havia quebrado o clima de forma brusca. – Ela é menor, mas muito mais pesada. Mais ágil e polivalente.

Markus não se importou.

– Sempre achei que essa história de que tamanho não é documento era coisa de caras com o pau pequeno. Nesse caso, você tem o pau pequeno, *vedma*.

Leslie deu de ombros. Aquele apelido carinhoso em russo revirava seu estômago.

– Não se preocupe, Lébedev. Você vai me agradecer quando

minha pistolinha te salvar dos malfeitores. – Ela piscou um olho e tirou uma toalha de dentro do armário embutido. – Vou tomar um banho rápido.

– Falar de pistolas te deixou com calor?

Leslie negou com a cabeça e deu uma gargalhada.

Gato, você não faz nem ideia…

– De pistolas? *Ne, ne, ne…* Falar de paus me deixou com calor. – Ela lançou um último olhar, cheio de desejo, e se virou.

O gesto chamou a atenção de Markus, que permaneceu sentado no sofá, vendo aquela mulher imprevisível e terrivelmente sincera desaparecer fechando a porta do banheiro, deixando-o excitado e sem palavras.

De que jeito ia resistir a ela?

Como os dois iam sobreviver, juntos, naquela missão?

Ele não resistiu.

Estava sentenciado no momento em que ouviu a água correr e imaginou Leslie debaixo daquele potente jorro de água quente.

Markus se levantou e abriu lentamente a porta do banheiro.

Leslie se virou, surpresa. Passou as mãos pelos cabelos e cuspiu suavemente a água que entrava em sua boca. Fechou os olhos e se expôs a ele, jogando a cabeça para trás.

Abandonando-se.

– O que você vai fazer, grandalhão? – Leslie perguntou com um sorriso sacana e provocador.

Markus a acariciou com os olhos. Ela era perfeita pra caralho.

Elegante, estilosa, suave e ao mesmo tempo dura. Doce quando tinha que ser.

Estava com as bochechas vermelhas por causa do calor e... sorrindo.

Foi ela quem abriu a porta do boxe e deu um passo para trás, esperando que ele entrasse.

– Você quer me ensaboar, Markus?

Ele aceitou, fascinado pela voz e pelo olhar daquela mulher.

Sim. Ela era uma bruxa que tinha o enfeitiçado.

Leslie encheu as mãos de sabonete e o passou no corpo. A espuma cresceu sobre sua pele; seus dedos resvalavam por cada canto, por cada espaço. E ele estava com vontade de preencher cada um deles.

Depois, Leslie colocou as mãos entre as pernas e passou o sabonete ali, tocando-se aos poucos, com cuidado.

– Quer continuar pra mim? – ela perguntou, curvando as costas de forma sedutora, apoiando os ombros na parede de azulejos, com as pernas descaradamente abertas.

– Quero.

– Quer?

– Quero, caralho. – Markus a pegou pelo pulso e a puxou para perto de si, até quase tirá-la do chuveiro.

Ele a fez girar e ficar de cara com a parede.

Leslie se apoiou nos azulejos marrons e laranjas, com as mãos abertas, e empinou a bunda para ele. A água estava caindo sobre a base de sua coluna, molhando as nádegas e as coxas.

Markus sentia tanto tesão que passou a mão entre as bolas altas e duras. Leslie tinha um belo traseiro, que podia satisfazer suas exigências mais ousadas.

Ele sabia que ela não teria medo de coisa nenhuma; ela havia sido preparada para tudo na missão Amos e Masmorras. E aquilo era maravilhoso, porque, dessa forma, ele não teria que ensinar nada para ela.

Ele nunca imaginou que, como infiltrado, acabaria conhecendo o mundo de amos e submissos; jamais tinha pensado que era possível praticar sexo daquela maneira. Mas ele gostava. Era exatamente o que ele gostava. Era como se aquele mundo de identidades falsas – no qual ele estava perdido como pessoa e onde tinha vendido a alma para o diabo – oferecesse pelo menos a oportunidade de se encontrar com suas verdadeiras inclinações sexuais. No meio de tudo aquilo, alguma coisa era real.

– Segura firme, *vedma* – ele disse com voz rouca, desabotoando a calça e abrindo o zíper.

Leslie o olhou por cima do ombro e sorriu, abrindo mais as pernas e fixando sua posição dentro do boxe.

Markus tirou a ereção de dentro da calça e apoiou uma das mãos nas nádegas de Leslie. Com a outra ele guiou a cabeça de seu pênis até a entrada da agente, molhada pela água e pelos fluidos dela, e foi penetrando pouco a pouco.

Foi sentindo como as carnes dela se esticavam, dando lugar para ele entrar, e quando a cabeça a invadiu por completo, só a cabeça, ele já se sentiu vitorioso.

Leslie gemeu e balançou o quadril, convocando-o a ser mais duro e entrar nela por completo.

Markus a invadiu lentamente, curtindo aquela vagina macia e dilatada. Levantou a cabeça e, através do vidro do boxe, olhou para o espelho à direita; queria se ver fazendo aquilo com ela; queria apreciar aquela imagem erótica e consentida.

Mas o vapor ia embaçando parcialmente o vidro, menos a parte que refletia a porta do banheiro.

A porta estava entreaberta, e aquela fenda mostrava olhos perturbados, pretos e escuros como os de um árabe. Tinha três lágrimas abaixo da pálpebra esquerda e olhavam para ele.

Markus os reconheceu no mesmo instante.

De repente, a porta se abriu.

– Porra! – gritou Markus.

Três homens entraram no banheiro. Três homens que falavam um dialeto chamado *fenya*. Era a língua dos criminosos russos, com um vocabulário um pouco diferente do russo convencional.

O homem com as lágrimas no olho se chamava Tyoma. Era um dos presos que havia dividido cela com ele. Era conhecido como *O Delator sem Alma*.

Seu delator.

Antes que Markus pudesse reagir, eles o seguraram e o tiraram do chuveiro, empurrando-o e forçando-o contra a parede.

Ele bateu com a cabeça no vaso e ficou meio mole, quase inconsciente.

Um dos homens o imobilizou, com o braço ao redor de seu pescoço, obrigando-o a olhar para o que eles fariam com Leslie.

Tyoma agarrou a jovem agente e a jogou contra o vidro, com força. Ela tentou lutar contra ele, mas aquele homem tinha feito parte do exército russo, e era um maldito assassino.

Ela estava despida e indefesa. Não tinha armas, mas podia usar as mãos. Leslie tinha dito para Markus que podia derrubá-lo usando apenas dois dedos, então por que ela não acabava com Tyoma?

Porque Tyoma tinha mais poder do que ela.

O russo a virou de costas e acabou com a farra que Markus tinha começado.

Ele a violou sem qualquer remorso, ignorando os gritos de

dor e de raiva. Ignorando o pranto que lhe suplicava parar.

– Solta ela, seu filho da puta! Vou te matar! – Markus se jogou em cima do cara que o agarrava e lhe arrebentou o nariz com uma cotovelada.

Ele queria alcançar o Tyoma, pegá-lo, mas o outro capanga entrou no caminho e jogou Markus no chão. Pisou em sua cabeça e apontou uma arma para sua testa.

– Olha bem, imbecil. Olha o que a gente faz com a sua putinha – disse ele.

Tyoma colocou Leslie de frente. Ela estava com os cabelos pretos sobre o rosto, encharcados com a água do chuveiro.

– Está vendo? – Tyoma puxava o cabelo de Les enquanto olhava fixamente para Markus. – Olha bem pra ela. Para ser um *vor*, você tem que respeitar o código dos ladrões. E você quebrou as regras.

Markus se livrou do outro capanga e correu para tentar deter Tyoma, mas este já havia enfiado um punhal na barriga da agente, que se contorcia de sofrimento.

– *Ne! Ne! Dina! Ne!*

Markus, morto de raiva e de impotência, partiu com tudo o que tinha para cima de Tyoma.

Iria estrangulá-lo.

– Markus! Lébedev! Chega!

Leslie tinha saído de seu agradável banho, assustada ao escutar os gritos desamparados do agente.

Ele estava dormindo no sofá. Era um pesadelo. Seu corpo convulsionava, sofria espasmos e lutava contra algo ou alguém que estava lhe fazendo mal.

Na tentativa de acordá-lo, Leslie balançou-o suavemente, mas quando o russo sentiu o contato, ainda dormindo, acabou derrubando-a no chão da pequena sala e ficou em cima dela.

A toalha se abriu por completo, e agora ela estava com um homem de uns cem quilos de músculos sentado em sua barriga, estrangulando-a.

– Lébedev! *Stop! Stop!*

Ela estava se asfixiando e não tinha forças para se livrar dele. Leslie então utilizou um de seus vários recursos de defesa pessoal e colocou o dedo indicador e o do meio, juntos, nas axilas dele, apertando em um ponto extremamente doloroso, o que fez o russo recuar e soltá-la, mas sem sair de cima dela.

Markus abriu os olhos, desorientados e perdidos. Deu uma olhada ao seu redor e se viu em cima de Leslie, nua sobre o carpete. Ela o observava com serenidade, como se o entendesse e tivesse visto tudo o que a mente dele havia criado.

Merda, ele tinha dormido. Apagou no momento em que estava pensando nela, ouvindo a voz monótona da televisão...

Em um momento capital, ele havia relaxado e... caído no sono.

Ele não podia dormir. Quando adormecia, vinham os pesadelos... que o castigavam e oprimiam sua alma como uma jiboia-constritora. E ele não podia permitir aquilo.

Ficou tão envergonhado com seu comportamento diante dela que não soube nem como reagir.

Maldição, ele estava tentando estrangular a Leslie!

Markus colocou as mãos no rosto e esfregou os olhos e as bochechas.

Leslie estava com a respiração ofegante debaixo dele. Com certeza ela estava com marcas no pescoço; inclusive, por um momento, tinha temido por sua própria vida. A força daquele homem era brutal, e a agente tinha uma estrutura física frágil. Ela podia ter morrido.

Porém, quem poderia culpá-lo? Markus estava perdido entre suas lembranças dolorosas. Nem sequer entravam na categoria de dolorosas, já que os sonhos que não se diferenciavam da realidade eram aterradores, sem dúvida os mais perigosos.

E Leslie precisava conhecê-los para aplacar aquele tormento.

Ela levantou as mãos na direção de Markus e o agarrou pelo rosto para que ele sentisse contato humano, o calor de sua pele e a suavidade de seus dedos.

Ela era real. Não fazia parte de nenhum sonho. E queria que o russo entendesse isso.

Markus ficou paralisado quando notou que ela o tocava e o obrigava a prestar atenção naquele ato.

– Fantasmas? – ela questionou com ternura. Pestanejou, compreensiva, e sorriu para que ele soubesse que estava desculpado.

Markus olhou para ela atônito. Passou-lhe as mãos no pescoço, inconformado consigo mesmo. Leslie ia ficar com marcas. Depois, ele roçou os dedos pela barriga dela, nua, para se assegurar de que Tyoma não havia feito nada.

– Ele não encostou em você. Está tudo bem – ele disse, em voz alta, para ter certeza daquilo.

Ela estava pelada, como veio ao mundo. Markus estava em cima dela, sem forças para se afastar.

– Ele? Não. Quem quer que seja, ele não está aqui. Só na sua cabeça. – Leslie acariciou as bochechas dele com seus polegares.

– Me desculpa, Leslie – ele cochichou, envergonhado.

– Você não dormiu no avião?

– Não.

– Há quanto tempo você não dorme? – Ela o pegou pelo queixo e também fez uns carinhos ali.

De repente, sentiu o dever de consolá-lo e de ser um ombro amigo. Qual seria a sensação de ser o principal conforto de um homem tão frio e dominador como aquele? Ela se assustou ao perceber o quanto desejava ser o alívio particular do russo.

Markus fez um sinal de negativo com a cabeça e tentou se levantar.

– Geralmente eu não durmo muito. – Ele se ergueu como se não fosse digno de receber nenhum mimo.

Leslie não tinha a intenção de ficar deitada no carpete, sem nada, então o imitou, disposta a dar um pouco de calor e de amparo a ele.

– Você não dorme muito? Tem que descansar.

Markus queria gritar para que ela se afastasse. Não ia permitir que aquela mulher corresse qualquer perigo por se relacionar com ele.

Tinha sido marcado pelas *bratvas*. Marcado por infelicidade. A qualquer momento, alguma coisa podia lhe acontecer.

E ela... Ela estava completamente nua.

Markus andou até a geladeira e tomou uma garrafinha de uísque. Ele a abriu e tomou tudo, sem pausas.

– Merda de bar... – grunhiu.

– Markus? A não ser que esse frasco tenha um pouco de calmante, você não deveria beber isso. – Ela ergueu a mão para tirar a bebida das mãos dele, mas a garrafa já estava vazia.

– E você não deveria andar pelada na minha frente.

– Não é culpa minha que você tenha arrancado a minha toalha e tentado me estrangular.

De repente, o apartamento tinha ficado pequeno. Leslie estava na cola dele, se oferecendo para conversar, para ser não só uma colega, mas também uma amiga. E ele não podia permitir aquilo.

– Por acaso pedi sua ajuda? – ele perguntou de forma áspera.

Leslie apertou os lábios e negou com a cabeça. Não. Em nenhum momento ele havia pedido ajuda, mas ela, que era especialista em se meter nos assuntos dos outros, se via obrigada a se envolver na vida de Markus.

– Você não tem que pedir. Está na cara que você precisa de ajuda. Pode falar comigo, Markus. Eu não sei nada sobre você, e tenho medo de que esse assunto das máfias e das *bratvas* te afete mais do que parece.

– Não preciso falar com você e nem abrir o meu coração, Leslie – ele se esquivou. – Eu estou aqui para trabalhar. Não pra fazer terapia nem psicanálise. E muito menos pra transar. Amos e Masmorras terminou nas Ilhas Virgens. E a minha vingança contra você acabou em Nova Orleans.

– Vingança? Você está falando da felação?

– Estou. E pronto. Acabou. Parece que você está atrás de mim em busca de emoção, de uma aventura que eu não vou te dar. – Ele olhou para ela, de cima a baixo. – Se eu quiser transar, vou atrás disso em outro lugar, com outra mulher, não com você. Coloca uma roupa, caralho. Para de se humilhar.

Leslie pestanejou, confusa e atordoada por causa daquelas palavras duras. Ela era mestra em tomar porrada, e aguentaria aquela mostra de desdém e raiva.

– Você é um cretino, Lébedev.

– Sou, e é melhor que você leve isso em conta. Agora vamos nos focar somente na missão, certo? – ele pediu, mais calmo.

Leslie não ia se rebaixar de novo diante dele. Era ela quem estava tentando estabelecer vínculo, era ela quem queria se aproximar do homem de gelo. Mas ele não queria ter nada a ver com ela. Lição aprendida.

– Sem nenhum problema, Lébedev. Mas você tem que dar esse mesmo conselho pra sua pica. Ela é a única aqui que tem alguma expectativa – disse Leslie, apontando a ereção que ele tinha entre as pernas.

A agente se virou e agachou para pegar a toalha e se cobrir. Nunca tinha sentido vergonha de seu corpo e nem de suas atitudes, às vezes um pouco desavergonhadas, diretas e sem filtro; mas aquela recusa tão aberta de Markus em dormir com ela, ou fazer sexo, realmente a machucava.

E ela sabia o motivo. Markus tinha sido o único homem a chamar sua atenção, a fazê-la sentir uma atração irremediável, em seus trinta anos de vida. O único obstáculo era que, por acaso, tratava-se de um colega de trabalho, que escondia vários segredos e estava um pouco traumatizado. Ah, e que não queria ter nenhuma relação física com ela.

Pensando bem, eram vários obstáculos.

Leslie entrou de volta no banheiro e colocou a cabeça para fora, perguntando:

– Lébedev, devo pegar a minha pistola ou, dessa vez, quando eu sair daqui, minha vida não vai mais estar em perigo?

Markus apertou os dentes e negou com a cabeça.

– Isso não vai mais acontecer.

Leslie fez um sinal de aprovação, séria, e desapareceu atrás da porta.

Ela voltou a entrar debaixo da água que jorrava do chuveiro; talvez assim pudesse se livrar daquela humilhação, como se a água, purificadora, levasse embora as horríveis palavras do soviético. Podia ser que o sabonete limpasse tudo.

Ela não era uma porra de uma ninfomaníaca. Nunca tinha sido. Por seu comportamento, estava mais para frígida. Pelo amor de Deus, com aquela idade e ainda era virgem!

O problema era que sentir aquilo por alguém representava algo completamente novo para ela. Leslie sabia que era competente e disciplinada em tudo o que fazia, mas quem a ensinaria de que forma agir diante do homem que ela desejava? Quem ia lhe explicar como encarar o desprezo quando seu coração tinha sido machucado depois daquela briga?

Ela sempre tinha sido forte, quase indiferente a todos que tentassem atingi-la ou tirá-la de seu estado normal, sereno e perfeito.

Por isso ela estranhou quando, na água que corria pelo rosto e chegava à boca, ela percebeu o sabor salgado de suas próprias lágrimas.

Markus estava arrependido.

Muito arrependido. Não queria ter falado daquele jeito, porque estava mentindo. Ele queria dormir com ela, e não tinha pensado em outra coisa desde que ela havia chegado em suas mãos, como submissa. Desde então, ele a desejava.

Mas o desejo podia passar por mutações, como naquele momento; se além de tudo a mulher era, como Leslie, divertida, inteligente, corajosa e compreensiva, o desejo podia se transformar em ambição.

Ambição de ter aquilo que ele nunca teve. E ele estava fugindo de desenvolver qualquer vínculo afetivo, porque esses vínculos atraíam o fracasso. Quem ia querer se envolver com um homem que não sabia direito nem quem ele mesmo era?

Além disso, ele não estava sendo justo com ela. Suas motivações profissionais tinham um pano de fundo pessoal.

E Leslie era só um meio que o levaria a seu objetivo.

O fim de tudo aquilo.

Certamente, o seu próprio fim.

Talvez, dessa forma, os pesadelos desaparecessem e ele pudesse viver mais tranquilo.

8

Eles não tinham dormido nada durante a noite.

Nem um e nem o outro.

Markus deitou no sofá, e Leslie, na cama.

Os dois estavam esgotados por causa da viagem, e também por causa da situação desconfortável que havia se passado entre eles. O silêncio se instalara como norma irrenunciável. Um não invadia o espaço do outro, e eles só se comunicavam estritamente para esclarecer os detalhes da missão que seria realizada no dia seguinte.

Às dez da manhã chegavam os voos com mais passageiros. Muitos deles vinham direto dos Estados Unidos, trazendo espectadores para um grande festival de música no Hyde Park.

Eles tinham se vestido de maneira informal: tênis, jeans e camiseta. Markus estava com uma camiseta preta sem mangas e com capuz, jeans de cintura baixa e o mesmo calçado da noite anterior.

Leslie tinha colocado um All Star vermelho, de cano alto, com os cadarços meio amarrados, uma blusinha preta folgada de alcinhas, que deixava à mostra algumas partes de seu sutiã vermelho, e jeans azuis desgastados.

Markus continuava achando Leslie encantadora, embora ela quase não estivesse usando maquiagem e se vestisse de forma mais casual ou esportiva. Ela continuava sendo linda.

Os dois ficaram em um café, em frente à área de desembarque. Passageiros de todos os tipos cruzavam aquelas portas com expressões distintas no rosto: os executivos que estavam viajando só a trabalho; os casais mais velhos que, em época de férias, iam visitar seus familiares; os que chegavam com promessas de emprego e de uma vida melhor; os que voltavam para casa porque essas mesmas promessas eram uma falácia nos países onde eles tinham ido buscar um futuro próspero. Todos e cada um deles encontravam seu lugar em Londres.

E depois vinham os grupos de adolescentes e de mulheres feitas e direitas, que chegavam em peso para o popular evento londrino, sem saber que os abutres estavam de olho, com a intenção de capturá-las e utilizá-las para seus próprios fins.

Sem saber da possibilidade de que aquela fosse, para as mais ingênuas e desafortunadas, sua última viagem.

Por isso os dois agentes secretos estavam ali. Era sabido que não conseguiriam deter as ações de todos os sequestradores, mas eles tinham um plano arriscado e extremamente perigoso. Sem risco, porém, não existia a vitória.

Os dois estavam atrás das iscas, os encarregados de atrair as abelhas com o inconfundível aroma do mel.

– Aquele de camiseta branca, calça social preta e o cabelo loiro espetado – Leslie disse.

Eles estavam sentados no café e, dali, já há longas três horas, controlavam toda a movimentação.

Markus também estava atento àquele sujeito.

Desde que os agentes tinham chegado para tomar café e começar a monitorar a área, o objeto de sua atenção, um rapaz de uns trinta anos, muito atraente e bem-vestido, vigiava a chegada dos voos no painel de informações e fazia ligações constantemente.

A cada desembarque, ele analisava as visitantes e falava ao celular enquanto procurava por grupos de duas ou três garotas que fossem bonitas e estivessem viajando sozinhas.

– Olha lá. Está vendo? – Leslie falava enquanto dava goles em seu enorme café gelado. – Agora ele sai e vai para perto dos táxis. Pega a bagagem de mão, fica por ali uma meia hora e depois entra de volta.

– Se for mesmo um deles, ele tem que falar com os taxistas que fazem parte de sua *bratva* e avisar que eles se prepararem. Lá, enquanto ele espera a chegada dos táxis, certamente vai se aproximar de algumas das moças e puxar assunto com elas.

– E elas vão dar corda porque é um cara bonito e simpático, e ele vai começar a fazer perguntas... Cretino. – Leslie grunhiu. – Lá vai ele de novo.

O homem parou atrás de um par de jovenzinhas ruivas que estavam ouvindo música em seus iPods e dançando, felizes por estarem em terra estrangeira. Não tinham mais do que vinte anos.

– Vamos – disse Markus, deixando dinheiro em cima da mesa e pegando Leslie pela mão.

A agente se levantou devido ao impulso e à força do russo, e andou atrás dele, quase tropeçando.

– O que você está fazendo, Markus?

Leslie só conseguia enxergar as costas enormes do agente e seu cabelo insolente apontado para cima. O que tinha dado nele? Por que ele a estava puxando daquele jeito?

– Vamos ver o que o bonitão está fazendo.

Ela não gostou nada daquele tom. De repente, Markus parecia um animal visceral determinado a arrancar a cabeça do loiro. E aquilo não estava nos planos. Eles supostamente deveriam agir com muita discrição; mas, se continuassem daquele jeito, iam acabar chamando a atenção de todos ao redor.

– Temos que descobrir com que táxis ele trabalha. Vamos monitorá-los pelas placas. Eles vão nos levar ao próximo ponto. De baixo para cima, passando por todos os escalões intermediários.

– Mas nós não temos que fazer isso assim – Leslie destacou, mais tranquila. – Temos uma passagem direta para o *vor*. E ela está aqui, na sua frente. *Moi*! – ela falou, apontando para si mesma.

Markus a olhou de soslaio. O brilho em seus olhos acabou não a convencendo.

– Um momento, Lébedev. – Ela tentou detê-lo, mas Markus começou a andar mais rápido. – Não vamos mudar os planos agora, né?

– Não, não vamos. Anda – ele respondeu, puxando-a.

O loiro seguia as ruivas de perto.

Quando as moças entraram na fila para os *black cabs*, o rapaz as abordou.

– Perdão, meninas.

As duas jovens se viraram. Ao ver aquele cara gato diante delas, uma olhou para a outra e ambas sorriram.

– Vocês são daqui?

– Nós? Não – respondeu a mais alta das duas.

– Ah… – O rapaz fez uma cara de interrogação. – Desculpa. Eu achei que vocês eram inglesas.

A mais baixinha sorriu.

– Por que você achou isso?

– O cabelo... – O rapaz fez um gesto mostrando um sorriso tímido e adorável. – A Inglaterra está cheia de ruivas.

As garotas deram risada, e ele aproveitou para levantar seu olhar azul-claro e procurar por um táxi. Seu táxi particular.

– Bom, então vocês não são daqui?

– Não, somos norte-americanas. E você?

– Sou irlandês.

As duas voltaram a se olhar com cumplicidade.

– Então vocês não têm como me ajudar? Uma pena – ele lamentou, flertando.

– Depende – a mais baixinha respondeu, correspondendo abertamente ao xaveco. – No que podemos te ajudar?

– Amanhã à tarde eu vou na The Church, talvez vocês conheçam, e eu... não tenho nem ideia de...

– The Church! – as duas exclamaram juntas.

Uma delas, a pequena, com sardas no nariz e olhos castanhos e grandes, disse:

– Nós também vamos estar lá amanhã à tarde. Vai ser uma pré-festa preparada pelos organizadores do festival no Hyde Park para o público dos shows. Você vai ao festival?

– Vou – ele explicou, mais relaxado. – Mas me disseram que temos que ir com roupas específicas, chamativas e outras coisas que eu não tenho...

– Roupas que não vão grudar nem se enroscar nas dos outros, sim – a alta complementou.

– O problema é que eu não tenho nada desse tipo e vou precisar comprar, se não vou ser barrado. E não sei onde achar isso.

– Se você quiser, podemos ir com você. Me falaram de um lugar, na Oxford Street. Nós vamos nos hospedar no apartamento de uma amiga lá mesmo.

O loiro olhou fixamente para o táxi que estava fazendo a curva e chegando perto deles.

– Verdade? Vocês iam me fazer um grande favor. Sério mesmo que vocês não se importam...? – ele indagou, aproximando-se da calçada e chamando o táxi.

– Não! Claro que não! – elas responderam, ingênuas.

– Peguem meu telefone – disse o rapaz, entregando um cartãozinho branco e abrindo a porta do táxi. – Quando vocês quiserem, podem me ligar, aí vocês escolhem quando nós vamos, fechado? Vocês me ligam?

As duas jovens sorriram ao ler o cartão.

– Seu nome é Patrick?

– É.

– Então a gente te liga, Patrick – disse a mais baixinha, entrando no táxi.

O *black cab* levou as jovens do aeroporto, e o homem loiro, que não se chamava Patrick, se virou e pegou seu Blackberry, para ligar novamente para o seu contato.

– Segunda encomenda do dia preparada. Vou atrás de mais.

Markus e Leslie deixaram o rapaz passar ao lado deles. Ouviram suas palavras perfeitamente e tiraram fotos do táxi no qual as meninas se foram.

– Esse carro tem que voltar. Vamos ficar atentos – Markus murmurou, sem deixar de olhar fixamente para o loiro.

– Você viu a mão direita do taxista? Tinha o desenho de um dragão mordendo a própria cauda – Leslie sussurrou, enquanto dava zoom nas fotos que tinha tirado com o celular. – Vou enviá-las diretamente ao...

Leslie não acreditava mais nele. Sua consciência lhe dizia para comprar uma passagem e voltar para os Estados Unidos. Ela não podia trabalhar com um homem que agia por si só e que tinha acabado de deixá-los sem comunicação.

Mas sua honra e seu profissionalismo a lembravam de que aquele era o trabalho dela, e que não podia abandonar a missão por causa de um mal-entendido com sua dupla.

Além do mais, sua intuição, à qual ela raramente escutava, por ser uma pessoa mais pragmática, implorava para que ela ficasse e continuasse no caso. Algo que Leslie não conseguia ver, uma força que a aproximava de Markus, a empurrava para prosseguir.

O que será que ele teria planejado?

– Que forma é essa que você conhece para continuarmos, Markus? Qual é o seu plano? – ela perguntou, depois de um longo silêncio, durante o qual os dois se avaliaram como agentes e como pessoas.

– Sem regras. Sem protocolos. Do meu jeito. Uma missão *express*.

Markus não titubeava na resposta. Parecia calmo como um comandante e confiável como um capitão.

– Uma missão *express*?

– Depois do que nós vamos fazer, teremos que lidar com o improviso e com as surpresas. Não teremos mais do que quarenta e oito horas para encontrar o Drakon. Se a SOCA, O FBI ou o SVR se intrometerem, Leslie, vamos perder essa oportunidade.

– Meu Deus... Há quanto tempo você planejou isso?

– Desde o momento em que saí do caso AeM e fui escalado para ser seu companheiro. Acredite, é o único modo de nos mantermos com vida. Essa gente te descobre quando você passa muito tempo no círculo delas. Não dá pra confiar em ninguém.

– Mas você mentiu! Mentiu para o Montgomery, para o Spurs,

para mim e para os seus superiores! Você disse que ia me usar como isca e que íamos nos infiltrar!

– Eu já me infiltrei uma vez e não funcionou! – ele protestou, com uma expressão severa. – Infiltrar-se não é seguro, ainda mais em se tratando dessa gente! Não vou cometer o mesmo erro e nem colocar a vida de mais pessoas em risco – ele argumentou, categórico.

Leslie franziu a testa. Do que ele estava falando? Ele tinha arriscado a vida de quem ao se infiltrar?

– Não podemos agir assim, de peito aberto – ela rebateu, insegura. – Somos só eu e você. Não temos nenhuma retaguarda, Lébedev – observou Leslie, abatida. – É uma loucura... Você não entende?

– Eles me disseram que você era a melhor parceira que eu poderia ter. E eu acho, Leslie, que não mentiram pra mim. Mas você ainda não deu nenhuma demonstração de que eu possa confiar em você. Na minha terra, a palavra "parceiro" envolve muito mais do que ser apenas colega de trabalho.

– Não tenho que te demonstrar nada.

– Se você vier comigo, vamos continuar juntos, Connelly. Você vai voltar pro seu país com mais condecorações do que você já tem.

– Essas medalhas não mexem comigo. Eu faço o que eu tenho que fazer e faço porque há vidas em jogo.

– Mas você gosta de ser respeitada. Ninguém vai poder te questionar se conseguirmos pegar o Drakon.

Leslie refletiu sobre aquelas palavras.

Tratava-se de uma bela oportunidade. Uma pessoa que podia levá-la à principal *bratva* responsável pelo tráfico de pessoas, sem que ela precisasse se infiltrar por muito tempo, correndo risco de ser desvendada e maltratada das mais diversas formas pelos criminosos. Será que arriscaria a própria vida ao lado de Markus?

– Você é corajosa, Leslie. Sei que você gosta de ação. Eu te ofereço quarenta e oito horas de pura adrenalina, *Khamaleona. Delo*? – Ele ofereceu a mão direita. – Fechado?

Leslie, incrível e irremediavelmente, confiou nele e aceitou sua mão. Não tinha nada a perder, o navio estava afundando e ela já sentia a água na altura dos joelhos.

– *Delo*.

E ela confiou nele do mesmo jeito que as duas ruivas tinham confiado na bondade de Patrick. Mas, infelizmente, elas tinham feito besteira.

A pergunta era: Leslie também estava cometendo um erro?

– Coloca o boné preto que está no bolso da sua calça – Markus ordenou enquanto se cobria com o capuz escuro de sua camiseta sem mangas e de algodão. – Vamos atrás do loiro.

O rapaz loiro tinha acabado de entrar no banheiro.

Markus e Leslie o haviam seguido. Iam conversar com ele.

Na linguagem policial dela, isso queria dizer interrogá-lo e coagi-lo.

Na linguagem dele, era algo completamente diferente.

Eles falavam línguas distintas, mas se viam obrigados a se entender.

Leslie se encarregou de fazer com que ninguém entrasse no banheiro masculino e, para isso, roubou do carrinho de uma mulher da limpeza, que estava ocupada em outros banheiros, uma placa amarela que indicava manutenção.

Patrick entrou no sanitário, seguido por Markus. Leslie colocou a placa e fechou a porta.

O loiro ergueu o olhar através do espelho. Estava lavando as mãos. Seu rosto se mostrou perplexo ao ver uma mulher no banheiro masculino.

– Você se enganou – ele deixou escapar.

Leslie colocou o boné preto e cruzou os braços, ainda apoiada na porta.

Markus estava ao lado de Patrick, lavando as mãos. O rapaz olhou para ele.

– O que uma mulher está fazendo aqui dentro?

Markus colocou as mãos abaixo do secador de ar quente e deu de ombros, sem mostrar o rosto nem uma vez sequer.

Virou-se e, quando ficou atrás do indivíduo, o agarrou pela gola da camiseta branca e lançou o rosto dele na direção do espelho.

O rapaz não teve nem tempo de reagir. Os pedaços de vidro cortaram seu rosto e um escandaloso jato de sangue saiu de sua ferida.

– Mas o que...!

– As descargas! Aciona as descargas! – Markus apressou Leslie, enquanto colocava Patrick em uma das cabines.

Leslie não tardou em obedecer. Estava surpresa com o improviso de Markus e com aquela violência desmedida, mas tinha tomado uma decisão: ia segui-lo para ver até onde seus métodos poderiam chegar.

Ela deu a descarga em três dos vasos sanitários.

Então, Markus começou a bater barbaramente em Patrick. Seus gritos não eram ouvidos por causa do barulho da água que corria e do som do exaustor do banheiro, que continuava funcionando.

Sentado no vaso, com o rosto coberto de sangue, Patrick apenas mantinha a postura ereta. Ele tinha levado uma bela surra. E os socos eram cada vez mais fortes.

– Você está me ouvindo? – Markus deu um tapa na bochecha

vermelha do loiro. – E aí, garanhão? Você está me ouvindo, Patrick?

O loiro pestanejou, atônito, e sua expressão se alterou, da estupefação para o terror.

– Não… Não me mate…

– As garotas. As garotas que você conheceu. O que aconteceu com elas depois que deixaram o aeroporto? – interrogou o moicano, e deu outro tapa. – Responde!

Leslie assistia à cena, impassível.

Na verdade, aquele cara que dizia se chamar Patrick era mesmo o que parecia, e não merecia nenhuma misericórdia.

– As garotas? – ele repetiu, cuspindo um dente.

– É, caralho. Não me faça perder tempo. – Markus colocou a mão no bolso e tirou um canivete de dois gumes, dentado. – Responde ou eu começo a transformar sua coxa em carne viva. Você vai ver.

Patrick negou com a cabeça. Não entendeu como tinha sido localizado.

– Responde!

– Eu não sei!

Markus apertou os dentes e olhou para Leslie, indicando, com esse gesto, o que ela deveria fazer.

A agente voltou a acionar as descargas, e Markus continuou da mesma forma.

Não demorou para ela se dar conta de que o russo era um torturador. Ele sabia onde bater para fazer um homem sucumbir de dor, sem chegar a matá-lo.

Ele sabia como manter a pessoa consciente.

– O taxista – Markus repetiu. – Qual é o número dele? – Enfiou sua mão com os dedos ensanguentados no bolso da calça social de Patrick, e tirou o celular para mostrar a tela preta na altura dos olhos do loiro. – Qual é o nome dele? – Diante do silêncio do rapaz, Markus começou a sufocá-lo, apertando seu pescoço.

– Ye...! Ye...!

– Assim você vai matá-lo, deixa ele falar. Ele está tentando dizer algo – Leslie interveio, com calma.

Quem Markus estava enxergando quando batia em Patrick? O que os seus olhos estavam enxergando? O que ele via naquele homem, naquele sequestrador? Por acaso era alguns dos seus fantasmas? Quem era Markus e o que ele tinha perdido ao se infiltrar, além de sua alma?

Markus tirou o loiro da privada e o levantou, deixando-o a um palmo do chão. Que um homem como ele conseguisse levantar outro – que não era nada baixinho – como se ele fosse uma mochila de ginástica, dizia muito sobre a força bruta do russo, e também sobre a adrenalina que corria em seu sangue naquele momento.

– É a última vez que eu te pergunto, Patrick. Como se chama o seu contato, o taxista?

Patrick tossiu e tentou abrir os olhos, mas estavam inchados e começando a ficar roxos.

– Ye... Yegor.

– Ótimo. Ele está com esse nome na sua agenda?

– S... sim.

– Você falou com ele alguma vez por mensagem de texto?

– Sim..., sim...

– Pra onde eles levam as garotas?

– Não..., eu não sei... Eu não sei! Eu juro! Eu só... só tenho que atraí-las até o táxi e garantir que pe... peguem o que elas têm de pegar.

– O do Yegor?

– Sim.

– Você sabe para quê?

Patrick silenciou e começou a chorar como uma menininha com medo do escuro, ou como uma criança que fez algo de errado e agora tinha que dar explicações.

– Você sabe. Pelo menos imagina – Leslie disse, com asco da realidade.

– Eu sou... sou pago para isso... Eu não sei de mais nada – esclareceu o rapaz loiro.

– Te pagam para atrair as meninas, manequim? – Markus o repreendeu com uma joelhada no estômago. Patrick era inglês, não irlandês. Dava para notar pelo sotaque, e também pelo físico. Ele sabia que não estava fazendo uma coisa boa, mas continuava cumprindo sua função, e aquilo deixava Markus furioso. O que o moicano mais odiava era a vida fácil levada por pessoas insignificantes como aquele rapaz. – Vou me assegurar de que você pague caro por sua indiferença. Você nunca vai conseguir atrair mais ninguém. – Ele aproximou o fio afiado de seu canivete à bochecha do rapaz e esperou que Leslie puxasse novamente as descargas.

Markus fez um corte nos cantos dos lábios de Patrick, que ficou parecendo o Coringa, no maior estilo *Batman*.

O loiro caiu inconsciente em uma poça com seu próprio sangue, e Leslie aproveitou para pegar uma pequena seringa, de não mais que quatro centímetros, e injetar algo no pescoço dele.

– Que merda é essa? – Markus limpou a bochecha salpicada de sangue com o antebraço.

– Rohypnol. – Leslie levantou a cabeça e olhou para ele. – Pelo amor de Deus, lava essas mãos. Você está com sangue até nos cotovelos. E lava essa camiseta.

Markus sacudiu a cabeça, incrédulo. Andou até a pia e se limpou com sabonete. Através do espelho ele estudou a morena, que estava com o boné colocado de forma intacta e perfeita. A agente ia injetando a droga da amnésia, que era usada por estupradores para sequestrar suas presas e se aproveitar delas.

– Ele não vai se lembrar de nada do que aconteceu quando acordar – ela explicou. – Ele só vai se olhar no espelho e se dar conta de que virou um monstro. Não vai poder nos denunciar.

– Mas de onde demônios você tira todas essas coisas, mulher? – ele perguntou, secando as mãos com ar quente pela segunda vez.

– Use sua imaginação, russo. – Leslie levantou a parte de trás da blusinha preta de alças e guardou a seringa metálica vazia em uma espécie de cinta preta com compartimentos. – Quantos buracos nós temos?

Markus não acreditava que Leslie podia ser sarcástica em um momento como aquele. Mas era uma mulher diferente de todas as que ele havia conhecido. Por isso ele estava tão confuso.

– Vamos dar o fora daqui – disse Markus, abrindo o aplicativo de mensagens do Blackberry de Patrick. – Vamos nos encontrar com o Yegor em meia hora.

Leslie passou na frente dele e concordou.

– Temos que passar no hotel e pegar nossas coisas.

– Apenas o essencial.

– Minhas armas, minhas calcinhas e minha bolsa com apetrechos… – ela falou, tensa. – Está tudo lá. Ah, e aliás, Markus…

– O quê?

Leslie se virou de repente e deu um soco no queixo do russo, que o derrubou no chão.

O moicano colocou a mão no maxilar e olhou para ela, sem protestar.

– Foi a primeira e a última vez que você brinca comigo. – Ela apontou com o dedo, desafiadora e nervosa. – Entendido? Você me meteu em confusão, babaca. Se fizer isso de novo, eu prometo que você não vai poder contar a história.

– Quanta agressividade, Leslie... – Ele olhou para ela, de cima a baixo, e lambeu o lábio inferior. – Você vai me matar?

– Não. Vou arrancar a sua língua. E não seria a primeira vez que eu faço isso. – Seus olhos cinzentos refulgiam, encolerizados.

Leslie saiu do banheiro, raivosa, e deu um chute na placa amarela que indicava manutenção.

A missão tinha se transformado completamente. Agora, tudo o que eles haviam planejado conseguir em meses ia se resumir a uma perseguição em terras inglesas, que não duraria mais do que dois dias.

Talvez não sobrevivessem para contar a história.

Nem ele e nem ela.

9

Yegor tinha recebido uma mensagem de texto de Patrick pedindo que ele voltasse para Heathrow depois de deixar as ruivas, porque o loiro teria conseguido uma "terceira encomenda". Disse que estava com a bateria do celular acabando e por isso não poderia ligar.

Em duas horas eles se encontrariam de novo. Esse era o tempo que Yegor levaria. As moças iam ficar em Oxford, tal qual haviam escutado Markus e Leslie. E o trajeto do aeroporto até o centro de Londres levava cerca de uma hora.

Uma hora para ir e uma hora para voltar.

Markus e Leslie permaneciam do lado de fora dos terminais, sem mais bagagens do que mochilas nas costas.

A de Markus era uma Calvin Klein preta de couro, grande o suficiente para carregar os utensílios necessários para se manter vivo durante quarenta e oito horas em Londres, cercado pela *mafiya*.

Leslie estava com uma simples Michael Kors cinza e preta, bem junta de suas escápulas. Ela podia sentir as cartucheiras de suas duas armas roçar na base da coluna. As duas estavam por dentro da camiseta masculina larga que ela estava usando. Estava mais nervosa e excitada do que nunca.

Durante anos ela havia desejado ficar cara a cara com os mafiosos, deixar o mundo deles de pernas para o ar, como nos filmes.

Ela sempre achou que era tudo mentira, e que os filmes de Hollywood não passavam de pura fantasia. O único que a convencia em seu papel era o Liam Neeson, e também o Matt Damon, na série *Bourne*.

Muita gente achava que as cenas dos filmes eram exageradas demais, porém ela já não pensava mais assim.

As pessoas podiam fazer o que quisessem e quando quisessem, tal qual eles tinham feito no banheiro do aeroporto. Durante aqueles cinco longos minutos, que Markus usou para dar uma surra em Patrick e deixá-lo inconsciente, alguém poderia ter entrado no banheiro. Poderiam ter ignorado a placa de manutenção e batido na porta.

Leslie não a abriria, claro, mas havia a possibilidade de tudo acontecer de outra forma.

A chave para que tudo tivesse saído bem?

Naturalidade e falta de escrúpulos. Agir de maneira fria, sem falhas nem distrações, proporcionava uma tranquilidade e uma dissimulação fora do normal.

Aquilo tinha propiciado a oportunidade de ficar a um passo do primeiro escalão das máfias. E, pelo visto, eles iriam com tudo.

Leslie olhou para Markus, que por sua vez estava olhando para ela de um modo intrigante, enquanto coçava o queixo.

A verdade era que ela não estava com muita vontade de falar com ele.

Ele tinha estragado o celular que ela usaria para entrar em contato com o FBI, deixando-a em maus lençóis. Enquanto isso, ele continuava com o dele, sempre um passo à frente na investigação.

Leslie só mantinha seu passaporte falso, obtido no início da Amos e Masmorras, e seu cartão de crédito, vinculado a uma conta no exterior. Se ela fosse capturada, considerando que não falasse nada, não havia possibilidade de a identificarem.

Pelo menos seu disfarce continuava sendo confiável.

De repente, Markus sentou do lado dela e, sem deixar de observá-la com seus penetrantes olhos ametista, disse:

– A partir de agora começamos do zero, Leslie. Agora eu sei tanto quanto você.

Ela sorriu, incrédula.

– Não fala besteira, russo. Você sabe muito mais do que eu, porque já está habituado a isso. Belikhov falou que você queria ser um *vor v zakone*, que suas tatuagens te denunciavam e que você quebrou o código dos ladrões. Acha que eu sou imbecil? O que quer que você tenha feito sob as ordens do SVR, acabou te colocando em cheio nas *bratvas* das prisões russas. E o que aconteceu lá te deixou várias marcas. – Ela deu uma olhada naqueles braços tatuados não só com tribais, mas também com arames farpados. Por que ela não tinha percebido aquilo antes? O traçado estava camuflado entre os tribais, mas, olhando bem, parecia que as imagens se uniam umas às outras, formando desenhos dentro de outros desenhos. Era um mapa. – Caveiras, cruzes invertidas, gatos, arames, estrelas, tribais... Suas tatuagens falam sobre você. Minha pergunta é: até que ponto você se envolveu com esse mundo, Lébedev?

Markus apertou os dentes e olhou para ela, alterado.

– O que você está insinuando, *vedma*? Acha que eu estou do lado deles?

– Não faço ideia. – Ela deu de ombros. – Não te conheço e você faz coisas que eu não gosto. Eu só sei que, enquanto você não me contar a verdade, vou ter que me tornar a porra de uma vesga, e ficar com um olho nos integrantes da *mafiya* e outro olho em você.

– Eu nunca vou te trair. Não tente me ofender.

– Você já me traiu – ela respondeu, cravando seus olhos cinzentos nos dele. – Você me obrigou a jogar o seu jogo, não é? Mas quer saber de uma coisa?

Markus negou com a cabeça, mostrando-se visivelmente irritado com aquelas palavras.

– Se você me deixasse a par do que está pensando, do que você está fazendo… Talvez eu…

– Não. Essa proximidade não é necessária. Temos apenas que trabalhar bem juntos. Não temos que ser amigos. Eu não sou Lion Romano.

Aquilo a enfureceu.

– E eu não sou a minha irmã Cleo. Não estou pedindo pra você abrir seu coração, tonto. Só estou dizendo que se você quiser me envolver mais, dizer algo que me dê um objetivo maior do que simplesmente salvar a minha pele, poderia ser benéfico, eu poderia te entender. Inclusive, me dedicar mais.

– Eu já te disse que isso não me interessa agora…

– Não se confunda comigo. Não estou falando de nada emocional, não fique com medo… – ela espetou, com ironia e despeito. – Frouxo orgulhoso…

– Não estou com medo…

– Duvido. – Ela o olhou de soslaio e fixou o olhar para a frente. O taxista que eles esperavam estava chegando. Ela suspirou, um pouco cansada. – Tudo bem, Markus. Como você quiser. – Ela se afastou da parede na qual ambos estavam apoiados e ajeitou o boné. – Prepare-se, o tal do Yegor está na área.

Markus permaneceu olhando para Leslie e a admirou ainda mais do que já a admirava.

A moça não só era corajosa, ela também encarava a situação e, além de tudo, enfrentava um cara tão arredio e antipático como ele.

Mas a distância era o melhor para os dois.

Já era trabalhoso o suficiente não se deixar levar por aqueles olhos e por aquele corpo, imagina ainda ter que se preocupar em proteger aquele coração.

Ele não permitiria.

Os que chegavam até ele acabavam morrendo, um por um.

Leslie Connelly teve a má sorte de cruzar seu caminho e de trabalhar ao lado dele, mas ela deveria sobreviver.

Eles não iam mexer com ela.

– Mas que demônios vocês estão fazendo aqui? Saiam já do meu táxi!

Yegor era um homem de pele morena, com entradas no cabelo, um bigode preto bem fino e os dentes brancos e separados. Estava usando óculos de acetato marrons e tinha uma tatuagem de um dragão mordendo a própria cauda no espaço entre o polegar e o indicador no dorso da mão direita.

Estava escutando "Light Them Up", do Fall Out Boy.

Claro, ele estava esperando que entrasse uma nova encomenda, conduzida por seu parceiro Patrick; no entanto, em vez disso, um homem e uma mulher entraram no carro, sem nem esperar chegar a vez deles na enorme fila de passageiros.

Ele não estava vendo Patrick em lugar nenhum e, ainda por cima, o homem, que parecia um punk enorme de olhos misteriosos, teve a pachorra de sentar no banco da frente, ao seu lado.

No banco de trás, uma mulher esbelta, de pele branca, olhava para a frente. Não dava para enxergar muito bem a fisionomia dela, já que seu rosto estava encoberto por um boné todo preto, sem estampa.

– Você vai fazer o que eu mandar se não quiser que eu arranque seu estômago. – Markus estava cobrindo sua Beretta com a mão que tinha as caveiras tatuadas.

– Você é das *bratvas*? – O homem olhou as tatuagens nos dedos do moicano e perguntou, horrorizado: – De qual?

A primeira coisa que Leslie fez foi pegá-lo pelo músculo que une o pescoço e o ombro e apertar forte o suficiente para que ele percebesse que estava tudo, menos a salvo.

– Faça o que o meu parceiro mandar.

Yegor grunhiu de dor, encolhendo-se como um homem débil e sem forças.

Enquanto Leslie usava suas técnicas de Hapkidô, Markus desligou o rádio e pegou o celular do bolso da calça do taxista. Guardou junto com o do Patrick e indicou para que ele seguisse em frente até chegar à estrada.

– Seu táxi é monitorado?

– Não... não.

Markus levantou o braço e deu uma cotovelada do rosto do motorista.

– *Ne, ne*... Você ainda não me entendeu.

– Quem demônios é você? – perguntou em *fenya*.

– Não te interessa quem eu sou – Markus respondeu no mesmo idioma. – A única coisa que importa é quem você quer ser. Um homem vivo ou um homem morto? Responde. Seu táxi tem algum chip de monitoramento?

Yegor engoliu saliva e balançou a cabeça em sinal de positivo, nervoso.

Leslie tirou a mochila das costas e a colocou sobre as pernas; pegou de dentro dela um pequeno estojo preto. Abriu o zíper e retirou um dispositivo redondo metálico. Entregou para Markus, e ele o colocou em cima do painel do carro.

– Antes de mais nada, deixa eu ver o último endereço que você consultou no GPS. – Markus acessou no menu a última rua registrada e veio Portman St com Oxford Street. – As duas meninas que você levou ficaram nesse lugar?

– Ficaram – ele confessou, covarde.

– Quando vocês vão pegá-las?

– Não... não tenho certeza...

– Não tem certeza? – O russo encostou o canhão da Beretta na lateral do rosto de Yegor. – É melhor você tratar de ter certeza absoluta.

Enquanto Markus o ameaçava, ele girou uma espécie de botão que havia no dispositivo metálico, e de repente o rádio, o GPS e as telas do painel do táxi pararam de funcionar.

– Pensa bem no que você vai me responder, porque ninguém vai achar esse carro, e muito menos achar o seu corpo. Vai depender do que você me contar...

– Ao anoitecer. Primeiro vão pegar as duas irmãs. – Ele estava falando das duas ruivas. – Depois eles vão atrás das outras duas.

– Que outras duas?

– Uma garota no número dois da Grafton Square; uma ruiva americana e... uma outra, morena de olhos claros, no número um da Princeton St.

Markus e Leslie se olharam pelo retrovisor, e os dois pensaram a mesma coisa.

– O que eles vão fazer com elas? – Leslie questionou.

– Elas vão passar pelo crivo.

– O que é esse crivo? – Markus empurrou a cabeça do taxista com o cano da arma.

– Um lugar... varia. Não... não tem um lugar fixo, é uma espécie de clube clandestino onde as *bratvas* se reúnem. Eles avaliam as meninas e o brigadeiro decide para qual comprador entregá-las, dependendo das exigências de cada um.

– Qual é o nome desse brigadeiro?

– Ilenko.

Markus não moveu nenhum milímetro de seu corpo. Estava paralisado, tomado por suas lembranças.

Ilenko... Ilenko aparecia no vídeo que ele havia recebido na prisão.

Ilenko e Tyoma. Os dois tinham sido companheiros de cela, ambos ficaram sabendo que Markus tinha quebrado o código dos ladrões. Ambos o deduraram para o *pakhan* encarregado de acompanhar, no cárcere, a evolução do moicano como criminoso.

Os dois foderam com ele.

E agora, um deles estava a seu alcance.

Finalmente.

– A *bratva* inteira vai comparecer? – ele perguntou com os olhos faiscando, sedentos por vingança.

Yegor não queria contar mais nada, mas ele já estava morto, de qualquer maneira. Os assassinos do *pakhan*, que era a autoridade máxima da *bratva*, o matariam e o marcariam por falar demais.

– Não... não... não sei.

– Você sabe, sim! – gritou Leslie, agarrando-o pela nuca.

Yegor virou o carro bruscamente. Markus foi quem recuperou o controle do táxi.

– Quem vai estar lá? – indagou a agente.

– Não sei… Vão estar os *boyevik*! E o brigadeiro.

– Ilenko? – Leslie quis saber.

– Sim. Mas vocês não vão conseguir chegar até ele… É impossível. Os assassinos vão degolar vocês antes que vocês tomem fôlego. Não dá pra enfrentar o exército de Drakon. É extremamente improvável que consigam sair de lá com vida.

Markus se aproximou de Yegor para falar no ouvido dele:

– Também era impossível que Davi derrotasse Golias. Mas ele conseguiu.

Yegor olhou para Markus de soslaio, como se estivesse lhe salvando a vida.

– Esse Golias é invisível, assassino – disse o taxista, cuspindo na cara do moicano.

Markus limpou o rosto com o antebraço e abriu um sorriso diabólico.

– Ninguém é invisível para o demônio.

Quando o táxi chegou a uma zona inabitada, fora da periferia londrina, ele fez o motorista parar.

– Les, me avisa se você perceber alguém se aproximando – pediu o russo, enquanto arrancava Yegor do táxi em meio a tropicões.

– Por favor! Por favor! – Yegor tentava ganhar a cumplicidade de Leslie. – Não deixa ele me matar!

Inabalável, ela desviou o olhar para Markus.

– Me avisa quando acabar – ela pediu, sentada no capô do carro.

O terreno era cercado por árvores enormes, que só podiam ser vistas da estrada. Eles estavam protegidos dos olhares dos motoristas, e ninguém ia adivinhar que, atrás daquela imponente vegetação no horizonte, um agente do SVR estava acabando com um membro da máfia russa.

Leslie conseguia ouvir os gritos de dor e sofrimento de Yegor, e estava surpresa por não ficar arrepiada.

Na verdade, ela podia ser muito dura e fria, mas não era favorável à tortura de ninguém. Não tinha estômago para isso. No entanto, admirava aqueles que empreendiam esse trabalho.

Do que eles eram feitos? Como poderiam martirizar uma pessoa e continuar, apesar das lágrimas e dos gritos de pânico?

Apesar do sangue e das súplicas?

Talvez porque fossem pessoas que já haviam sofrido aquilo na própria pele? Ela não pretendia entender, mas, ainda assim, estava sendo cúmplice daquela tortura ao não fazer nada para evitá-la.

E não faria nada mesmo. Porque tinha em mente todas as mulheres que aquele filho da puta tinha levado para suas casas, para que depois elas fossem sequestradas e tivessem sua vida e sua sexualidade vendidas.

Markus saiu do meio das árvores. Como sempre, estava com as mãos manchadas de sangue. Na mão direita empunhava um soco inglês, que agora estava vermelho. Ele o tirou enquanto caminhava até Leslie. Estava respirando tranquilamente, como se desfigurar um homem fizesse parte de sua rotina.

– Pode injetar o que você quiser nele.

Leslie o olhou de soslaio enquanto ele passava ao lado dela.

– Suponho que ele ainda esteja vivo, então?

Markus deu de ombros.

Ela seguiu em frente e adentrou a clareira daquele bosque inglês frondoso, passando entre ervas daninhas, perigosas como a vida e como a natureza.

Quando ela viu o que tinha sobrado de Yegor, teve certeza de que ele desejaria a morte quando acordasse, isso se Markus já não o tivesse matado.

Ela se agachou na frente dele e, com a seringa entre os dedos, se perguntou se era justo recorrer à lei de talião.

Ao fazer aquilo, eles também não se transformavam em monstros?

Depois de deixar Yegor para trás, na mata, eles entraram no carro e rumaram para Oxford Street.

Markus fez duas ligações para a polícia inglesa. O motivo era informar que aconteceriam sequestros no número dois da Grafton Square e no número um da Portman com a Oxford Street. A polícia deveria ir para esses locais e esperar para ver se as denúncias eram verdadeiras – e elas eram.

A essa altura, tanto ele quanto Leslie já eram dados como desaparecidos, então, se um órgão como a SOCA recebesse uma ligação anônima, seria obviamente um dos dois ligando. Por isso eles preferiram entrar em contato diretamente com as autoridades policiais locais.

Pararam o carro na frente do número um da Princeton St. A garota que estava hospedada ali, e que seria sequestrada, era uma morena de cabelo liso e olhos claros. Como a Leslie.

Eles iam fazer uma troca. Leslie seria a sequestrada.

Para isso, eles se apresentaram na casa da Princeton e tocaram a campainha junto com um grito de "pizza!".

A moça, esbelta, sorridente e assustada, olhou atônita para Markus.

– Você que é a Clarie? Você pediu pizza? – ele perguntou com duas caixas de Pizza Hut nas mãos.

– Clarie? Não, Clarie é a dona da casa. Mas ela não está aqui. Está na Espanha, em Barcelona.

– Ops. – Markus sorriu com fingida doçura. – Então, você não é a Clarie. Mas alguém nos ligou daqui – ele insistiu, como se não estivesse entendendo nada.

– Bom, eu não fui – a jovem declarou, apoiada no batente da

porta e olhando para as caixas com interesse. – O que você vai fazer com essas pizzas?

– Acho que vou devolver.

– Você está com muito trabalho?

– Essa é minha última entrega de hoje.

– Hum – murmurou ela, confabulando algo. – Você não está com fome? Vamos dividir as pizzas? – Ela sorriu, dando em cima dele descaradamente.

Leslie, escondida ao lado do batente da porta, virou os olhos. O que diabos o Markus tinha, para atrair as mulheres daquela maneira? E além do mais, a menina não tinha nenhum neurônio que prestasse na cabeça? Como ela se atrevia a convidar alguém que não conhecia para entrar em uma casa que nem era dela?

– Pode ser…

– Sofia – ela se apresentou com um sorriso de orelha a orelha.

– Prazer, Sofia.

– Pode entrar, por favor.

Quando Sofia se virou para entrar na casa, esperando ser seguida por Markus, Leslie se adiantou, empurrando o russo de forma brusca e tocando em um ponto da nuca da Sofia que fez a morena cair desmaiada e inconsciente no chão.

Markus arqueou as sobrancelhas e sorriu.

– Não tem injeção pra ela?

Leslie olhou para ele, brava.

– É um ponto conhecido como "bom senso", e eu espero que você nunca se esqueça dele. Não vou desperdiçar uma das minhas injeções com uma sem-vergonha desse calibre.

– Ah, claro, claro… – Markus pegou a moça nos braços. – Ela é sem-vergonha porque me paquerou?

– Não, Lébedev – ela rebateu. – Ela é sem-vergonha por convidar um cara para entrar em uma casa que não é dela, para dividir uma pizza que ela não pediu. Corrigindo: uma sem-vergonha sem cérebro.

– Não. Ela só é um pouco ingênua, mas não é burra. Onde eu a deixo?

– É uma monga que se deixou levar por um cara bonito.

Ele começou a rir e decidiu não insistir naquela descrição de sua anatomia. Mas... a curiosidade tomou conta dele.

– Eu pareço um carinha bonito pra você, agente Connelly?

– Ai, por favor. – Leslie envesgou os olhos. – Não me venha com essa agora... Não vou ficar enchendo a sua bola, gato. Deixa a moça dentro do armário. Quando eles vierem pegá-la, vão checar os quartos pra garantir que ela está mesmo sozinha. Não vão olhar no armário. Com certeza vai ter um espaço escondido. Essa casa é de gente rica.

E era mesmo. Os lustres de vidro cintilavam com a luz do sol que entrava pelas janelas. Piso de madeira lustrado, lareira, pé-direito alto, móveis de design, sofás de couro, esculturas de artistas renomados e quadros de pintores famosos. Quadros originais.

– A amiga da Sofia é rica – Markus afirmou ao entrar em um dos quartos e abrir um armário lentamente. Bateu na parte interna com a mão e ouviu um som oco em uma das laterais. – Bingo. Um armário com um compartimento secreto. – Ele retirou o painel móvel e colocou o corpo inconsciente de Sofia naquele espaço escuro. – Como você sabia?

– Sou esperta assim mesmo.

– Você também tem um, não tem?

– Claro que tenho, Lébedev. É nele que eu coloco os corpos decapitados dos meus amantes. – Ela deu meia-volta e se dirigiu para a cozinha, a fim de atacar as pizzas que eles mesmos tinham pedido. – Estou morrendo de fome, se você não vier logo, vou fazer com você a mesma coisa que você fez com aqueles meninos do nosso voo.

– O que eu fiz?

– Deixou todos sem comida! – ela gritou, já fora da vista do russo.

Markus começou a rir, em voz baixa para que Leslie não descobrisse que ele tinha senso de humor, e que adorava o humor dela.

A agente Connelly era uma bomba-relógio. E mesmo que não fosse sua pretensão, ele sabia que, estando com ela, a qualquer momento podia cortar o fio errado e fazê-la ir pelos ares.

E ele começava a se sentir mal, incomodado por isso.

De onde vinha aquele medo?

Ele a seguiu até a sala.

Leslie estava sentada sobre a mesa preta de mármore maciço como se não se importasse de quebrá-la ou estragá-la. Estava com um pé cruzado sobre o outro, balançando as pernas para a frente e para trás enquanto saboreava um pedaço de pizza à carbonara, o chamariz que ele havia utilizado para entrar na casa sem levantar suspeitas.

– Meu Deussss… – Leslie disse, fechando os olhos com gosto, deixando o queijo se esticar da pizza até sua boca, como um chiclete oleoso e amarelo. – Me faz um favor.

– O que você quer? – Markus parou na soleira da entrada da sala.

– Vai comprar mais. Essas são minhas.

– Nem pensar.

– Ah – ela protestou, indiferente. – Eu sabia que você não ia ceder. Pelo menos vai na cozinha, abre a geladeira e me arranja alguma coisa pra beber. Estou com muita sede. E vou ganhar tempo antes de você me deixar sem nada.

Quando perdeu Markus de vista, Leslie se convenceu de que as coisas iam mudar entre eles.

Ela precisava de um ambiente mais relaxado. Estava decidida a se aproximar de Markus de uma forma mais pessoal e tinha que surpreendê-lo com a guarda baixa.

Até o momento, tudo o que a agente tinha descoberto sobre ele havia saído da boca daqueles que eles tinham investigado.

Ela sabia que Markus tinha se infiltrado com o objetivo de se tornar *vor v zakone*, segundo Belikhov, mas uma quebra do código de honra o impediu de se tornar um criminoso de respeito.

Depois de descumprir o código? O que será que tinha acontecido? Como a missão dele tinha mudado?

E, o mais importante, o que significava "Dina"?

Markus tinha levado quatro cervejas e uma garrafa de Coca-Cola light para a sala. Estava sentado sobre a mesa, ao lado de Leslie, disfrutando de um silêncio agradável na companhia de alguém com quem conversar não era algo violento.

– Trouxe Coca-Cola para as meninas – ele disse, brincando.

– Ótimo, então as cervejas são pra mim? – Leslie rebateu, continuando com a piada, com a boca cheia de pizza.

Agora eles estavam obcecados em uma competição para ver quem conseguia comer os pedaços mais rápido.

A violência, a ação e o estresse abriam o apetite, e os dois engoliam ansiosos aquele prato italiano como se não existisse mais nada, só eles e suas necessidades básicas a serem satisfeitas.

– Jesus… estou tendo um orgasmo com esse pepperoni.

Markus sorriu e olhou para ela como se quisesse desmontar um quebra-cabeça ou, ao contrário, como se quisesse entender o encaixe das peças da agente Connelly.

– Por que você está me olhando assim? – ela indagou, lambendo um pedacinho de tomate que tinha caído no canto de sua boca.

– Eu adoro ver você se deleitando enquanto come.

– Você gosta de me olhar comendo?

– São poucas as mulheres que, estando como você está, se sentiriam confortáveis comendo que nem um esfomeado ansioso na frente de um homem.

Ela sorriu.

– Você acabou de me chamar de esfomeada? Está se esquecendo de que você não é um homem? Você é o Come Come, o terror das criancinhas. Eu posso me dar ao luxo de comer o quanto quiser na sua presença. Ou isso, ou eu morro de fome do seu lado.

Markus começou a rir e colocou na boca a borda de um pedaço de pizza.

– Você é engraçada, Connelly.

– Engraçada? Sei… – Ela decidiu ir um pouco mais longe na brincadeira. – Eu te deixo aceso, pode admitir. Por isso você me trata mal… Você gosta tanto de mim que quer me dar joias e ursinhos de pelúcia. Não precisa ficar com vergonha… – ela disse, segura de si mesma, sabendo que aquilo incomodaria Markus.

– Não tenho vergonha – ele rebateu. – Você me deixa louco. Mas não sei nada dessa história de joias ou ursinhos. Fico com vontade mesmo de te colocar de quatro e puxar seus cabelos enquanto te como. De falar besteiras no seu ouvido e de te chupar inteira, como eu faria com uma bola de sorvete.

Leslie, estupefata, olhou nos olhos dele e engoliu a massa que estava em sua boca.

Opa. O que tinha sido aquele ataque repentino de sinceridade?

CA-RA-LHO. Estou perdendo o controle da conversa.

– O que você disse?

– O que foi? Você acha que só você pode ser atrevida, agente? Eu também posso – ele garantiu, fulminando-a com o olhar. – E muito. Mas o atrevimento aqui não vai nos levar a lugar nenhum. Cuidado pra não passar dos limites, ou nossa missão pode ir por água abaixo.

– Eu diria que reconhecer a vontade de fazer sexo selvagem comigo já é passar um pouco dos limites, russo. Mas você quem sabe. – Ela ergueu as mãos como se não tivesse culpa no cartório. – Talvez, no seu país, isso não seja algo muito forte.

– No meu país? – ele prosseguiu, dando um gole enorme na cerveja com tequila. – Meu país está tomado pela corrupção, Leslie. Nada é forte demais por lá. Eles assassinam pessoas nas ruas por ajustes de contas entre *bratvas*, e ninguém mais se surpreende ou se aflige com isso. Matam mulheres, sequestram crianças: chechenos, albaneses-kosovares, georgianos... Todos estão no esquema das máfias. Se você quiser sobreviver, preservar seus negócios ou apenas ganhar dinheiro, tem que participar. – Ele falava da sua própria terra com amargura e desprezo. – Dizer para uma mulher que você a deseja não é nada de outro mundo.

Uau. De repente o russo estava falando sobre uma coisa séria e que mexia com ele.

– Como foi crescer por lá?

Markus não sabia o que fazer.

Contar a verdade? Não. Ninguém deveria saber demais sobre ele, era uma das regras do seu trabalho. Mas aquela garota o fazia se sentir bem e a salvo; seguro, como só o melhor confidente podia conseguir. Na sua vida inteira apenas duas pessoas tinham conseguido essa confiança dele. Infelizmente, as duas estavam mortas.

– Você não vai me contar nada, estou certo? – Leslie perguntou olhando para ele, compassiva. – Deve ser difícil não poder confiar em ninguém, Markus. – Ela quis fazer carinho nas costas dele e abraçá-lo como uma criança, mas se fizesse isso, levando em conta o caráter retraído daquele homem, ele a afastaria como se ela fosse uma mosca. Como tinha feito na noite anterior, no hotel Ibis.

– Vamos falar de outra coisa – ele sugeriu de imediato. – Nada de falar de mim. Eu não sou importante.

– Como você quiser. – Leslie se recuperou da nova rejeição e da postura contundente de sua dupla e pegou outro pedaço de pizza à carbonara. – Como funciona exatamente uma *bratva*?

Markus, ao ver que Leslie estava pisando em território neutro, relaxou.

– Elas têm uma estrutura piramidal, parecida com a da Cosa Nostra, mas muito mais difícil de investigar, por serem mais complexas. Eu as divido em duas partes. A mais baixa é composta pelos *shestyorka* e pelos *boyevik*. Os *shestyorkas* ainda não fazem parte da quadrilha, mas prestam serviços para ela, para poder entrar; são apenas parceiros.

– Patrick era um desses parceiros?

– Sim, isso. Patrick não fazia parte da gangue, mas prestava serviços para ser levado em consideração.

– E os *boyevik*?

– São todos os combatentes que fazem parte de uma cúpula que protege a parte superior da *bratva*. Eles são divididos em quatro grupos: de elite, de segurança, de apoio e unidade de trabalho. Yegor, o taxista, era da unidade de trabalho da quadrilha. Digamos que são os responsáveis por capturar e ceder as vítimas.

– E a segunda parte da *bratva*?

– São os verdadeiros líderes. O brigadeiro dirige a célula constituída pelos combatentes que fazem parte dos grupos e das unidades. Todos têm trabalhos diferentes, controlados pelos intermediários, que informam a cúpula sobre tudo o que é realizado pelos subordinados. A cúpula – ele continuou, enquanto pegava a garrafa de Coca-Cola – é formada pelos peixes grandes. Os verdadeiros chefes da organização. O *obshchak*, que é uma espécie de cobrador; o *sovetnik*, que é o principal conselheiro; e o *pakhan*, que é o grande e único chefe.

– Drakon.

– O próprio.

– Markus... – Leslie disse, de repente. – Você conhece o *pakhan* pessoalmente? É dele que você quer se vingar?

O russo olhou para Leslie, que clamava por uma resposta, exigia algum esclarecimento, já que ela estava perdida e à deriva com ele.

Havia coisas que Markus não podia contar; outras que sim. Aquela era uma pergunta que ele podia responder com sinceridade.

– Leslie... Eu me infiltrei nos *gulags* soviéticos em busca de contatos do *pakhan* responsável por parte do tráfico internacional de pessoas e por lavar o dinheiro no meu país. Eu fiz de tudo na Rússia... Não me orgulho disso, mas eu tinha que construir minha própria reputação e fazer com que os presos confiassem em mim.

– Você matou?

– Sim. Para salvar a minha vida, claro que sim – ele declarou, sem hesitar.

Leslie não ia recriminá-lo de forma alguma. Infiltrar-se implicava alguns riscos; em deles era ter a própria vida ameaçada e lutar por ela.

– Eu teria feito o mesmo. Se o caso Amos me obrigasse a matar, eu não pensaria duas vezes e apertaria o gatilho.

– Você nem imagina o que eu cheguei a fazer… a Rússia é um reino esquecido. E nos reinos esquecidos todos perdem o coração.

– E você perdeu o seu por lá? Você não tem mais coração? – perguntou ela, tomada por uma expressão áspera.

– Tem alguma coisa batendo em meu peito, mas que não me aproxima a nada. É só um motor.

– Seu coração está esquecido ou perdido?

– Eu decidi esquecê-lo – ele declarou livremente, olhando para a frente, na verdade sem enxergar nada. – Decidi parar de sentir.

– Eu é que não vou te julgar – ela garantiu, empática.

Markus tinha sofrido muito. Por trás do frio e da geada fulguravam as brasas de uma fogueira.

Ele se sentiu grato e reconhecido pelas palavras, e prosseguiu:

– Eu fiz amizade com um dos criminosos mais temidos do meu *gulag*. Ele se chamava Tyoma. Era um cara sanguinário e impiedoso, mas muito inteligente. – O moicano usou a língua para limpar os restos de comida acumulados entre os dentes. – Se ele fosse com a sua cara, e você demonstrasse lealdade e matasse por ele, Tyoma oferecia sua amizade. Eu dividi cela com ele e nos tornamos amigos. Ele estava se preparando para ser um *vor* ligado ao mercado negro e à prostituição. Nosso vizinho de cela, Ilenko, era seu braço direito.

– Então você conhece esse tal de Ilenko da prisão – ela sussurrou; não estava surpresa. Tinha duas opções: ou ele conhecia Ilenko das ruas, ou o conhecia da prisão. Enfim, a segunda opção havia sido a vencedora. Leslie tinha certeza de que Markus o conhecia. – Eu vi a sua cara quando Yegor citou esse nome. Sabia que você o conhecia.

– Sim. Tanto Ilenko quanto Tyoma. Os dois. Se tudo corresse bem, Tyoma ia sair de lá antes do que eu e conseguiria pra mim o acesso à *bratva* do *pakhan* mais famoso naquele momento. O que tinha as rédeas de tudo – ele destacou, com voz enigmática. – Não é nada fácil entrar nas *bratvas*. Por isso, a melhor escola de preparação é o mundo sem lei e sem escrúpulos dos *gulags*.

– Claro, é a mesma coisa com os *maras* e os *yakuzas*... – ela afirmou. – E... o que aconteceu?

– Como assim?

– O que aconteceu pra você acabar virando um amo em um torneio de BDSM, em vez de estar diretamente dentro da cúpula de uma das *bratvas* que você queria desmantelar?

Markus transformou seu olhar ardente e encarnado em uma expressão vazia e cheia de ressentimento.

– Tyoma e Ilenko saíram primeiro. Nas ruas, eles investigaram sobre mim e descobriram algo de que não gostaram...

– Você quebrou o código dos ladrões.

– De alguma maneira, sim. E eles... Bom, eles se encarregaram de resolver as coisas do jeito deles. – Os músculos de sua mandíbula palpitavam de raiva. – Cortaram o mal pela raiz.

– Mal? O que eles fizeram com você, Markus?

O que eles fizeram tinha sido a motivação para que ele seguisse naquilo e aceitasse ser um dominador para um mafioso filho da puta. Ele estava um passo à frente de tudo e de todos. E completaria sua missão passando por cima de qualquer um, sem se importar.

As casualidades da vida, que sempre davam uma segunda chance, tinham feito o caso Amos ter relação direta com a *bratva* do *pakhan* para o qual Ilenko trabalhava e, com certeza, Tyoma também.

Como tudo havia se relacionado?

Yuri Vasíliev tinha interpretado o papel de Vingador no torneio BDSM Dragões e Masmorras DS. Markus e o SVR haviam seguido os passos dos mafiosos e lavadores de dinheiro até chegar à conclusão de que se tratava da família Vasíliev, multimilionários que comandavam a empresa siderúrgica mais importante da Rússia. Com seu poder imensurável, eles financiavam as *bratvas* de tráfico de pessoas, pornografia e tráfico de drogas. E isso os levava de volta ao principal *pakhan* procurado por Markus. A Drakon.

– Digamos – o moicano procedeu – que eu tive que assumir o meu erro... Violar o código merece um castigo. No entanto, outro *pakhan*, ligado ao tráfico de drogas e de escravas, que controlava outra parte do presídio, me convidou para trabalhar pra ele com o treinamento de submissas que seriam vendidas, posteriormente, para seus abastados clientes.

– Você decidiu trabalhar para a concorrência? Prestar serviços para outro *pakhan*?

– Sim. Eles estavam precisando de alguém que preparasse as mulheres antes de enviá-las para os compradores sádicos. Eu faria o teste daquela variação de *popper* e cocaína nelas e, se tudo corresse bem, eu ia trabalhar com ele. Marcaram o meu corpo para que os demais soubessem que eu tinha transgredido o código. – Ele tocou a parte interior de seu bíceps direito. – E, mesmo assim, eles quiseram que eu trabalhasse para eles, pois tinham certeza de que não havia mais nada com que eu pudesse me preocupar, mantendo assim o foco nos serviços para a máfia. Tive que começar do zero e trabalhar como um *shestyorka*, um parceiro.

– Eles foram condescendentes – Leslie falou, surpresa, tentando prestar atenção na tatuagem no interior no bíceps dele, quase imperceptível por causa dos vários tribais que lhe percorriam o braço.

– Normalmente eles matam os traidores.

– Eles precisavam de alguém como eu – ele replicou.

– Alguém como você?

– Dentro do *gulag* eu era conhecido como o Demônio. Por que você acha?

– Se você não me contar, eu nunca vou saber. Mas ultimamente esses apelidos estão muito exagerados… Eu chamava o meu chefe de Hulk e ele não era um bicho verde.

Markus pestanejou e sorriu.

– Meu Deus, eu não acredito… – Leslie comemorou, surpresa. – Você está começando a gostar das minhas piadas?

– Não – ele rebateu bem sério, segurando uma risada. – Voltando ao assunto… Meu contato seria o Belikhov.

– Assim que vocês se conheceram.

– Exatamente. Ele me trazia as garotas… O *pakhan* para o qual Belikhov trabalhava fazia negócios com o *pakhan* que eu estava procurando. Me disseram que o chefe entraria em contato comigo quando o torneio acabasse e me tornaria um membro da quadrilha, coisa que – ele desceu da mesa com um salto – nunca aconteceu…, porque o FBI se intrometeu e acabou com o meu plano.

– Mas você sabia que o Belikhov podia te dar informações. Por isso o interrogamos… – Leslie continuou sentada na mesa, vendo Markus estralar o pescoço, girando a cabeça de um lado para o outro.

– Sim.

– E isso te levou ao *pakhan* que te interessa, responsável pelo tráfico de pessoas e pelos sequestros. Ao Drakon. E para ele que, inusitadamente, Ilenko trabalha como intermediário. Inclusive pode ser que Tyoma também esteja na cúpula. Qual é o nome dele? Quem ele é?

– É isso que eu quero descobrir. Há uma lenda relacionada ao

Drakon. Dizem que ele é imortal, que não morre de jeito nenhum. Ninguém nunca o viu.

– E você acha que nós dois podemos encontrá-lo?

Markus deu de ombros e respondeu:

– Já estamos dentro da *bratva* e ele nem imagina. Em breve haverá uma reunião de compradores, com a presença de Drakon, seu conselheiro e seu cobrador. As três cabeças da quadrilha. E eu estou disposto a me encontrar com ele.

– E como vamos fazer isso? Como vamos encurralar o Drakon?

Markus sorriu.

– Ele te queria. Pagou por você. Você é o negócio que havia entre meu *pakhan* e Drakon. De alguma forma, ele te escolheu. Você foi a selecionada para passar a eternidade com ele. O que ele não sabe é que você também é a escolhida do Demônio. E quando ele achar que tem tudo sob controle, eu vou mostrar pra ele que o jogo só acaba quando termina.

– Agora você também é filósofo? O jogo só acaba quando termina? – ela repetiu, arqueando as sobrancelhas pretas.

– Isso. É como dizer: só eu posso decidir quando essa história vai acabar. E agora, por favor, temos que preparar o plano para quando parte dos *boyevik* chegar.

– Claro.

Leslie desceu da mesa, disposta a dar duzentos por cento de si. Era seu trabalho. E ela queria ajudar Markus, porque, de uma forma que não conseguia entender, ela se importava com ele. Se importava muito.

– Então... – ele falou, colocando sua mão cálida e enorme no ombro delgado dela. – Leslie?

– Sim, Demônio? – Ela levantou o olhar prateado, curiosa.

– Prepare-se... porque... dentro de algumas horas, você vai ser sequestrada.

10

Já fiz isso outras vezes, ela disse para si mesma, depois de colocar um brinco na orelha. Era um brilhante vermelho que tinha um microfone em seu interior, para que Markus pudesse escutar tudo o que os sequestradores dissessem. Além disso, também contava com um localizador que ia mandar informações direto para o celular do seu parceiro. Assim, ele saberia onde ela estava, em tempo real.

Markus estava falando no telefone, alugando uma moto em um local próximo à estação Holborn do metrô, a apenas três ruas de onde eles estavam. Enquanto isso, ela aproveitava o tempo para refletir sobre a missão.

Leslie tinha se infiltrado como ama em um caso cheio de masoquistas e sádicos. Tentaram vendê-la uma vez, e agora ela estava disposta a ser levada e vendida pela segunda vez.

Leslie estava preparada. Era uma agente do FBI, treinada para passar por essas situações. O que não queria dizer que ela não sentisse medo.

A inquietação, a consciência de que estaria exposta e sem armas diante de um grupo de homens que tirariam as roupas dela e a atormentariam, eram de deixar qualquer pessoa nervosa. Inclusive ela, teoricamente uma mulher de ferro, que nunca se deixava levar pelo pânico.

Markus entrou no quarto onde ela estava fazendo os últimos preparativos. Estava com o telefone por satélite na mão direita.

Através do espelho, Leslie observou de soslaio o notebook que ela havia acabado de usar e que agora repousava sobre a mesa de escritório daquela enorme suíte. Estava fechado.

O que o russo não sabia era que a agente tinha entrado em contato com Cleo, usando sua conta de e-mail anônima. Leslie contou tudo o que havia acontecido desde que eles pegaram o avião para Londres. Além disso, passou todos os números de telefone salvos nas agendas dos celulares de Patrick e Yegor, para que os titulares fossem rastreados.

Talvez todos estivessem relacionados com o tráfico de pessoas. Leslie havia exigido discrição absoluta da irmã, que só tinha permissão para falar sobre aquilo com Lion Romano. O agente, encarregado pela missão AeM nas Ilhas Virgens, ia avaliar bem a situação e saber o que fazer com aquelas informações.

Leslie também tinha encontrado um documento oficial na internet, escrito em russo, que destacava todos os pontos que deveriam ser respeitados no código dos criminosos.

CÓDIGO DOS VOR V ZAKONE

- Os *vory* são regidos por leis próprias.
- O *vor* tem que ter aprendido a viver na prisão.
- O *vor* tem que abandonar a família. Ele não pode ser casado e nem ter familiares. Sua família é a fraternidade.
- O *vor* não pode trabalhar. Ele tem que viver única e exclusivamente de sua atividade criminosa.
- O *vor* tem que recrutar jovens e mostrar o esquema do roubo para os iniciantes.

- O *vor* tem que limitar seu consumo de álcool e sua prática de jogos. Ele não pode se tornar um alcoólico e nem jogar se não puder honrar suas dívidas.
- O *vor* tem a obrigação de prestar auxílio moral e material a outros ladrões.
- O *vor* tem a obrigação de aceitar e cumprir qualquer castigo determinado na assembleia dos ladrões.
- O *vor* está proibido de se relacionar com autoridades, incluindo participar de eventos sociais, pertencer a qualquer organização, usar armas para fins pessoais, prestar serviço militar ou participar de atividades em campos de trabalho.
- O *vor* tem que ensinar o ofício para os iniciantes.
- Em situações inevitáveis, se um membro do grupo estiver sob investigação, o *vor* tem que assumir a culpa pelo crime, se isso comprar a liberdade do outro.
- O *vor* tem que exigir reuniões de averiguação para resolver controvérsias no caso de algum conflito dentro da *bratva*.
- O *vor* tem que manter sempre em segredo a localização de seus cúmplices ou lugares estratégicos: antros, distritos, esconderijos, apartamentos seguros, etc.
- O *vor* tem que conhecer seus informantes e os membros da máfia, sabendo seus respectivos cargos.
- O *vor* não pode empunhar ou roubar armas de autoridades. Ele não deve servir nenhum tipo de governo.
- O *vor* sempre tem que cumprir o que prometeu para os outros membros.

Dentre todas aquelas regras transgressoras, orientadas sobretudo a um comportamento sectário, Leslie não imaginava qual o russo poderia ter desobedecido. Com certeza, a de se relacionar com as autoridades. Talvez os tais Tyoma e Ilenko tivessem descoberto que ele havia trabalhado para o SVR, e por isso o castigaram e o excluíram de sua *bratva*.

O certo era que ela continuava perdida em relação à sua dupla, e quanto mais eles se aproximavam um do outro, pior ela se sentia, porque o contato só se dava por palavras, de forma cautelosa e precavida. Perguntando-se sutilmente quem eles eram...

E ainda assim, mesmo com Markus se abrindo com passos de tartaruga, Leslie continuava esperando que ele se interessasse por algo da vida dela. E a jovem estava surpresa por ter encontrado alguém pior do que ela na hora de estabelecer vínculos emocionais com as pessoas.

– *Habemus* moto?

– Uma Kawasaki Ninja azul elétrica. Já está lá embaixo.

Markus parou atrás dela e a observou atentamente pelo reflexo no espelho.

– Quando eles te pegarem, Leslie, você não vai estar sozinha. Eu vou estar com você.

– Você só está tentando me acalmar. – Ela deu um sorriso sem vontade. – Tenho consciência do meu papel, Markus. – Leslie prendeu seus cabelos em um rabo de cavalo bem alto, amarrando também os longuíssimos fios de sua franja preta azulada, jogando tudo para trás. Aquele penteado ressaltava ainda mais suas feições felinas e elegantes. – Acho que vou saber lidar com a situação.

Markus a segurou pelos cabelos e inclinou a cabeça dela, de modo que Leslie não visse nada através da linha preta e apertada de suas pálpebras.

– Nada de desafiar os caras, superagente – ele advertiu. – Não faça isso. Você vai estar em inferioridade de condições. Se você sentir que está em perigo, me chama. – Seus olhos ametista brilharam no espelho, como se ele fosse um personagem sobrenatural. – É só falar "Demon", e eu vou aparecer.

– Vou te invocar?

– Vai. – Ele acariciou o rabo de cavalo com os dedos e, de improviso, inalou aquela essência de fruta, misturada com o perfume dela. Aquele aroma o deixava embriagado. – É só chamar o Demônio.

– Você está cheirando o meu cabelo, Markus? – ela indagou, sem rodeios, estudando-o pelo reflexo no espelho, o reflexo de ambos.

Ele grunhiu em voz baixa.

– É esse seu maldito cheiro. – Ele disse, tentando se afastar.

Leslie se virou e o agarrou pela camiseta para que ele não fugisse. Markus dava sinais contraditórios que a incomodavam. Porque depois de se afastar e dizer que não a queria, de repente ele passava a agir como se a química que ela percebia e o desejo latente que ela não conseguia segurar fossem coisas recíprocas. A atração era como uma bofetada que dizia: "Ei, olha! Acorda! Quantas vezes você acha que vai sentir isso por alguém? Você acha que é algo que acontece todos os dias?".

– Você gosta do meu cheiro? – ela perguntou, mergulhada no olhar dele.

– Gosto.

– Mesmo que você ache que eu estou fazendo propaganda, vou repetir que é o Hypnotic...

– Hypnotic Poison. Eu me lembro. – Ele a soltou, curtindo aqueles cabelos que resvalavam em seus dedos, enredando-se ligeiramente, como se ela estivesse resistindo, sem querer ser libertada.

– Você me deixa confusa, russo... – ela disse, suspirando e olhando para a ponta dos próprios pés.

Ele deu um passo para trás, mantendo a distância, física e emocional. Tirou um *korovka roshen* do bolso e colocou na boca.

– Por que eu te deixo confusa?

– Sempre que você pega uma dessas balas, eu fico arrepiada – ela protestou. – Eu acabo me lembrando do Markus do parque Louis Armstrong.

– Sou eu mesmo.

– Não é verdade. Aquele era mais amável, mais divertido... Eu gostava mais. Até o outro, das Ilhas Virgens, era mais simpático. Pelo menos ele gostava mais de mim – ela explicou com uma sinceridade demolidora. – O suficiente pra...

Markus negou com a cabeça.

– Nós já falamos sobre isso. Não vou cair nessa conversa de novo.

– Pra me jogar no chão e colocar a boca entre minhas pernas... – ela prosseguiu. – Você não quer colocar a mão na minha calcinha e ver se eu estou com saudades?

– Leslie... – Markus deu um passo para a frente e a agarrou outra vez, de surpresa. Nem precisou tocá-la para que ela se derretesse com sua aproximação. – Não vou me debilitar.

– Não vai se debilitar? – ela repetiu, levantando a cabeça para olhar nos olhos dele. Markus era muito alto. – Ficar comigo te enfraquece? Eu sou a sua kryptonita? – Ela deu risada dele.

– Você me distrai. Acredite, é melhor assim.

– Não fala besteira, moicano – ela alfinetou, friamente. – Suas explicações me dão tédio. – Ela se afastou, com um leve empurrão. – Você não me distrai. E eu sou tão profissional quanto você. Eu sei o que é a missão, e sei o que é uma maldita transa pra aliviar a tensão.

– Uma maldita transa pra aliviar...? – Markus franziu a testa. – Você não entende.

– Ah, entendo sim. – Ela começou a rir novamente, transtornada e nervosa depois de tantas negativas a suas investidas. – Eu nunca me entreguei tantas vezes assim, de bandeja, pra tomar esses foras com tamanha..., tamanha... indiferença, como se você estivesse escolhendo o sabor de sorvete. Sabe o que você é?

– O que eu sou? – questionou ele, sem se virar, mas atento ao reflexo de Leslie do espelho.

– Você é daqueles que escolhem o sorvete de baunilha. Um tédio, insosso e restrito, que não se arrisca um pouquinho além do que considera seguro. – Ela andou até o guarda-roupa e escolheu outra camiseta, diferente da que estava vestindo. Estava suada e precisava se vestir de outra maneira. – Isso não é se arriscar. É ser um covarde. E um manipulador.

Markus se virou e caminhou até ela.

– Não sou manipulador, *vedma*. Estou escolhendo o que é melhor para os dois...

– Perdão, Senhor Indiferente, mas não acha que eu é quem tenho que escolher o que é melhor pra mim? Você não decide nada na vida nem nos movimentos da sua dupla.

O russo colocou a mão no bolso e caminhou penosamente até Leslie. Pegou a calcinha que tinha tirado dela em Nova Orleans e lhe mostrou, colocando-a a um par de centímetros do rosto.

– Eu já estou cansado! – ele gritou. Markus jamais perdia a paciência. Mas Leslie sabia como provocar e fazê-lo sair daquela zona de conforto que ele não queria abandonar. – Você acha que isso é ser indiferente!?

A agente apertou os olhos e ficou perplexa quando percebeu que era sua calcinha que ele estava escondendo entre aqueles dedos enormes. E estava com o cheiro dela. De seu perfume, como se ela tivesse borrifado um pouco na peça de roupa.

– As coisas são como elas são e eu não pretendo te explicar mais nada! Mas não me chame de algo que eu não sou! – ele disparou entre os dentes.

– E como você é, Markus? – perguntou ela, em voz baixa, compassiva. – Você sabe? Não dá pra reconhecer a si mesmo entre tantas camadas de repressão e tantas máscaras e duplas identidades! Você nem imagina…

– Não! Você é quem não imagina! Você não me conhece!

– Nem você me conhece! – ela rebateu, alçando a voz.

Em meio à discussão acalorada dos agentes, alguma coisa estava acontecendo.

De repente, eles ouviram alguém tentando forçar a porta da casa.

Os dois se calaram. Ele levou o dedo indicador aos lábios para orientar que ela não fizesse um ruído sequer.

– Eles já estão aqui – ela disse, com os olhos arregalados.

Markus fez um sinal de positivo. Foi o rogar nos olhos da agente que o desarmou.

– Já estão aqui – ele repetiu, consciente de que, se algo desse errado, ele não veria Leslie nunca mais. Ela seria levada para qualquer continente e sofreria os abusos de Drakon.

– Não me abandone, russo – ela pediu, fulminando-o com o olhar. – Temos uma conversa para terminar.

Markus engoliu saliva e sentiu a necessidade de abraçá-la, de beijá-la, e de dizer que tudo ficaria bem.

– Não vou te abandonar. É só me chamar, Leslie. Eu vou cuidar de você – ele sussurrou e, com o rosto dela entre as mãos, beijou-a na testa.

Leslie fechou os olhos e agarrou com força nos pulsos dele.

Já não havia tempo para dizer mais nada.

Quando ela abriu os olhos de novo, Markus havia desaparecido e não restava mais ninguém naquele quarto imenso; somente ela, sua respiração e seus nervos.

Ela estava esperando, com paciência, que os sequestradores da *bratva* entrassem na casa. Respirou fundo e fechou os olhos pela segunda vez.

Leslie se entregaria a eles. Sem resistência. Não estava acostumada a fingir que não sabia lutar, porque a verdade era que, se ela lutasse, se transformaria em uma autêntica máquina de matar, então era melhor não dar nenhum soco, nenhum chute, nenhum golpe... A agente deveria ser levada até o crivo sem levantar qualquer suspeita.

Três homens vestidos com roupas escuras entraram na casa e foram atrás dela, como hienas.

Leslie se virou, fez cara de assustada e esperou que todas as expressões de terror e pânico passassem por seu rosto antes de fingir um desmaio, antes que um dos três a colocasse nas costas e a levasse.

Quando os homens saíram da casa, Markus deixou que o vento vespertino de Londres acariciasse seu rosto. Ele estava abaixado na parte da frente, ao lado da janela. Observou fixamente um furgão branco Volkswagen, estacionado na frente da residência, receber a nova encomenda.

O russo apertou os dentes e deu uma olhada no telefone, esperando que o localizador de Leslie desse sinal.

Quando a luzinha começou a piscar e a percorrer as ruas da cidade no mapa, Markus entrou de volta na casa e correu para ir em busca dela.

Não perderia o sinal.

Ninguém ia machucá-la.

Nem pensar.

Ou então o Demônio ia colocar fogo naquele crivo com as chamas do inferno.

O CRIVO

Ela estava sendo conduzida aos empurrões, agarrada com força pelo antebraço. Andavam com ela por corredores escuros e fedorentos. Passagens intermináveis que ela não tinha ideia de onde acabariam. Também não sabia para que inferno a levavam.

Ouvia homens falando em *fenya*. Seus sequestradores também falavam naquele idioma. Leslie tinha conseguido entender parte da conversa deles dentro do furgão, aguentando todo tipo de frase depreciativa:

"Essa é gostosa", "Se eu pudesse comprar essa, colocava ela pra chupar minha rola o dia inteiro", "Nossa, ela tem uns peitos…"…

Um deles tinha passado a mão nela. Leslie havia fingido estar inconsciente enquanto ele beliscava seu mamilo com fúria.

"A puta não acorda. E se a gente aproveitar e meter nela enquanto ela dorme?"

"Não podemos encostar nesse material", outro dizia. "Essas encomendas serão vendidas para pessoas de altos cargos, que já perderam os pedidos de submissas no torneio do *sovetnik*. Nada de estragar o produto, Kirnov."

Sim. Ela era um produto.

Leslie estava com vontade de descobrir os olhos, que estavam vendados com uma faixa preta, e olhar ao seu redor.

O que seria aquilo? Um prostíbulo?

Ela escutava choros e gemidos de mulheres, e palavras sussurradas de homens que diziam todo o tipo de obscenidade em voz baixa, achando que uma mulher quisesse ouvir aquelas coisas enquanto estava sendo violada.

Leslie sentia o cheiro de sexo. De sangue e de humilhação.

Depois de andar por mais vinte metros e descer as escadas, ela se deparou com um universo distinto. Tudo mudou.

Silêncio. Fragrâncias de perfumes caros. Cheiro de charutos cubanos e de cigarros nada baratos. E música... Música clássica, típica escolha de um homem frio e sem alma, para ouvir enquanto torturava sua vítima ou escolhia uma mulher para comprar e foder como bem entendesse, de todas as maneiras possíveis e imagináveis.

E, então, Leslie entendeu.

Ela estava exatamente no crivo, exatamente no leilão.

– Senta ela aqui e injeta aquela droga do Keon nela – um homem disse. – Vamos precisar de mais.

Leslie ficou assustada. Porra, eles estavam usando a mesma droga do torneio para aumentar a libido das mulheres. Nas Ilhas Virgens, Keon tinha desenvolvido aquela variação de *popper* com cocaína, e os caras acabavam de citá-la.

Ela foi empurrada e caiu em uma cadeira de madeira. Imobilizaram um de seus braços e amarraram a parte superior com uma tira de elástico para cortar a circulação e fazer as veias saltarem.

– O *pakhan* pediu para remodelar a fórmula, mas com Keon atrás das grades vai ser difícil elaborar a droga do mesmo jeito... Yegor está avaliando as garotas. Ele está com o catálogo de compradores, tentando achar mulheres parecidas com as que tinham sido compradas nos Estados Unidos. Os clientes precisam ficar satisfeitos. Mesmo que não sejam as originais, eles devem se conformar com essa nova remessa.

– Eu me conformo com essa – disse o cara que estavam injetando a droga em Leslie. – Um pouquinho do líquido do abandono e ela vai ficar molhada como uma cadela no cio.

– Nem pense em encostar nela, Kirnov.

Leslie queria esmagar Kirnov como se fazia antigamente. Osso por osso. E se Markus estivesse ouvindo aquilo do outro lado da linha, ela achava que o russo estaria com vontade de fazer o mesmo.

Tentou ignorar a picada no braço e controlar seu estado mental o máximo que podia e um pouco mais. Porém... não conseguiu.

A droga atravessou a veia e foi direto para a circulação, relaxando seus músculos e amolecendo sua mente.

O *popper* era um afrodisíaco e um anestésico. Se eles quisessem machucá-la ou abusar dela, não haveria muita resistência.

Mas Leslie ia lutar até o final.

– Tira a roupa dela, Kirnov. Deixe-a só de calcinha e sutiã. Não quero ver nenhuma marca nesse corpo – disse o homem –, nem quero que você a excite. Alguns clientes estão nas cabines, do outro lado da sala, então comporte-se.

– Sim, senhor – Kirnov obedeceu, mesmo que seu tom de voz mostrasse que ele não estava de acordo.

Leslie estava com pavor de ficar sozinha e indefesa com aquele cara. Estava claro que ele queria se aproveitar dela.

Como ela ia lutar com as mãos amarradas nas costas e com aquela droga percorrendo todo o seu corpo?

Kirnov tirou a calça e a camiseta dela, deixando-a só com as roupas de baixo.

– Nossa, morena... Você é mesmo tudo o que eu imaginava. – O mafioso lhe apertou um dos seios e depois lhe colocou a mão entre as pernas. – E agora, hein? Sei que você está gostando...

– Vou te matar... – Leslie ameaçou, em inglês.

– Duvido – o russo rebateu. – Primeiro – ele a fez levantar da cadeira, obrigando-a a andar para a frente e a deitou em uma cama de hospital –, vão te examinar.

Um homem, de cabelo espetado e óculos, entrou no cubículo, e Kirnov abriu as pernas de Leslie o máximo que pôde. Ela não tinha forças para resistir.

O homem tirou a calcinha dela. Lágrimas começaram a correr no rosto de Leslie. Com luvas, ele introduziu um dedo, depois levantou o olhar obscuro para ela e sorriu.

– Virgem.

– Sim, sou virgem, filho da puta... – Leslie confirmou.

– Não por muito tempo – replicou o doutor, enquanto dava uma olhada nos dentes e no couro cabeludo dela.

– Você vai sair ali fora para que eles te vejam – Kirnov disse, levantando-a. – E quando alguém te comprar, se é que alguém vai te querer, eu vou te preparar para o cliente. Vou te comer. Mas por trás, pra conservar o seu hímen. Mas se ninguém te comprar, gatinha – Kirnov lambeu a bochecha dela –, vou investir uma grana em você, eu te quero no meu clube. Você não vai durar nem um ano comigo, cadela.

Leslie apertou os lábios e se sentiu ultrajada pelo vocabulário que aquele cara usava com ela. O que ele achava que ela era? Leslie era uma pessoa. Mas era chamada de puta só por ser mulher. Qualquer puta tinha mais orgulho e honra na unha do dedo mindinho do que aquele cara desprezível tinha no corpo inteiro.

Ela não teve que pensar muito: era chegado o momento.

Estava apavorada só de imaginar o que aconteceria ali, e os homens com a alma vendida só temiam uma coisa: o demônio.

– Demon... – Leslie sussurrou ao desaparecer atrás das cortinas, sendo conduzida à vitrine principal do leilão.

11

Em Londres, no Soho, o bairro chinês por excelência da cidade, havia um edifício que ocupava toda uma esquina da Old Compton Street, em uma enorme quadra com negócios voltados para o público LGBT.

Aquela pequena área residencial, cheia de comércio e entretenimento, tinha sido o principal foco de imigração da Inglaterra.

Franceses, chineses, russos, italianos... Estabeleceu-se ali um círculo multicultural.

Ninguém estranhava encontrar pessoas de outras nacionalidades naquele bairro. Portanto, ver três russos na portaria do edifício onde Leslie estava, justamente na rua em que havia vários cafés abertos durante a noite e a Patisserie Valerie, não chamava muito a atenção.

Somente a de Markus, que os tinha seguido e sabia o que estavam tramando.

No pub, atrás do moicano, estava tocando a música "In the Air Tonight", da banda Nonpoint.

Ele desceu da bela Ninja que tinha alugado, deixou-a bem estacionada e voltou a atenção para os três indivíduos que tinham saído para fumar e agora estavam voltando, rindo de alguma piada.

O russo prometeu para si mesmo que eles não o fariam perder a calma.

O medo que ele estava sentindo era verdadeiro, pois temia por Leslie. Ele era perturbado pela ideia de reviver o acontecido dois anos antes, quando, imobilizado, atrás das grades do *gulag*, ele viu o assassinato de uma pessoa querida. E não pôde fazer nada para evitar.

A ansiedade martelava o meio de seu peito, deixando todos os seus sentidos em alerta. Se acontecesse a mesma coisa de novo ele ia acabar enlouquecendo, e transformando Soho em uma zona de guerra.

Markus não sentia mais nada ao matar e ao torturar. E não sentia nada porque não tinha mais medo do fim e nem da dor. Porém Leslie tinha alguma coisa que o enchia de insegurança. E ele não suportava se sentir assim. Era tão estranho...

O russo odiava concluir que, com a chegada daquela mulher, tudo o que ele tinha se esforçado para construir e conseguir ao seu redor poderia desmoronar como um castelo de areia abalado pelo vento.

Leslie era o vento.

E ele não era nada mais do que areia.

Markus vestiu o capuz, escondendo o rosto entre as sombras. Suas tatuagens continuavam à mostra, revelando, para quem entendia do assunto, que ele tinha passagem na prisão e era um maldito criminoso.

E como bom assassino, ele adorava a destruição. Com o passar dos anos, deixou sua meticulosidade para trás e se tornou um animal selvagem. Os anos de prisão o fortaleceram, o transformaram em um sobrevivente, em alguém bruto, que deixava as estratégias de lado em busca do corpo a corpo.

Nas cadeias, o culto ao corpo era uma religião. Os presos ficavam horas se exercitando, preparando-se para fazer parte de alguma *bra-*

tva ou para melhorar suas aptidões como guerreiros. Poucas vezes eles faziam musculação para ter um corpo são e uma mente sã, já que muitos eram delinquentes desde o nascimento. Assim, o tempo que passavam presos se tornava um período de preparo físico, como uma temporada em uma academia, à espera da liberdade, para poder demonstrar as novas habilidades ao *pakhan*, ou para o chefe de alguma quadrilha qualquer da *mafiya*.

Recuperação? Aquele que já havia abusado, matado, assassinado ou roubado violentamente não se recuperava mais. Permanecia com a consciência marcada pelas garras da perdição.

Mas não Markus, porque ele não era nem uma coisa e nem outra.

Ele havia trabalhado o corpo para usá-lo em benefício próprio. Nem para o FBI e nem para o SVR, muito menos para entrar em alguma *bratva*. Ele tinha ficado enorme e musculoso para impor respeito aos demais; e para ter, inclusive, mais respeito por si mesmo.

E por mais um motivo: porque se concentrar em fazer os músculos crescerem ou em recuperar o ar para respirar, durante seus treinos rígidos no tempo perdido atrás das grades, o afastava da dor de ter fracassado e de não ter conseguido cuidar daquilo que ele supostamente deveria proteger enquanto infiltrado.

Por isso, já havia algum tempo, ele não se aproximava de mais ninguém. Seu vínculo mais poderoso era com a morte.

E os três homens que estavam vigiando a entrada daquele covil onde era realizado o leilão de mulheres iam experimentar daquele mesmo vínculo. O crivo clamava por ele.

O que ninguém sabia era que Markus ia realizar seu crivo particular, escolhendo quem ia viver e quem ia morrer, porque ele era um demônio, e sua alma estava tatuada com as chamas do inferno.

E todos os demônios atendiam às invocações, principalmente se fossem da mulher que fortalecia seu fogo interior, mesmo contra a vontade dele.

Leslie chamava, e ele atendia. Ainda mais sendo requisitado por uma bruxa.

Demon, tinha pronunciado sua bruxa.

O rosto de Markus ficou irreconhecível, coberto pela máscara da vingança.

O moicano invadiu o local como se fosse mestre e senhor de todos os que estavam ali, e definiu o destino das três almas que tentariam impedir sua entrada.

Antes, ele previu em pensamentos o que ia fazer.

Um deles ia morrer com um tiro no meio da testa. Markus quebraria o pescoço do segundo e o usaria como escudo, para se proteger dos tiros do terceiro guarda, que ele derrubaria com as pernas, cruzando-as na cabeça do indivíduo; faria todas as vértebras ruírem até lhe acabar com a vida.

E foi isso que aconteceu.

Markus cantarolou mentalmente a música que tocava no pub e a internalizou: "*I can feel it holding in the air tonight. Oh, Lord. I've been waiting for this moment for all my life. Oh, Lord...*".[2]

Executou os movimentos que havia visualizado.

Matou o primeiro com um tiro certeiro entre as sobrancelhas.

Um dos outros guardas sacou uma arma e atirou, atingindo Markus de raspão no braço, mas ele logo pegou o segundo e o utilizou para se proteger. As balas atingiram a barriga do mafioso, sem clemência.

Depois o russo fez uma finta com o corpo, deixando cair o ca-

---

2 "Esta noite, estou sentindo isso suspenso no ar. Oh, Senhor. Esperei por esse momento minha vida toda. Oh, Senhor..." (N. E.)

dáver que tinha servido de barreira, e deu um salto para a frente, amarrando, com as pernas, o pescoço do terceiro agressor.

O cara soltou a arma e colocou as mãos nas duríssimas batatas das pernas do moicano, que, inabaláveis, torceram seu pescoço até quebrar, uma por uma, as vértebras cervicais. Até matá-lo.

Markus se levantou e recolheu a arma do homem que ele havia matado, uma Makarov automática com silenciador. Poderia usá-la até que as balas acabassem. Depois pegaria suas próprias pistolas.

Adentrou aquele corredor escuro, iluminado apenas com luzes tênues e avermelhadas, como as de uma casa de prostituição.

Mas sem o "como"; aquilo *era* uma casa de prostituição. Tinha aposentos de quinta categoria, cobertos só por pedaços de madeira e cortinas, algumas quase transparentes e todas de cores variadas.

Markus entrou em um deles e se deparou com uma cama de solteiro, suja e fedida. Sobre os lençóis manchados de suor, uma garota com não mais que dezessete anos, de cabelo cacheado e castanho e olheiras enormes, levantou-se suavemente para receber o novo cliente. Estava sem roupa, usando só uma tanga de tecido preto e fino.

Mas Markus não era um cliente.

Enojado por aquela visão, ele observou as marcas de picadas que a jovem tinha nos braços; em cima da mesa de cabeceira, na qual havia várias camisinhas, repousava uma seringa vazia, abandonada como aquela menina perdida. Era o *popper* líquido.

Markus saiu dali e abriu três outros quartinhos.

Porra, tinha mais duas adolescentes ocupadas com homens sebosos, satisfazendo os desejos sexuais deles. Uma delas, loira e encantadora, também menor de idade, estava prestes a fazer, a contragosto, uma felação em um inglês calvo e suado que estava diante dela.

A menina olhou para Markus e ficou paralisada.

O cliente se virou para reclamar de quem quer que estivesse atrapalhando, e deu de cara com o cano da Makarov de Markus.

A garota se afastou e se encolheu num canto, tampando os ouvidos, aterrorizada. Markus decidiu que já tinha visto o suficiente.

– Que merda...? – disse o cliente.

– Me tira daqui! – a garota suplicou em ucraniano, espantada e chorosa.

Markus apertou os dentes ao verificar que ela também estava com marcas de injeções nos braços. As garotas eram drogadas para que pudessem trabalhar sem sentir nojo, e nem ter consciência do que estavam fazendo. O *popper* era um afrodisíaco, e tinha um efeito anestésico quando misturado com a cocaína.

– Eu não fiz nada... – o cara falou, levantando as mãos, indefeso.

Markus não ia perder tempo com ele; não duvidou em nenhum momento.

E definiu o destino do homem. Matou-o com um tiro. Pois, ao contrário do que o sujeito achava, ele tinha feito algo, sim. Por causa de pessoas como ele, devassas e pervertidas, aquela menina tinha sido vendida e escravizada. Ele era a principal peça daquele quebra-cabeça. O primeiro que deveria ser erradicado.

Ele era a demanda. Sem demanda não existia negócio.

Por isso ele apertou o gatilho. Não atirou na cabeça, mas sim no lugar que fazia aquele cara se comportar de forma tão suja e depravada. Atirou nas bolas dele, e o deixou lá para sangrar até a morte.

O moicano desceu as escadas, decidido a acabar com aquela espelunca.

Havia uma porta aberta de onde saía uma fumaça de tabaco.

Markus foi até lá e se deparou com um grupo de nove homens,

todos com o símbolo de Drakon em suas mãos, jogando pôquer enquanto fumavam charutos.

"*Well, I remember. I remember, don't worry. How could I ever forget? It's the first time. The last time. We ever met*",[3] Markus estava cantando mentalmente ao apertar o gatilho automático e exterminar todos os membros do grupo de apoio e segurança da *bratva*.

Cacos voavam para todos os lados enquanto ele esburacava os criminosos, sem piedade. Não teriam descanso. A potência da Makarov obrigava o moicano a segurar a arma com as duas mãos e a deixar as pernas e o duro abdome tensos.

Ele estava decidido a tingir aquelas paredes de sangue, e elas não poderiam ser limpas nem com todas as lágrimas das vítimas que tinham feito.

Como dizia a música: ele se lembrava de tudo. Tudo o que tinha vivido e sofrido nas mãos das *bratvas*. E aquele seria o primeiro e o último momento em que eles estariam novamente cara a cara.

Ele não era mais um infiltrado, não estava mais trabalhando para ninguém; só para si mesmo. Por sua própria paz, ele buscava uma vingança que considerava sua por direito. Acabariam com Markus depois que ele arruinasse tudo, mas ele queria curtir o momento, destruindo aquele local e todos os membros da quadrilha que estivessem andando por lá.

Ele se assegurou de deixar um com vida. O criminoso estava com os cabelos emaranhados sobre o rosto, manchado e salpicado pelo próprio sangue. Markus o agarrou pela cabeleira preta como a noite, erguendo-lhe a cabeça.

---

3 "Bem, eu me lembro. Eu me lembro, não se preocupe. Como eu poderia esquecer? É a primeira vez. A última vez. Que nos encontramos." (N. E.)

– Ilenko. Onde ele está?

O cara não conseguia nem falar. O esforço fazia com que o sangue de seus pulmões fosse parar na boca.

– Lá... lá embaixo...

– Onde?

A vítima não queria falar mais, porém Markus não permitiu que ela desse a informação pela metade. Afundou os dedos nos buracos das balas, e a dor fez o delinquente despertar.

– No um! No um!

Depois da revelação, que Markus não tinha entendido direito, ele o deixou morrer para prosseguir em seu roteiro de extermínio e destruição.

O silêncio e a música clássica ambientavam um corredor inacabável e em forma de círculo. Pelo leve cheiro de umidade, ele deduziu que estava no subterrâneo. As paredes eram pintadas com um vermelho vivo, e as luzes eram muito claras. Cada porta preta contava com um número dourado.

Havia um total de dezessete portas, e o corredor começava pela última.

Ilenko estaria na porta de número um.

"I saw it with my own two eyes. So you can wipe of the grin, I know where you've been. It's all been a pack of lies."[4]

Markus parou em frente ao número um. Atrás daquela porta, ele encontraria Ilenko, o braço direito de Tyoma.

Eles tinham construído uma amizade na prisão.

Mas entre criminosos não existia amizade, era tudo de mentira; só importavam a ambição e a vontade de prosperar. E Markus, que

4 "Eu vi com meus próprios olhos. Então pode se livrar da tristeza, eu sei por onde você passou. Foi tudo um punhado de mentiras." (N. E.)

tinha se infiltrado para galgar um lugar em uma *bratva*, acabou descobrindo isso da pior maneira possível.

Um ladrão só era fiel às notas e às moedas; se ele pudesse se vender e trair um companheiro para subir de cargo dentro da *Organizatsja*, ele o faria sem nenhum escrúpulo.

Como Ilenko e Tyoma tinham feito com ele.

No entanto, o demônio não desaparecia sem um bom exorcismo. Eles o haviam ferido, mas não o tinham matado.

Agora Markus estava de volta por si só. A vida tinha colocado Drakon novamente em seu caminho, e a jornada para chegar até o chefe da *bratva* ia proporcionar encontros com velhos conhecidos. E... que surpresa! Markus não tinha beijos ou abraços para eles: estava decidido a estabelecer a sua nova lei.

Girou a maçaneta dourada da porta. Com muito cuidado, lentamente, entrou na cabine como uma sombra invisível.

Uma pequena luminária de luz branca clareava uns cadernos com fotos e fichas descritivas de mulheres. Mãos robustas, tão grandes quanto as de Markus, viraram a página daquele catálogo que parecia um menu de garotas. A cabeça completamente tatuada e raspada do homem se inclinou para ver bem a jovem da foto, e depois apontou para a frente, na direção de um enorme vidro que ocupava toda a largura do quarto e dava para uma sala central, onde havia uma protuberância coberta por um tapete vermelho. Em cima daquela espécie de palco estava uma jovem drogada, que estava se mexendo, perdida e desorientada, usando apenas calcinha e sutiã.

Os dezessete cubículos restantes, com suas respectivas janelas, davam para essa mesma sala de exposição como se ela fosse uma mera vitrine, exceto pelo fato de os manequins respirarem, terem nome e sobrenome.

– Senhor Sarawi – Ilenko disse com sua voz profunda, apertando um dos botões vermelhos do telefone central, que o colocava em contato com a cabine que ele quisesse. – Essa preciosidade é muito parecida com a que o senhor comprou nas Ilhas Virgens.

– *Masss* ela é… *virguem*?

– Todas foram examinadas por nossos médicos. E todas são virgens. Puras, como o senhor prefere.

– *Enton*… eu fico com ela.

– Ótimo – Ilenko replicou, sorrindo. – A número vinte está vendida para a cabine onze – ele anunciou, em voz alta, para que mais ninguém desse um lance por ela.

Markus deu um passo à frente e colocou o cano da Makarov na nuca do inimigo. O russo levantou as mãos na hora, e encolheu o pescoço.

– Então é assim que funciona, Ilenko?

O cara levantou os olhos azuis e viu o reflexo de Markus no vidro opaco. Mas não dava para ver o rosto, encoberto por um capuz preto.

– Quem é você? Não me mata, pelo amor de Deus…

Markus sentiu repulsa por ele. Todos os mafiosos choramingavam quando percebiam que iam ter o que mereciam.

– O Demônio.

Ilenko franziu a testa, sem entender.

De repente, a sala central se iluminou, e a voz de Kirnov anunciou a aparição de uma das mais belas garotas disponíveis. Uma dama elegante e única, de língua afiada e personalidade forte, que precisaria de um pouco de treinamento, mas que, no fim das contas, era um diamante bruto. Uma virgem de cabelos longos e lisos, e olhos prateados.

Markus voltou sua atenção para a sala e ficou angustiado quando Leslie surgiu, com um olhar sonolento e provocador, bem no meio daquele cenário. Seus quadris tremiam, e suas pernas pareciam intermináveis com aqueles sapatos de salto alto improvisados que tinham arranjado para ela. A bunda era maravilhosa, e ele sabia que era justamente isso que todos os homens babões por trás daqueles vidros estavam pensando.

Ele sentiu raiva ao saber que o corpo dela era admirado pelos lascivos participantes do leilão, milionários que só queriam satisfazer suas fantasias depravadas. Eles iriam usá-la até que ela se extenuasse, e depois abandoná-la ou obrigá-la a trabalhar para eles. Na pior das hipóteses, ela morreria.

A droga garantia que o caráter rebelde e indisciplinado de Leslie não viesse à tona, para que ela se comportasse como uma menina obediente enquanto o amo abusasse dela.

Muitas luzes da central telefônica de Ilenko se iluminaram. A agente chamava a atenção do sexo oposto, era evidente. No entanto, ela mesma ignorava o alcance desse seu poder.

Ilenko engoliu saliva. Estava suando exageradamente.

– Eu estou sentindo o cheiro do seu desespero daqui. Você continua sendo um cagão, Ilenko.

O mafioso não conseguia ver direito o reflexo de Markus. A duras penas dava para enxergar os braços e mãos tatuados, mas não era possível identificar os desenhos com clareza. Não dava para reconhecê-lo.

– Eu te conheço?

– Não. Você nem imagina quem eu sou. – E isso era certo, já que eles nunca descobriram que ele era um agente infiltrado.

– Sua voz… me lembra alguma coisa.

– Alguém pode ouvir o que estamos falando nessa cabine? – perguntou o moicano, dando uma olhada no cubículo onde eles estavam conversando.

Ilenko fez um sinal negativo, nervoso.

– Se você mentir pra mim, vai morrer de uma forma terrível. – Ele colou o cano da arma na nuca de Ilenko, para que o mafioso tivesse certeza de que Markus não estava blefando.

De repente, o celular de Ilenko começou a tocar. Markus tirou o aparelho do casaco dele e o colocou sobre a mesa.

– Atende.

Ilenko agarrou o telefone com força para atende-lo, mas antes Markus se aproximou de seu ouvido e falou:

– Eu conheço todos os seus truques e códigos secretos. É melhor você não falar que está em perigo ou eu vou arrancar a sua pele bem devagar. Não tem mais ninguém aqui dentro que possa te ajudar. Todo o pessoal do seu grupo de apoio e de segurança já está morto. Agora ligue o viva-voz e responda com cuidado. Quero ouvir com quem você vai falar.

Ilenko concordou, temendo pela própria vida, e respondeu em russo:

– Ilenko.

– Essa garota – disse uma voz masculina, do outro lado da linha. – É muito parecida com a escolhida do Drakon. É a *vybranny*.

Markus prestou atenção naquelas palavras. Drakon estava acompanhando o leilão através de um sistema de comunicação e tinha reconhecido Leslie.

– É ela mesmo? – Ilenko perguntou, surpreso.

– Ele não tem certeza… mas é quase idêntica. Quem a levou até aí?

– Uma das nossas unidades de trabalho. Ela veio da Princeton St. Foi Patrick quem a atraiu, e Yegor a levou até lá.

Houve um longo silêncio na ligação.

– Tudo bem... – a voz anunciou. – Drakon quer essa garota. Ele pagou muito dinheiro por ela nas Ilhas Virgens e quer verificar se é a mesma pessoa. Ele quer vê-la antes de zarpar com seu barco.

– Quando?

– Amanhã à tarde. No Marriott Lon County Hall. Quarto 103. Às sete.

Ilenko permaneceu em silêncio, e isso fez com que Markus lhe empurrasse o crânio com a pistola.

– Combinado – o mafioso respondeu, sob pressão.

O homem do outro lado da linha desligou, voltando a deixar Ilenko à sós com Markus e seu desejo de vingança.

– Você vai me esclarecer algumas coisas – Markus falou. – Mas antes, tira essa garota do leilão.

Ilenko, com a mão trêmula, apertou o botão do megafone e pronunciou as palavras mágicas:

– A número vinte e dois é uma *vybranny*. Ela está definitivamente fora de disputa.

As luzes que iluminavam Leslie se apagaram, uma a uma.

– Fala pra eles trazerem ela aqui – o moicano ordenou.

– Eu não preciso falar nada. Quando Drakon quer a moça, ela é trazida para cá imediatamente – ele esclareceu, abrindo um dos botões da camisa vermelha que estava usando.

Surgiu na sala central um rapaz loiro e magro, de olhos castanhos e pequenos e de nariz adunco, que sorriu para Leslie de forma intrigante, retirando-a de lá.

Markus sentiu uma ansiedade enorme quando a perdeu de vista, mas sabia que ela estaria ao seu lado ao cabo de alguns minutos. Minutos que seriam intermináveis para Ilenko.

– O rapaz citou um barco… Qual é o barco do Drakon? Quando ele vai zarpar?

– Amanhã, quando a segurança da cidade vai estar preocupada com a abertura do evento no Hyde Park – ele confessou, seguindo Markus com seus olhos claros.

– Como se chama o barco?

– Eu não sei. Eu não sei, eu juro. Ele tem vários e…

Markus agarrou a mão de Ilenko, pegou os dedos indicador e do meio e os puxou completamente para trás, até quebrá-los. O russo gritou de dor e começou a chorar, inconsolável.

– Eu não sei! Estou falando a verdade! Para, por favor! Eu vou… vou te contar o que você quiser… Mas não me machuque!

Markus negou com a cabeça.

– Eu quero saber o nome do barco. – E segurou a outra mão de Ilenko.

– São vários… Ele anda sempre com vários! É uma porra de uma frota! Acredite em mim, por favor!

Markus abriu um sorriso malévolo.

– Pode falar. Estou ouvindo – disse o moicano.

– Amanhã é um dia especial e Drakon convidou vários clientes para passar uma noite com ele e as *vybrannoy* em seus barcos, para compensar os prejuízos que os compradores sofreram nas Ilhas Virgens.

Então os compradores de agora são os mesmos que estavam adquirindo as submissas do torneio via internet e PayPal, pensou Markus.

– Drakon recebe dinheiro por essas compras. – Markus não estava perguntando. Estava afirmando.

– Recebe.

– Mas ele não vai receber o dinheiro da compra dessas mulheres, porque a conta para depósitos foi congelada pelas autoridades norte-americanas – recapitulou.

– É isso... Mas... – Ilenko estava segurando a própria mão com força para aguentar a dor dos ossos quebrados. – Ele não pode perder os contatos e nem os clientes. Por isso está oferecendo essas garotas completamente de graça, ou então os compradores vão atrás da concorrência, de outro *pakhan*.

– E amanhã as garotas serão entregues na frota do Drakon.

– Isso. Depois os clientes vão levá-las para seus respectivos países, e fazer o que quiser com elas.

– Entendi. – Markus tirou uma seringa do cinto e cravou a agulha no pescoço de Ilenko.

– Filho da puta! – exclamou o careca, levando a mão ao pescoço. Tentou se virar, mas rapidamente perdeu o equilíbrio e caiu de cara no chão.

Markus girou o corpo do mafioso com o pé e pisou no peito dele para mantê-lo no lugar.

– Olha bem pra mim, Ilenko. – Markus tirou o capuz.

O russo apertou os olhos e depois os arregalou, assombrado.

– Você ainda está vivo? Demon?

– Eu mesmo.

– Como você conseguiu sobreviver depois que nós saímos? – ele indagou, incrédulo.

Markus deu de ombros. Colocou a mão na parte de trás do cinto e tirou um canivete.

– Simplesmente... outro *pakhan*, da concorrência, como você diz, me acolheu. Trabalhei para ele e tive proteção.

Ilenko estava aturdido e conseguia se mexer cada vez menos.

– Uma amiga minha adora essas coisas – Markus explicou, levantando a minisseringa e olhando para ela com curiosidade. – E eu também estou começando a gostar. Apliquei um paralisante em você. Você não vai conseguir falar, mas vai poder ver e escutar tudo o que eu te fizer.

– Não... Escuta! Eu tive que fazer... Fa... zer aquilo...

– Sua língua está travando, Ilenko? Sim, claro – Markus falou com ironia. – Você teve que fazer aquilo pra ganhar a confiança de Tyoma e do Drakon, não é? Não importava que fôssemos amigos. – Markus se assustou com a verdade. Ele tinha considerado tanto Tyoma quanto Ilenko seus amigos dentro do *gulag*. Até que ponto tinha perdido o juízo em sua missão? Será que a Leslie tinha razão? – Eu salvei a sua pele mais de uma vez quando te pegaram com aquelas bolinhas de tênis cheias de cocaína que jogavam pra você do pátio ao lado. Te encobri quando você matou aquele guarda novato que achou que ia livrar o presídio dos corruptos como você. Mas nada disso importou, só subir de cargo.

– O código... você quebrou...

– O código – ele grunhiu a um centímetro do rosto de Ilenko, ajoelhando-se no chão – é uma merda. Uma falácia sectária! Nunca foi importante!

– Que... O que você vai fazer, Demon?

Ele ia fazer tudo o que tinha imaginado desde que havia planejado encontrá-lo só para matá-lo.

Desabotoou a camisa do mafioso, deixando a pele do peito à mostra.

– Sou um ótimo tatuador, você sabia? – Ele ergueu o canivete e esperou que Ilenko parasse de piscar, completamente dominado pelo paralisante. – Não se preocupe – ele disse, cravando o punhal no coração do criminoso. – Vai ser bem rápido.

12

– Filha de uma puta! – Kirnov gritou, colocando a mão no arranhão que Leslie tinha feito na bochecha dele.

A agente estava completamente drogada, mas resistia a desfalecer. Ela não suportava a ideia de que aquele cara abusasse dela em algum clube qualquer, quando ela já havia se safado, com sucesso, de situações muito mais difíceis. Mas a droga a debilitava.

Sentia-se estranha, excitada e totalmente descontrolada.

Enxergava apenas um borrão, e tudo parecia um sonho confuso, cheio de luz e sombra.

Onde tinham ido parar as outras garotas que eles estavam leiloando? O que tinha acontecido com elas? De repente ela sentiu uma horrível e incontrolável vontade de chorar.

Chorava porque sabia que seus membros estavam relaxados e impossibilitados de lutar.

Chorava porque se sentia vazia e queria que alguém a preenchesse, e estava com ódio de si mesma por sentir uma necessidade tão humilhante em um momento como aquele.

Kirnov a agarrou pelos cabelos pretos e a jogou na cama na qual, momentos antes, o suposto médico, com luvas brancas de borracha, tinha enfiado um dedo nela para verificar se ela era virgem.

As virgens eram levadas para o crivo.

As que não eram virgens começavam a trabalhar ali mesmo. Eram tratadas como meras figurinhas que podiam ser colecionadas.

Kirnov tirou a calcinha dela com raiva e arranhou uma de suas pernas com o diamante que tinha em um dos dedos. Segurou a cabeça dela com a mão.

Leslie escutou o cara tirando a calça e o sentiu separar suas nádegas.

– Você é do Drakon. Mas até mesmo o caviar pode ser dos pobres, não é, linda? Agora – ele disse, passando o dedo sujo pelas pregas do ânus dela – vou comer o seu rabo.

Leslie levantou a mão e puxou o cabelo dele com força.

– Não! – ela gritou.

Mas Kirnov deu um soco nas costelas dela, na altura do fígado, que a deixou sem fôlego.

– Eu acho que sim – Kirnov grunhiu na orelha dela, mordendo-a duramente. – Você vai ver como dói, puta. Vou enfiar…

Plau!

Kirnov foi puxado para trás e Leslie deixou de sentir o contato dele. Aquilo fez com que ela deslizasse pela cama, ainda sem ar e com dor por causa da porrada, e caísse toda mole no chão, parecendo uma boneca de pano.

Leslie abriu os olhos para ver o seu herói. Seu salvador.

Markus estava chutando Kirnov no chão, como se ele fosse uma bola de futebol. Depois, ele o agarrou pela camiseta e começou a procurar um dos elásticos usados para achar as veias das garotas e drogá-las.

Quando ele encontrou, amarrou as mãos de Kirnov nas costas e o colocou na cama, prendendo cada um de seus tornozelos nas pernas do móvel, mantendo-os bem afastados. Aquele consultório médico improvisado tinha que ter aparatos hídricos para preparar as garotas para todo o tipo de prática sexual, e Markus achou o que estava procurando.

Havia, na sala, um tambor cheio de água e um tubo de borracha com cerca de três centímetros de grossura: um kit de lavagem.

O moicano baixou a calça e a cueca de Kirnov.

– Parece que você ficou com o pau mole, campeão – Markus grunhiu, consumido pela raiva e pela impotência de ter visto Leslie numa posição de tamanha submissão. Enfiou dois rolos de bandagem na boca do loiro, para que os gritos dele não fossem ouvidos. Pegou uma ponta do tubo de borracha e introduziu no ânus de Kirnov, um centímetro atrás do outro até que ele fosse bem fundo. – Vamos ver se a água te livra dos pecados, babaca.

Markus colou o tubo no corpo do mafioso com esparadrapo para que não saísse com o movimento involuntário dos músculos internos, e depois abriu a torneira do tambor.

Kirnov ia morrer. O estômago dele ia estourar.

Markus não pôde pensar em uma morte mais dolorosa para um cara que por pouco não tinha abusado de sua bruxa.

A bruxa e o demônio eram uma equipe. E se alguém mexesse com um, estaria mexendo com o outro.

O russo se virou e apontou os olhos assustados para Leslie, que estava em posição fetal e com os braços sobre a barriga, sem deixar de olhar para ele.

Markus rapidamente a pegou nos braços e a colocou em outra cama. Encontrou as roupas dela, mal dobradas, em uma cadeira encostada na parede. Vestiu-lhe a blusinha de alças e depois tentou fazê-la vestir a calça, até se dar conta de que um fio de sangue estava percorrendo a coxa de Leslie.

Markus ficou pálido e seus olhos se incendiaram.

Estava acontecendo de novo. Ele estava relembrando. Conseguia ver tudo, cena por cena... Mas novas sensações eram somadas àquela dura recordação. Estranhas e indescritíveis para ele.

O que tinha acontecido dois anos antes doeu nele como amigo.

O que tinha acontecido com Leslie estava doendo nele como homem, como pessoa. Seus sentimentos se misturavam com instintos possessivos, e sua raiva era de um homem que tinha sido ferido porque era isso o que tinham feito com a pessoa de quem ele gostava.

Kirnov havia encostado na Leslie que, para a surpresa dele, era virgem. E só o demônio podia encostar na bruxa. Ninguém mais. Só ele.

Posse. Domínio. Selvageria em relação a ela. Tudo atingiu seu rosto e seu coração e o deixou imóvel, disposto a mandar aquele lugar pelos ares. Disposto a acabar com aquela missão e proteger Leslie em algum refúgio onde somente ele poderia tocá-la. Onde ninguém pudesse machucá-la novamente.

Leslie o pegou pelas bochechas, obrigando-o a olhar para ela.

– Ele não fez nada comigo.

– Mas esse sangue...

– Não. Não é o que você está pensando. Ele me cortou com um anel... – ela esclareceu, fascinada pela expressão no rosto do russo. O que era aquilo que se refletia naqueles olhos sanguíneos? – Markus? Ei, Markus, está me ouvindo? – Leslie precisava fazer o olhar atormentado desaparecer daquele rosto tão atraente e exótico. Ela mesma vestiu a calça.

– Ele abusou de você! – Markus gritou, como um homem que resistia em aceitar uma realidade.

– Não! *Ne, ne*... – Leslie sussurrou, olhando ao seu redor e calçando os sapatos de salto. – Estou bem. Só estou... Estou enjoada... Ele não fez nada comigo porque você chegou a tempo. Você me salvou... – Cambaleando, ela caminhou de volta para ele e lhe acariciou as bochechas com dedos trêmulos e cálidos. – Me tira daqui, por favor... Encontra uma saída e tira a gente desse buraco. Eu não... não consigo ficar em pé... Essa droga acaba comigo – ela completou, agarrando-se aos ombros dele.

Markus apertou a mandíbula e a carregou nos braços, acolhendo-a com seu corpo, oferecendo o calor que faltava em ambos. E justo quando estavam a ponto de cruzar a porta da sala, alguém atirou pelas costas e atingiu em cheio seu ombro direito.

Leslie colocou as mãos na parte de trás da calça de Markus e pegou a Makarov que ele havia deixado ali enquanto chutava Kirnov. Empunhou a arma, apontou para o homem que a tinha examinado, e que parecia um médico, e atirou na testa dele.

O cara morreu na hora.

Markus se apoiou no batente da porta, e Leslie soltou a pistola para estancar a ferida.

– Merda! – Ela apertou o local com força, na parte da frente e na parte de trás. – Meu Deus, Markus... Você consegue continuar?

– Consigo, consigo...

– Assim espero, russo. Você tem que nos tirar daqui vivinhos da silva, combinado?

Markus levantou os lábios para esboçar um sorriso, e olhou de soslaio para ela.

– Boa pontaria, superagente.

– Eu sou demais, pequeno. – Ela piscou um olho, incentivando--o a continuar. – Vamos.

Markus concordou e obedeceu. Colocando-a mais junto ao seu corpo, ele subiu as escadas e foi em busca de uma saída de emergência que os levasse direto para a rua.

E a encontrou. Saíram em um quintal onde só havia dois pastores alemães, presos com correntes. Os animais latiram, mas não foi nada que evitasse os agentes de saírem rapidamente, abrindo o portão.

Estavam na rua de trás, então Markus acelerou o passo e correu para dar a volta na quadra e chegar até a moto.

Os dois montaram nela.

Leslie abraçou a cintura do russo com força e colou seu torso nas costas do homem da dupla.

Markus arrancou com a Ninja e eles saíram do Soho, cantando pneu pelas esquinas.

Eles iam atrás de algum lugar para passar a noite e cuidar das feridas.

THE GORING

Leslie estava decidida a utilizar o cartão com limite de quinhentos mil dólares do torneio Dragões e Masmorras DS. Markus estava ferido e eles não podiam ir a um hospital qualquer e ficar na enfermaria com outras pessoas. Eles precisavam de um lugar discreto.

Tão discreto quando oferecia a polidez inglesa.

Eles iriam para um lugar onde, pagando, a pessoa podia entrar sem dar qualquer explicação. Chamava-se The Goring, bem perto do Palácio de Buckingham.

Antes de viajar para Londres, Cleo tinha elaborado uma lista de lugares que Leslie deveria conhecer. Ela duvidava que conseguiria visitar algum, ocupada como estava na missão, mas agora se apresentava a oportunidade de se hospedar no hotel onde Kate Middleton tinha passado a noite de núpcias, e a verdade era que ela não podia perder essa chance.

Antes de ir até a recepção, eles tinham comprado um kit de primeiros socorros e uma mala de viagem preta, na qual eles colocaram as várias roupas novas compradas nas lojas da cidade que estavam abertas à noite. Markus vestiu uma blusa de moletom preta, de manga comprida, para que ninguém visse que ele estava ferido, e pegou na mão de Leslie quando eles desceram da moto. Tirou as duas mochilas com armas e dispositivos de dentro do banco, e colocou-as no ombro que não estava machucado.

O jovem *concierge* os cumprimentou educadamente, e os dois caminharam até a recepção escondendo, o melhor que podiam, a dor e os efeitos do *popper*.

Leslie entregou um documento e o cartão de crédito. Pagaram adiantado e se dirigiram ao elevador que os levaria a uma das sessenta e nove suítes do hotel.

Quando entraram, ficaram esperando em silêncio, um em frente do outro, até chegar à Deluxe King. O *concierge*, que os conduzia até o quarto, estava concentrado olhando acenderem-se os indicadores dos andares pelos quais iam passando. O garoto não sentia o cheiro de sangue e nem imaginava o estresse pelo qual os agentes estavam passando.

Um fiozinho vermelho começava a escorrer pela manga longa de Markus, e Leslie entrelaçou seus dedos com os dele, obrigando-o a colocar a mão dentro do bolso da frente de sua calça.

O rosto do russo não acusava qualquer expressão de dor. Ele era de pedra. Ou, pelo menos, era o que aparentava.

Mesmo que Leslie já tivesse se dado conta de que ele não era tão duro e indiferente quanto imaginava.

Chegando ao quarto, ela deu uma gorjeta de algumas libras para o rapaz, por tê-los guiado, como se eles não tivessem a capacidade de encontrar a suíte sozinhos.

Depois de um discreto "obrigado", o *concierge* os deixou a sós.

Quando entraram no quarto, Markus fechou a porta e ficou apoiado na agente, de olhos fechados. Não reparou na decoração luxuosa, nem na cara tapeçaria das cadeiras, nem no belo carpete claro, muito menos nos móveis e nas luminárias de estilo inglês.

Ele simplesmente fechou os olhos e cedeu.

Só então ele se permitiu relaxar. E com o relaxamento vieram o suor frio, a fraqueza e as pontadas de dor.

Leslie tirou os sapatos e o levou, pela mão, até o banheiro; um híbrido de mármore preto e lâminas de madeira cor pistache. Tinha um boxe enorme e uma linda banheira antiga preta, com pés prateados, que imitavam patas de animais.

As toalhas, todas brancas, acabariam desdobradas e manchadas de sangue. Um lindo vaso com tulipas brancas enfeitava o gabinete do banheiro. O chão, de cerâmica escura e brilhante, só era maculado pelas leves gotas escarlates que caíam da ponta dos dedos de Markus.

A agente tirou a calça na frente dele, sem qualquer mostra de vergonha. Abriu o zíper do moletom e o retirou do russo, cuidadosamente. Depois o libertou da camiseta e desabotoou sua calça. Baixou-a pelo quadril, até chegar às coxas musculosas.

Markus, sem deixar de olhar para ela, terminou de abaixar a calça e chutou a peça.

Leslie abriu a porta do boxe e ligou o chuveiro, para que a água corresse até esquentar.

– Você prefere a banheira? – ela perguntou, olhando para a tina. – Posso encher se você quiser...

– Não. – Markus a empurrou para dentro e fechou o boxe. A água começou a encharcá-los pouco a pouco.

Ele estava cansado e emocionalmente derrotado. O abuso violento que Leslie poderia ter sofrido tinha reaberto todas as suas feridas. E ele não sabia como fazer frente a elas.

Ele nunca tinha sentido tantas emoções ao mesmo tempo, e estava descobrindo a sua inaptidão para encará-las.

Por outro lado, Leslie agia com precisão e doçura. Agora o estava ensaboando, limpando o sangue e molhando as feridas, tanto de entrada quanto de saída da bala, com água gelada.

– Você achou o Ilenko? – ela quis saber.

– Achei.

A resposta seca foi o suficiente para Leslie entender que ele o havia matado. Da mesma forma que tinha matado todos do grupo de segurança e apoio de Ilenko.

– Você descobriu mais alguma coisa? – ela questionou de novo, evitando olhar para o sangue que estava no piso.

Markus fez um sinal afirmativo com a cabeça.

– Descobri.

– Eles atiraram na sua língua? – ela alfinetou de repente.

– Não, caralho.

– Então fala comigo – Leslie protestou. – Não faz sentido você não me contar nada enquanto eu estou completamente envolvida nesse desacato total aos meus superiores e à minha organização. Eu posso ser expulsa da corporação, sabia?

– Eles não vão te expulsar quando você entregar os nomes e sobrenomes de todos os envolvidos.

– Nós não temos os nomes da cúpula do Drakon.

– Amanhã nós vamos ter. É só confiar em mim.

– Sabe o que é o pior? – confessou ela, incrédula por perceber qual era seu pecado. – É que eu confio em você, e estou fazendo isso por razões que nem eu mesma entendo – adicionou, irritada.

Markus lançou-lhe um olhar indiferente. Ela revirou os olhos.

– Qual será o próximo passo?

– Amanhã o Drakon vai estar esperando por você, Les. Ele te reconheceu.

– O Drakon não é tonto. Seria muita coincidência me encontrar de novo. Ele deve imaginar que alguém…

– Ele não tem certeza de que é você e quer verificar com os próprios olhos.

– E qual é o plano?

– Eu vou te levar até ele. Eles não estão contando comigo. Amanhã Drakon pretende usar uma frota de barcos para reunir seus clientes e presenteá-los com algumas garotas, para compensar o dinheiro perdido nas Ilhas Virgens.

Leslie engoliu saliva e concordou.

– E ele… me quer.

– Sim.

A agente ficou calada e tirou Markus do chuveiro. Secou-o como pôde e depois o sentou em uma cadeira. Abriu o kit de primeiros socorros e pegou esparadrapo, fio e agulha.

– Você sabe costurar? – ele perguntou, de repente.

Leslie olhou nos olhos dele e sorriu.

– E cozinhar também, senhor – ela respondeu, enquanto dava as primeiras pontadas na abertura que ele tinha nas costas.

– Você está com as pupilas dilatadas.

– Bom, acho que foi a pancada que eu levei – ela falou, dando de ombros.

– Ou é o *popper*, que está te deixando excitada de uma forma que você não pode controlar.

Leslie passou para a ferida dianteira e a costurou rapidamente, sem rebater a suposição.

Depois se virou para não continuar vendo aquela pele lisa e tatuada, com feridas de guerra. Ele tinha outra tatuagem de arame farpado na coxa direita, que rodeava o quadríceps e subia pelo quadril.

Leslie não ia fazer mais perguntas que ele não fosse responder, mas morria de curiosidade de saber quantos anos ele tinha ficado atrás das grades. Cada fio simbolizava um ano. Então, levando em conta que havia dois fios no bíceps, e mais dois na coxa, Markus tinha ficado quatro anos na prisão. Infiltrado.

Quanto uma alma podia ser atormentada por ficar tanto tempo dentro de um *gulag*?

– Quatro anos, Les. Eu passei quatro anos na cadeia – ele falou sem esperar qualquer pergunta. – Fui levado para o *gulag* por assalto à mão armada. – Ele apontou o gato preto que tinha desenhado no antebraço direito, que simbolizava um ladrão trabalhando sozinho. – Lá, eu matei para sobreviver – ele disse, mostrando as caveiras no dorso de seus dedos: uma caveira para cada morto –, e também para entrar na *bratva* com Tyoma. Eu tinha que cumprir os quatro anos, então forjei uma vida e uma personalidade no cárcere. Vendi drogas como eles, consumi e me tornei um especialista; um verdadeiro negociador. Quem me desafiava pagava caro – ele garantiu, passando os dedos pela crista úmida e meio levantada. – Mas, depois de dois anos por lá, Tyoma e Ilenko saíram e me foderam. Fizeram com que eu fosse excluído da *bratva*.

– O que eles te fizeram?

– O que me fizeram não importa agora. Eu não sei quando a missão Amos e Masmorras e os Reinos Esquecidos deixaram de ser um caso de natureza oficial para se tornar uma questão pessoal. Bom, na verdade eu sei – ele retificou, fazendo uma leve careta de dor. – Mas o que importa é que eu não posso mais perdoá-los. E não vou descansar até acabar com eles. O resto não importa.

– Claro que importa, Markus. Eu posso morrer por uma coisa que eu não sei o que é. Claro que importa... – Leslie assegurou, cansada das mesmas respostas.

– Minhas tatuagens falam do que aconteceu comigo. Nelas estão tudo o que você precisa saber. É só observá-las para entender.

– Eu conheço os significados das tatuagens – ela rebateu, irritada. – O que eu não entendo é porque você evita tanto falar sobre elas. Mas não importa. – Ela se virou e tirou a camiseta para ficar só de calcinha e sutiã diante dele. – Você tem caveiras, cruzes invertidas, estrelas, e uma tribal no ombro que me faz lembrar uma tatuagem havaiana... Mas nada do que eu vejo me fala do seu pecado.

Markus olhou para o outro lado.

– Eu não posso contar mais nada. Só posso garantir que vou estar ao seu lado, e que não vou deixar ninguém te incomodar de novo. Estamos juntos nessa. E o objetivo é o mesmo para nós dois: acabar com a principal *bratva* do meu país, responsável pelo tráfico de pessoas.

– Sim, Markus. O objetivo é o mesmo. Mas os métodos mudaram pra mim. Estou matando para ser bem-sucedida na missão; e mais do que isso: não estou mantendo meus superiores informados.

Simplesmente não sei o que estou fazendo. Mas, seja lá o que for, estou fazendo por você. – Ela passou os dedos pelos cabelos. – E isso é o pior de tudo: estou fazendo as coisas por um cara que nem sequer me explica qual é sua motivação.

– Você não queria ser como a Maria L. Ricci? – ele replicou. – Ela também não ficava procurando as razões pelas quais estava fazendo as coisas. Apenas se focava em tentar fazer as coisas bem-feitas e do jeito dela. E eu acho que acabar com os traficantes de pessoas, visto de qualquer ângulo, ou levado de qualquer forma, é uma coisa benéfica para todos. Você é... Você é uma excelente parceira, Leslie – ele declarou com sinceridade. – A melhor que eu poderia ter. Mesmo sendo também a pior escolha pra mim. – Ele se levantou da cadeira e parou diante dela, só de cueca, com as tatuagens, as cicatrizes e os pontos na pele.

– E agora do que você está falando? – Leslie estava prestes a tirar o sutiã na frente dele, sem se importar com o quanto o gesto poderia ser provocante, porque Markus já havia deixado bem claro que nada de mais ia rolar entre eles. Então, que diferença faria ficar pelada?

– Estou falando, porra... – Markus lambeu os lábios e a observou, sem vergonha alguma. – Estou falando, Leslie, que se você tirar isso na minha frente, não vou conseguir me segurar e vou te agarrar.

Ela deteve os dedos que seguravam o fecho dianteiro do sutiã. Levantou os olhos e ergueu uma sobrancelha preta.

– O que você disse?

– O que você ouviu. Posso te ignorar duas vezes, mas a terceira vai ser muito difícil. – Aquela mulher triturava seu bom senso e mandava por terra todas as suas restrições. – Você está tão excitada que eu posso ver a umidade entre as suas pernas. É culpa da droga, e você vai precisar de alguém pra apagar o seu fogo ou vai correr o risco de sofrer um ataque por causa da overdose. E eu te juro que ninguém mais vai tentar encostar em você pra te acalmar.

Ele começou a se aproximar dela com agressividade.

– Aquele filho da puta não queria me acalmar! Ele queria me estuprar! – ela exclamou dando dois passos para trás, mantendo a distância do russo.

– Eu sei, Les – ele garantiu com expressão arrependida.

– E me machucou! – ela protestou. E era verdade. Ele tinha tentado forçá-la por trás. – E o pior é que..., é que... meu corpo ia deixar que ele fizesse aquilo! Porque eu estava com vontade! Mas não com tesão por ele! – ela gritou, confusa e envergonhada por reagir daquela forma. – Eu não queria aquilo! Mas a droga...!

Markus a pegou pelo pulso e a puxou até abraçá-la com força. Leslie afundou o rosto no tórax dele e se deixou cair, surpresa com a atitude que os unia.

– É horrível! Eu podia ter deixado qualquer um me comer! Inclusive agora! Estou tão excitada que preciso...!

– Shhh, Les... – Markus fez carinho nos cabelos dela, com doçura. Há muito tempo não acariciava nenhuma mulher daquele jeito. Muitíssimo tempo. A última vez tinha sido com Dina, quando ela estava sobrecarregada pela situação e tomada pelo medo. Antes que a extorsão a obrigasse a dedurá-lo pelas costas. Ele tinha tocado nela sem desejo, só por compaixão. E ele não sentia pena de Leslie, que agora estava entre seus braços. Markus a admirava, a respeitava e a desejava. – Fica calma, por favor...

– E essa sensação não sai de dentro de mim!

– Eu sei, *vedma*. Eu sei. – Ele apoiou o queixo sobre a cabeça dela e sorriu indulgente. – Mas eu vou te ajudar.

– E o pior é que o único homem que eu quero que me toque e

que me coma é você! E é humilhante saber que você não quer nada disso comigo!

Markus a pegou pelo queixo, obrigando-a a olhar para ele.

– Você está errada. Eu quero, sim.

– Mentira!

– Ah, não. – Ele sorriu com malícia, mexendo a cabeça de um lado para o outro.

– Mas você me disse que...

– Que vá à merda tudo o que eu disse. Que vão à merda as consequências. E pro Demônio..., caralho, que vá para o Demônio o que é do Demônio!

Markus beijou Leslie, possuído e tomado por todas as emoções.

Talvez ele estivesse errado ao ceder à necessidade que tinha daquela mulher, mas ele já havia errado tantas vezes fazendo coisas que não queria ter feito, então qual era o problema de se entregar à mulher que ele tanto desejava e que tanto o enlouquecia?

13

– Markus!

Leslie não sabia de onde vinham tantas mãos, até se dar conta de que só estava sendo tocada pelo russo. Teoricamente ele tinha duas, como todos os seres humanos. Mas a verdade é que seus dedos gulosos passavam por toda parte com tamanha intensidade e velocidade que a faziam pensar que ele tinha oito braços, como um polvo.

Ela o segurou pelo pescoço e se pendurou nele quando enfiou a língua dentro daquela boca, para, de forma veemente, acariciar, roçar e friccionar lábios nos lábios, como se os dois quisessem fazer fogo com o atrito.

Markus tinha um sabor tão excitante, com gosto daquela bala que ele adorava, que ela tinha vontade de chupá-lo inteiro.

Ele a levantou pelas nádegas e a obrigou a lhe rodear o quadril com as pernas.

Só a cueca e a calcinha os separavam de um contato direto, mas eles se esfregavam como se estivessem um dentro do outro.

Markus tirou Leslie do banheiro, em meio a tropicões, e a levou para o quarto, onde uma imensa cama *king*, com cabeceira de carvalho, coberta por uma colcha laranja e dourada, esperava para ser estreada. Pela janela dava para ver o lindo jardim na parte de trás do hotel, e as copas das árvores que preenchiam o espaço.

Parecia mentira que depois de sair de um turbulento Soho, cheio de abusos e prostituição, eles pudessem ter aqueles parênteses em uma suíte de luxo.

No entanto, para Markus, que não se importava com os detalhes elegantes e nem com o preço caro da estadia ali, havia algo muito mais surpreendente do que a magnífica tapeçaria e toda a luxuosidade que caracterizava o edifício.

Leslie era virgem. Como era possível?

Ele a empurrou contra a parede revestida em gesso brilhante próxima à janela, e um abajur caiu no chão, sobre o carpete.

Leslie agarrou a cortina dourada escura que cobria o acabamento branco da janela. Markus estava mexendo o quadril para a frente e pressionando a vagina aberta de Leslie.

– Como é possível? – ele perguntou ofegante. Passou a língua pelo pescoço dela e deu uma leve mordida.

– O quê? – ela gemeu, entregue àquelas sensações.

– Que você seja virgem, Leslie. Que uma mulher de trinta anos, atraente e bonita como você, não tenha dormido com nenhum homem.

Leslie puxou levemente a crista do russo, de forma dominante.

– Não vamos falar disso agora, né? Quero que você tire a minha virgindade. E depois quero que você me coma do jeito que você sabe…

Ela não queria conversa. Estava a ponto de se entregar a alguém de quem ela realmente gostava, e que lhe tirava o sono desde que eles haviam se conhecido. *Por quê?*, Markus perguntava. Simples. Porque para Leslie tinha que ser com ele ou com mais ninguém.

Ela já havia esperado tempo demais e, quando seu corpo percebeu que ele era um homem distinto, dominante, um macho, um misterioso czar russo, tal e qual ela queria, seus instintos não puderam negar mais.

Eles o exigiam.

Exigiam Markus entre suas pernas.

– Do jeito que eu sei? E como é que eu transo, Leslie?

Ela o segurou pelo queixo, dando um beijo úmido em seus lábios.

– Você transa igual você luta. Como uma fera. Como um selvagem que sabe que tem entrada livre nos clubes mais seletos do inferno. Pois bem, Markus: posso até ser virgem, mas não sou nenhuma freira. E estou te dando entrada livre para o meu inferno. Mas você vai ter que dominá-lo.

Markus piscou uma vez e, quando percebeu que aquilo era um desafio, a competição que ele queria encontrar, a disputa pelo troféu, ele já não podia dar nenhum passo atrás. Iria em busca da conquista.

Iria em busca dela.

Jogou-a na cama. Não tirou a calcinha dela; arrancou-a, tal como Leslie esperava.

Quando a teve totalmente nua, Markus a pegou pelas coxas e a aproximou de sua cueca. A cama proporcionava a altura perfeita para acomodar o quadril de Leslie à sua penetração e às suas investidas, e fazer amor.

Mas o que ele fez, o que aquele gigante com moicano e desenhos no corpo fez com ela, não tinha nada a ver com fazer amor.

Quando ele lhe abriu as pernas, apoiando aquelas coxas em seus ombros, não pareceu um presságio de nada tradicional; quando ele colocou as mãos enormes na parte inferior das costas dela, arqueando o corpo de Leslie em sua direção, obrigando-a a se entregar, não havia nada de sexo conservador; e quando lhe enfiou a língua profundamente na vagina e começou a fazer movimentos circulares, chupando até deixá-la louca de tão excitada, também não se tratava de uma transa comum.

Markus não conhecia o "papai e mamãe". Mas queria cuidar de Leslie. Ela era sua missão mais importante naquele momento. E por isso, com ela, de repente, ele quis ser quem era de verdade; pelo menos na cama.

Aquela parte dele, sim, ele podia mostrar. Com uma mulher daquelas, não podia sentir vergonha de expressar tudo o que queria fazer com seu corpo, e o melhor era que ela estava fazendo aquilo porque queria.

Assim sendo, ele a saboreou cada vez mais, obrigando-a a aceitar seu desejo e a suplicar por mais contatos de sua língua. Por isso, quando ela gozou, ele continuou chupando, apesar das queixas de prazer e dor, e a excitou de novo até que ela pudesse gozar pela segunda vez.

– Não vou aguentar! – ela gritou, sem conseguir fechar as pernas.

– Você vai aguentar, sim – ele ordenou, absorvendo toda aquela excitação e mordendo o camaleão tatuado no interior da coxa dela, parecido com o de Cleo, com uma pequena diferença: uma crista vermelha na cabeça. Seria coincidência? Talvez as bruxas como a Leslie soubessem quem iria possuí-las, e por isso tinha aquela tatuagem de camaleão com crista bem perto do órgão sexual. – Você vai aguentar porque o melhor ainda está por vir, e eu estou te preparando pra isso.

– Não preciso de tanta preparação! – ela protestou tremendo, encolhendo e expandindo o ventre. Seguindo com suas convulsões.

– Precisa sim, porque eu não vou te tratar como os outros, Leslie. – De repente ele enfiou um dedo e, em seguida, mais um. Ele os mexeu e a dilatou para a intrusão muito mais grossa de seu pau. Ele estava sentindo o hímen com a ponta do dedo do meio. – Você me deixa doido… – Ele empurrou um pouco a camada carnosa que se romperia com uma estocada.

– Ai!

– Você me escolheu, não foi?

– Escolhi.

– Você sabe como eu sou e o que eu sou.

– Sei. Eu acho…

Ele levantou uma sobrancelha, surpreso com a gradação da voz de Leslie.

– Vou te levar até o limite, talvez até o ultrapasse. – Ele a lambeu de cima a baixo. – Há muito tempo eu quero fazer isso com você.

– Não faz muito tempo que a gente se conhece – ela brincou.

– O suficiente, Leslie. O suficiente pra mim… – ele grunhiu lambendo o clitóris, ao mesmo tempo que a penetrava com os dedos. – Agora você não tem como escapar.

– Eu não vou escapar. Mas vai logo, Markus, eu não aguento mais…

– Você não dá as ordens aqui, lembra…? – Markus deslizou a mão desocupada para as nádegas nuas e duras de Leslie, e as apertou como se fossem massa de pizza. – Você só obedece. – Seus olhos avermelhados estalaram com malícia e luxúria.

– Maldito…

– Está se arrependendo de ter me escolhido? – ele perguntou, com os lábios ainda juntos da vagina dela. Tirou os dedos, enfiou a língua de novo e voltou a provocá-la.

– Não. Meu Deus, Markus… – Ela fechou os olhos e gemeu. – Acho que vou gozar outra vez…

– Isso. Goza pra mim.

Markus limpou a boca com o antebraço e deixou o corpo mole de Leslie sobre a cama. A droga faria com que ela tivesse cada vez mais desejo. Leslie não sabia como se conter, como apagar aquele fogo, mas Markus tinha tudo o que ela precisava para dar um jeito naquela panela de pressão na qual tinham se transformado seus seios, seu ventre e sua vagina.

A agente estava com as pernas abertas, e no meio delas seu órgão palpitava, úmido e brilhante. Inchado, rosado e entregue. Molhado para o russo.

– Não tenho camisinha – Markus murmurou, com a esperança de que aquilo não fosse nenhum impedimento. – Tem problema? Estou limpo e saudável. Fiz todos os exames para entrar no torneio Dragões e Masmorras DS.

Ela inclinou a cabeça para o lado.

– Eu tomo a pílula – disse. – Faço meus exames todo mês e estou com a saúde em dia.

– Você está é muito gostosa... – ele falou, acariciando a cintura e o quadril dela. – Pode se segurar, Leslie. – ele se ajoelhou entre as pernas dela e mexeu no pau, para cima e para baixo.

Leslie jogou a cabeça para trás e agarrou os próprios seios.

– Aqui está bom? – ela perguntou, com um tom *caliente*.

Markus sorriu e abriu bem as pernas de Leslie. Depois segurou a parte de trás dos joelhos dela, levantando-lhe o quadril.

Ela engoliu saliva e olhou fixamente para ele.

– Vai com cuidado, hein, moicano.

Ele sentiu que algo em seu peito estourava. Inclinou-se sobre

Leslie, deixando seu rosto junto ao dela.

Então ele guiou sua ereção e começou a introduzi-la lentamente. Leslie podia ser virgem, mas estava dilatada e com tanta vontade de fazer aquilo quanto ele.

Colocou primeiro a enorme cabeça; centímetro por centímetro, foi escondendo dentro dela aquele pau venoso e escuro. Ela lambeu os lábios e fez uma careta que expressava incômodo e dor.

Markus chegou até o hímen e sorriu.

– Você quer mesmo que seja eu?

– Quero.

Leslie não teve dúvida em nenhum momento. Sua resposta atraiu o russo, que não tinha a confiança de ninguém. Só a superagente acreditava nele em todos os aspectos, e ele se sentia tão agradecido que estava até com vontade de chorar.

Markus empurrou com força e rompeu o hímen. Depois, com a mesma potência, entrou nela por completo, até o talo, e Leslie, com os olhos abertos e cheios de lágrimas, o segurou pelos ombros até cravar as unhas na pele dele.

Ele deixou escapar um grunhido de triunfo e se deixou cair sobre ela, desfrutando de seus espasmos.

– Pelo amor de Deus... – Leslie sussurrou, impressionada, sobre o ombro dele. – Estou gozando...

– Percebi.

E como ele percebia. O útero de Leslie estava se contraindo e o apertando com uma intensidade assustadora.

– Caralho, Les... – Markus se reergueu, segurou-a pelos cabelos para mantê-la em uma posição fixa na cama e, sem deixar de olhar para ela, começou a se mexer em seu interior.

Sem compaixão. Sem qualquer tipo de consideração. Estava

proporcionando aos dois aquilo que eles queriam.

– Está gostando? – ele grunhiu no ouvido dela.

Leslie abraçou as costas largas do russo e rodeou a cintura dele com as pernas.

Markus interpretou aquilo como um sinal para que ele fizesse com mais força, para mergulhar fundo e confiante nela, sem dúvidas.

Leslie o aceitava e se abria para ele. Ela era pequena e o apertava, mas estava se esforçando para se dilatar e deixar ele invadir o mais profundo de seu ser.

Os choques de carne contra carne, do molhado contra o molhado, preencheram o quarto com seu ritmo constante e impiedoso.

– Está doendo?

Ela fez um sinal de positivo e deu de ombros, perdida entre a dor e o prazer que estavam acabando com ela.

– Mas não para, está gostoso…

Markus soltou uma parte dos cabelos dela e encaminhou a mão para o clitóris duro e inchado. Porém, ela segurou o pulso dele para detê-lo.

– Não. Não me toque…

– Assim você vai sentir mais prazer…

– Gozei a vida inteira por aí – ela explicou. – Quero gozar por dentro. – Ele aproximou seu rosto do dela e a beijou.

Markus ficou paralisado com a franqueza e a honestidade de Leslie. Mas não podia ser de outro modo. Ela era a mulher mais segura de si, mais sincera e direta que ele já havia conhecido. No sexo seria da mesma forma que na vida.

Ela ia sempre direto ao ponto, sem subterfúgios, sem máscaras.

E, diante daquele banho de transparência, Markus se sentiu sujo. Sujo porque não tinha dito a verdade para ela.

Por aquela razão, ele respondeu ao beijo com desespero, como se fosse uma boia em alto-mar durante uma tempestade turbulenta.

Enquanto fazia amor de uma maneira intensa e dura demais para uma primeira vez, ele sentiu uma ojeriza de si mesmo por não ter sido completamente honesto com a superagente de olhos prateados de bruxa e traços felinos.

Talvez, ele pensou, enquanto se sustentava com as mãos acima da cabeça de Leslie e começava a se mover em um ritmo duro e conciso, ele pudesse pegar para si uma parte daquela luminosidade diáfana que os olhos de sua *vedma* transmitiam, e assim, quem sabe, limpar seus pecados e todas as manchas de seu espírito.

Talvez Leslie pudesse livrá-lo de uma parcela do sentimento de culpa e de fracasso que o atormentava havia dois anos…

Ela beijou as tatuagens dos ombros dele e passou a língua com indolência por seu pescoço, completamente entregue.

Estava gemendo, disposta a dar tudo para ele.

Os dois iam lutar pelo orgasmo.

O dela estava brotando de seu interior como um redemoinho que levava tudo o que estivesse pela frente; e o dele começou a nascer, e ele estava aguentando para poder gozar junto com ela.

E a última e poderosa metida levou ambos ao delírio.

Leslie quase chorou ao atingir o êxtase. Markus a sustentou com força entre seus braços.

O russo fechou os olhos e, egoísta como havia muito tempo não tinha sido, decidiu que, se tudo acabasse bem, talvez ele adquirisse a confiança para voltar para ela e pedir que ela o regenerasse.

Talvez Leslie pudesse se tornar sua última esperança.

Porque ele ficava esperançoso com aqueles beijos doces, agora acompanhados por lágrimas, que passavam por suas tatuagens e as lambiam, principalmente a que o colocava no purgatório e que Les não conseguia interpretar.

Não era fácil de enxergar, por ser uma tatuagem com desenhos maori e polinésios. Não eram só tribais. Eram algo mais. Como se fossem um código escondido no meio daquele desenho uniforme. Uma tatuagem dentro de outra tatuagem.

Da mesma forma, a jovem que estava tremendo embaixo de seu corpo, se saísse daquilo viva, se os dois saíssem vivos, poderia apagar as marcas de sua pele.

Leslie não fazia nem ideia, mas, com sua entrega, ela havia acabado de iluminar a alma escura do russo.

Markus estava dormindo em cima de Leslie, e ainda não tinha saído de dentro dela desde que tinham transado.

Estava dormindo havia uma hora e meia.

Leslie fazia carinho nas costas e na nuca dele. Às vezes ela brincava com as pontas mais altas do moicano, que estava mais espetado na parte de trás da cabeça. O russo ficaria igualmente lindo com o cabelo penteado para trás, ela pensou com um sorriso.

Tentava abstrair e pensar coisas superficiais para não se concentrar na intensidade de suas emoções, porque o que ela havia experimentado com aquele homem tinha sido algo quase místico, fora do normal.

Leslie sempre havia tirado sarro dos sentimentos que Cleo tinha por Lion. Para ela, o amor era supervalorizado porque era como uma quimera. Todos estavam atrás dele, e o anseio de encontrar a cara-metade fazia as pessoas enxergarem príncipes quando olhavam sapos, ou princesas quando olhavam rãs. As pessoas não escolhiam bem, por causa do medo de ficar sozinhas.

Mas, um belo dia, ela havia sido sequestrada e colocada diante daquele moicano com aspecto de czar. E, de repente, todos os inconvenientes de viver uma aventura e todos os contras de se entregar a alguém desmoronaram com apenas um olhar.

Ela achou que podia transar com Markus sem se entregar; achou que o sexo seria só sexo, mas era algo mais quando era feito com a única pessoa que interessava.

E Markus... meu Deus, Markus mostrava que não tinha sido purificado e que não era homem de meias palavras. Ele era todo fogo, todo russo, e qualquer mulher, se não fosse cuidadosa, podia acabar se perdendo.

E Leslie estava perdida. Ela sentia uma irritação e um incômodo no ventre e, mesmo assim, a dor era uma medalha. Tinha acabado de ganhar um troféu fantástico. Sua primeira vez com um Homem, com H maiúsculo, e ela estava com vontade de aplaudir a si mesma por ter esperado tanto.

Agora era ver como as coisas se desenvolveriam para que ela não sofresse mais do que o necessário. Porque Leslie nunca tinha sido tonta ou sonhadora quando o assunto era amor. E ela sabia que Markus não queria nada com ela.

Ótimo.

Na verdade, era uma merda, mas ótimo no que se referia ao trabalho.

Leslie lhe acariciou a panturrilha com o peito do pé e o beijou atrás da orelha. Acendeu a luz do criado-mudo e observou a tatuagem que acabava justamente ali, depois de percorrer seu enorme ombro e os músculos do braço e do antebraço, partindo do tórax.

Os desenhos eram pretos e tinham um design particular de linhas e figuras simétricas que preenchiam a pele com diferentes tipos de traços grossos e finos. Em algumas partes, as linhas desenhavam rostos, estrelas e sóis… Nossa, ela não tinha visto aquilo antes. E nem tinha conseguido a oportunidade de ter Markus só para ela, daquela forma tranquila e relaxada, para poder estudar suas tatuagens.

Elas não eram apenas decorativas. Eram desenhos. Uma linguagem dentro das tatuagens.

Markus tinha comentado que ela não via o que existia em suas marcas.

Pois agora ela estava vendo.

Dava para perceber também que a tinta das tribais era diferente. Como se essa parte tivesse sido feita depois. Meio que para disfarçar os outros símbolos que elas rodeavam: uma rosa dos ventos, uma cruz invertida… e uma caveira. Uma caveira sozinha?

Leslie tocou o desenho com o dedo.

Não, não era só uma caveira… O crânio estava dentro do corpo de uma boneca russa. Na cabeça da boneca estava desenhada a caveira, com uma pequena lágrima no olho direito. O corpo da boneca russa tinha flores, e uma cruz bem no centro.

Olhando com atenção, parecia que esse desenho estava saindo da tribal, como se fosse uma imagem tridimensional. Mas não era. Ela simplesmente se camuflava nos outros desenhos e perdia o magnetismo.

Mas não naquele momento.

O que será que queria dizer a boneca russa com uma caveira? Além disso, estava localizada bem acima do ombro e, pelo corpo dela, outras linhas e traços subiam para o pescoço e se escondiam atrás da orelha de Markus.

Leslie ficou pensativa. Abraçou o russo para se lembrar de que, naquele momento, as tatuagens não importavam.

Só importava que ele estava ali com ela.

Em seu interior.

Aproximou a boca ao ouvido dele e disse em voz baixa:

– Eu não sei quem você é, Markus... Sei que você não me contou toda a verdade e também sei que não é fácil, mas... *menya suma*. Você me deixa louca.

Markus estremeceu entre seus braços, sacudindo-se intranquilo.

Leslie sorriu com tristeza e o beijou.

E assim, dando leves beijos na bochecha dele e fazendo carinho em seu moicano, ela começou a adormecer, com um gigante soviético sepultado dentro dela.

Até que os fantasmas o tiraram de seu estado de dormência.

– Não, Dina! Não! – Markus gritou entre os dentes.

Ele estava brigando contra seus pesadelos, se mexendo com violência sobre o corpo de Leslie. A agente, assustada, tentava trazê-lo de volta para a realidade.

E aconteceu a mesma coisa que na última vez, no hotel Ibis.

Na tentativa de se defender de seus fantasmas, ele acabou agarrando o pescoço de Leslie, que, indefesa, sufocada embaixo do corpo dele e ainda preenchida por ele, tentou afastá-lo dela.

– Markus! *Prosnut'sya*! Acorda, você está me sufocando!

Os olhos vermelhos do agente pestanejaram confusos, mas continuavam sem enxergá-la, enquanto ele apertava o pescoço dela.

Leslie mexeu o quadril para que ele notasse que estava dentro dela, e levantou a cabeça para beijá-lo na boca desesperadamente...

– Mar... Markus! Olha pra mim! Olha pra mim! – ela gritou, com os olhos avermelhados, e aplicou nele uma enérgica bofetada.

Aquilo o fez despertar na hora.

O russo sacudiu a cabeça, suando frio, e olhou para Leslie com as pupilas dilatadas. Estava ofegante e trêmulo, como se ondas incontroláveis estivessem deixando seu corpo à deriva. Engoliu saliva e fez um sinal de negativo.

– Não me deixe mais dormir… – ele suplicou, caindo em cima dela. Começou a mexer o quadril e a encontrar algo de alívio e segurança no corpo daquela mulher.

– Pelo amor de Deus, Markus… – Leslie, que estava tão descontrolada quanto ele, não conseguia nem se mexer. O que ia acontecer se, em algum dia, ela não conseguisse acordá-lo? Sua vagina está doendo, ardia, mas ela não encontrou forças para pedir para Markus parar. – Me conta – ela pediu; estava rendida.

– Não, Les. Desculpa. Não posso.

– Me conta, por favor. Talvez assim seus pesadelos não te assustem tanto – ela suplicou, comovida pelos espasmos dele.

Causava comoção ver um marmanjo daquele tamanho acordar assustado como uma criança.

– Eu não te quero pra isso – ele respondeu, na defensiva. – Não tem motivo…

– Shhh. Chega, russo. – Leslie tapou a boca dele. Se naquele momento de vulnerabilidade ele falasse alguma coisa que a machucasse, como se aquilo tivesse sido só por uma noite, ela não ia se sentir nada bem, então o interrompeu. – Tudo bem, Markus… Você pode fazer o que quiser comigo. Pode me usar pra se sentir melhor.

Ele apertou os dentes e olhou para ela com raiva, como se a agente não tivesse entendido.

Se Markus precisasse daquilo naquele instante, ela daria. Porque nada tinha tocado mais o coração de Leslie do que os olhos atormentados e as lágrimas não derramadas daquele homem traumatizado pelo passado.

Ele a possuiu profundamente e sem dar nenhuma trégua. Gozou de novo dentro dela, e quando ela gemeu chegando ao orgasmo mais uma vez, ele não se segurou.

Então, Leslie o entendeu.

Markus não ia voltar a dormir durante toda a noite. Não ia fechar os olhos nunca mais ao lado dela.

Ele ia se entreter com ela, com o corpo dela. Com sua boca, já que não parava de beijá-la. Mas não ia dormir outra vez próximo dela.

E ela não se importou. A dor ia passar.

Mas, pelo menos, ela conseguiria dar um pouco de paz para aquele guerreiro. Por uma noite, Leslie ia se transformar, para ele, no seu filtro dos sonhos particular.

14

Ao meio-dia, Markus parou de usar o corpo de Leslie. Depois de horas de suor e prazer, de dor e amassos, de músculos tensos e de zonas sensíveis e inflamadas, o russo decidiu que já havia saciado seu apetite e que estava na hora de voltar ao trabalho.

Não se atreveu a falar mais com ela: ele não era bom nisso. Enfrentar o dia seguinte sempre tinha sido fácil, pois as garotas iam embora e pronto.

Também não se sentia capaz de dar as respostas que a agente estava procurando.

Havia anos que ele escondia quem era, anos inteiros sem se aproximar demais, por medo de envolver alguém em suas merdas e em seus medos.

E ele não ia fazer aquilo com Leslie, apesar de ela ter demonstrado que não era como os outros.

Ela não fraquejava, não o tinha dedurado e não temia enfrentar nada. E, o mais importante, não tinha medo dele.

Mas o russo não ia misturá-la com seus problemas, exatamente porque Leslie era diferente, e ele temia por ela em todos os sentidos.

Ele se importava com ela.

Por esse motivo, ficava triste de saber que Leslie tinha se aberto com ele e lhe presenteado com sua primeira vez; que, ao invés de jogar na cara dele seu comportamento sexualmente avassalador da noite anterior, ela o havia servido com seu corpo para que ele fizesse tudo o que quisesse com ela.

A morena tinha oferecido um ombro amigo, e ele acabou tomando conta do corpo inteiro dela, como um egoísta pervertido que quisesse marcá-la para sempre.

E mesmo assim, sabendo que não poderia lhe oferecer mais naquele momento, enquanto preparava suas armas e contava sua munição, ela olhava para ele e sorria, como se assim o estivesse desculpando.

Como se ela o entendesse perfeitamente.

Para preencher o silêncio que reinava no quarto, eles ligaram a televisão no canal de notícias. Nelas, mostravam como haviam sido encontrados os corpos no Soho, em uma casa de prostituição ilegal e clandestina, onde menores de idade eram traficadas; os homens mutilados eram de nacionalidade russa. Em especial, destacavam a selvageria que tinha sido feita com um deles. Um homem de cabelo raspado e muito alto, com tatuagens da máfia russa na pele.

No noticiário, garantiam que se tratava de um ajuste de contas entre grupos de traficantes.

No entanto, não mencionaram nada sobre os milionários que supostamente tinham sido pegos naquelas cabines... Provavelmente tinham fugido ao ver que não aparecia mais nenhuma mulher para ser leiloada. Um dele teria ligado para Ilenko a fim de perguntar sobre as jovens, e, ao não obter resposta, mandado um de seus guarda--costas até a sala dele. Descobrindo que Ilenko tinha sido degolado e retalhado de cima a baixo, eles resolveram acionar o alarme.

Todos os compradores tinham ido embora, e naquele dia deviam estar pedindo explicações ao Drakon na intrigante frota de barcos onde iam ser entregues as mulheres compradas.

Markus observava as expressões de Leslie ao ouvir as notícias, porque ela com certeza não estava assistindo; seus olhos se dedicavam apenas às suas armas.

A jovem não mostrou nenhuma surpresa ao escutar o que ele tinha feito com Ilenko, muito menos quando o repórter informou que o pênis da vítima tinha sido cortado e colocado em sua própria boca, junto com uma boneca russa em miniatura.

Essa garota era uma caixinha de surpresas.

Leslie parecia fria e dura. Mas também altamente inflamável se alguém pisasse no seu calo.

E, em vez de mandá-lo plantar batata depois de usá-la daquela forma, ela havia se entregado a ele, mesmo com todas as consequências.

Markus prestou atenção na curvatura das costas dela, na palidez de seu pescoço esbelto e na toalha que cobria seu torso. Ela acabava de tomar um banho, estava com o cabelo molhado e penteado todo para trás.

Continuava com os lábios inchados por tantos beijos e com marcas de chupões nos ombros e nos seios.

– Drakon vai atestar que eu não sou mais virgem. – Aquela era a única preocupação dela.

– Drakon não vai nem triscar em você. Não vou te entregar. Você não vai ficar nem a dez metros deles.

Leslie arqueou as sobrancelhas e empurrou o pente da arma para trás.

– Assim vai ser difícil eu me infiltrar.

– Você não vai se infiltrar.

Ela levantou o olhar e o sustentou por alguns segundos.

– Você mudou os planos de novo? Quando foi isso?

– Não sei. Talvez enquanto eu estava te comendo pela décima vez – ele espetou duramente.

Leslie pestanejou incrédula.

– Enquanto estava me comendo? E isso mudou algo entre mim e você? Não estou entendendo.

Um músculo palpitou na mandíbula do russo, e ele conteve a língua para dizer que sim. Tudo tinha mudado! Mas em vez disso, virou a cara e olhou para o outro lado.

– Já sabemos em que quarto e hotel você vai se hospedar – Markus explicou. – Vamos até lá. Tentar descobrir a localização dos barcos e garantir que eles sejam vigiados.

– Então você finalmente vai entrar em contato com nossos superiores? Enfim você vai falar com seu vice-diretor e informar tudo o que está fazendo? Falar com o meu superior antes que eles me expulsem do FBI com um pé na bunda?

– Não, Leslie. Nenhum de nós dois pode informar ninguém. Vou mandar uma mensagem para a polícia local. Só isso.

– Por que não? Você não vai mais matar ninguém, Markus. Você não pode fazer isso. Ilenko e as unidades dele já foram exterminados, porra. Esses caras têm que ser julgados pela lei que…

– Para de falar besteira, Leslie! – ele gritou, transtornado. – Você acha que eles ficariam muito tempo na cadeia? Acha que eles seriam condenados? Nem aqui e nem no meu país! Eu sou a única justiça que eu conheço, e essa gente tem que morrer. Caso contrário, nunca vamos descansar.

– E o que adianta pra você lutar contra todos!? – ela questionou, explodindo como um barril de pólvora. – Você só vai conseguir morrer. Você tem que aprender a delegar, a confiar na sua agência…

Pra isso você trabalha para eles, não é? Eles sabem o que fazer. Vão julgar e...

– E colocar os malfeitores atrás das grades? – ele interrompeu, zombando da honestidade dela. – Superagente, às vezes parece que você saiu de uma creche...

– E você parece que saiu da *Gangster Squad*.

– Do que adianta colocá-los na prisão, se eles continuam comandando tudo lá de dentro? Prendê-los é a mesma coisa que dar férias com tudo pago pra eles.

– No meu país eles não iam permitir isso... Os criminosos ficam na solitária. Tem prisões como a Supermax, na Flórida. Os bandidos ficam completamente isolados, sozinhos, sem poder se comunicar com ninguém.

– No seu país? Você está brincando comigo? – ele indagou, incrédulo. – Antes de viajar para Nova Orleans, eu fui ao depoimento que Yuri Vasíliev prestou para o Montgomery. Ele riu na cara do seu vice-diretor... Falou que a guerra contra a *mafiya* era uma guerra em vão. Fez ameaças. E garantiu que sairia dali em algumas semanas. E que se o Montgomery não desistisse de lutar contra a máfia e contra as *bratvas* nos Estados Unidos, o russo ia se encarregar de comer a esposa do vice-diretor. – Ele penteou a crista, com frustração. – Você acha que o Montgomery não ficou com medo? Você acha que ele não se venderia para proteger as pessoas que ama? Não se venderia para salvar a própria vida?

– Ainda existem agentes com princípios, russo – ela rebateu, olhando para ele com compaixão. – O que demônios fizeram com você?

– E que sonhos românticos você tem sobre a bondade? – O tom dele era ríspido e sentenciador. – Por que você acredita tanto nas pessoas?

– Porque, se eu não acreditar, então pelo que estou lutando? – ela perguntou, estupefata com a visceralidade do moicano.

– Você me surpreende muito, Les... A máfia não é como um vírus, que se espalha e vai pegando as pessoas. As pessoas se vendem pra ela porque têm medo. São infectadas pelo mal e pelo terror que a máfia desperta. Você sabe porque eu cortei a comunicação com meus superiores?

– Por quê? – ela desafiou.

– Porque eu tenho certeza de que meu chefe está completamente envolvido com as *bratvas*. Ele foi comprado.

Leslie ficou boquiaberta.

O chefe dele?

– Vladímir Vólkov. Esse é o nome do diretor do SVR – ele informou. – Ele é o meu chefe, e está com a máfia.

– Como você pode ter tanta certeza?

– Alguém teve que me dedurar para Tyoma e Ilenko sobre a violação do código dos *vory*. E só pode ter sido a pessoa que me colocou no caso. Ele era o único que sabia a verdade. O único que conhecia esse detalhe sobre mim.

– Vladímir?

– É. Tenho cem por cento de certeza disso. E estou há algumas horas de descobrir a verdade.

Leslie se deixou cair na cama e cravou o olhar nos pés despidos.

– Você está me dizendo que o seu próprio chefe te fez cair em uma armadilha? Que o seu próprio chefe te delatou? Isso tudo... também é por causa dele?

– É, Leslie. Por isso eu decidi não dar mais sinal de vida desde que saímos de Nova Orleans. Ele não podia mais ter controle sobre mim.

– Mas… por que ele faria isso? Por que ele ia te trair dessa forma?

– Porque eu estava muito perto do principal *vor* do *gulag*. Porque, quando eu saísse, Tyoma e Ilenko iam me colocar na *bratva* deles, e, ao fazerem isso, eu ia descobrir que meu chefe era quem dava cobertura para todos os sequestros e delitos. Então ele me dedurou para me afastar. Mas o torneio me pôs em contato com o FBI e, para o azar dele, me encaminhou para a *bratva* principal. Para onde tudo começou.

Leslie não estava acreditando. Que despropósito era aquele? Como podia haver tantos mistérios dentro das organizações para as quais eles trabalhavam?

– Montgomery sabe que você suspeita de Vladímir?

– Não. Ele não sabe de nada.

Leslie franziu a testa. Ela sabia detectar uma mentira. E tinha acabado de pegar Markus mentindo de novo.

– Certo… – ela disse, decepcionada. – Você acabou me colocando no meio do seu ajuste de contas, não é? É uma maldita vingança, e você está me usando pra isso. Você aceitou a minha parceria para deixar o FBI feliz e fazer com que eles não te incomodassem mais do que o necessário…

– Não. Na verdade, não. Você acabou se tornando a melhor parceira que eu já tive. E se eu conseguir a minha vingança, vai ser graças a você. Eu serei grato para sempre.

– Pode guardar os seus agradecimentos, babaca. Você já matou o Ilenko. Quem serão os próximos? Tyoma, Vladímir e… Drakon? Você vai matá-los também?

Markus fez sinal de afirmativo com a cabeça. Ele não pretendia deixar nenhum dos facínoras respirando.

– Compreendo… – ela cedeu, cada vez mais revoltada. Se o Montgomery sabia das suspeitas de Markus sobre Vladímir, por que diabos ele não tinha dito nada para ela? Ela devia ter sido informada! – Faça o que quiser, mas eu quero a frota de barcos do Drakon pra mim. Inteira, com todos os clientes e compradores dentro. De preferência, vivos – ela especificou.

Uma expressão contrariada passou pelo rosto do russo. Leslie sabia que, qualquer que fosse a resposta, ele estaria mentindo, já que não estava em seus planos deixar ninguém com vida. Aquilo a entristeceu.

– Combinado.

Mentiroso do caralho, ela pensou com raiva.

– Promete – ela exigiu.

– Eu não faço promessas...

– Chega de frases feitas, Markus! – Leslie se aproximou dele e o olhou de frente. Estava mais séria do que nunca.

A atitude fez com que ele a respeitasse mais ainda.

– Aceitei todas as suas peraltices desde que começamos a trabalhar juntos – ela jogou na cara dele. – Eu mereço que você aceite isso. Você pode ficar com Drakon, Vladímir e Tyoma. Mas me deixa com o resto. Promete que você não vai encostar em nenhum dos malditos barcos dessa frota.

Ele levantou o queixo e sorriu, indolente.

– Markus... – ela advertiu, com tom de ameaça.

– Se isso vai te deixar mais tranquila, então tudo bem: eu prometo.

– Promete pela boneca russa que você tem no ombro. – *Agora sim. O rosto dele mudou completamente. Não tem mais sinal de soberba ou de petulância. Agora eu vejo a vulnerabilidade e a fragilidade. E muita tristeza*, Leslie pensou, sentindo-se triunfante por causa daquilo. – Eu já vi a sua tatuagem, e consegui enxergar entre tantos traços e tribais...

– Isso não quer dizer nada. Não significa nada pra mim.

– Para de mentir, cretino! – ela gritou; ficou chateada e com um bolo de angústia na garganta e no peito. – Você não entende que não precisa mais mentir pra mim?

– Por que você acha que é diferente dos outros, Leslie? Só porque a gente trepou? – ele cutucou para machucar.

Leslie sorriu ofendida e secou uma lágrima de frustração que deslizava por sua bochecha. Ele olhou com assombro, pois não era usual que ela perdesse o controle de suas emoções daquela maneira tão deplorável. Trepar? Uma trepada atrás da outra durante horas e horas... E tinha sido a primeira vez dela. Leslie estava com o corpo todo doído e sentindo que podia ter se machucado lá embaixo. Sentia uma ardência contínua.

Markus não soube como reagir à emotividade repentina de Leslie; apenas se manteve calado.

– Ela está no seu ombro – continuou ela, ignorando a dureza das palavras dele –, e você colocou uma boneca russa na boca do Ilenko. Não sei o que significa, mas acho que é uma coisa importante pra você... Promete por ela.

– Certo. Prometo pela *matrioska*. Você vai cuidar dos barcos.

Leslie se virou para não se humilhar mais e concordou, mesmo sabendo que o moicano não estava falando a verdade. Ele estava mentindo para deixá-la contente. Era um déspota calculista.

O que ele não sabia era que ela estava preparada para tudo.

E a agente não ia permitir que um homem como ele, mesmo tendo acertado em cheio seu coração, tomasse as rédeas de uma missão que podia proporcionar para ela êxitos e respeito profissional, apesar de ela se sentir um fracasso como mulher.

– Prepare-se, Leslie. Dentro de uma hora vamos em busca do *vor v zakone* que está tirando o nosso sono – Markus aconselhou, saindo do quarto.

– Não está tirando o meu – respondeu ela, enquanto deixava suas armas alinhadas em cima da cama. Entrou no banheiro para acabar de se arrumar e para se recuperar daquela discussão. No entanto, antes de fechar a porta, disse: – Só tira o seu sono. Você que é obcecado por ele, não eu. Eu sou profissional o suficiente para não agir de cabeça quente.

Aquilo finalmente esclarecia as coisas.

Leslie não ia deixar Markus conseguir o que queria e transformar aquela missão em uma carnificina.

Markus não ia deixar Leslie se intrometer em um caso que, para ele, estava resolvido, a partir do momento em que Tyoma, Ilenko e Vladímir tinham acabado com sua vida; o moicano ia matar os três.

E não importava quem estivesse pelo caminho.

15

Marriott Lon County Hall

O mundo era uma bola suspensa no espaço, girando sobre si mesma e sustentando, em sua superfície, milhões e milhões de pessoas, que não tinham a mínima noção se estavam de cabeça para cima, de cabeça para baixo ou de lado. Ninguém se perguntava isso, mesmo que fosse óbvio que alguns estivessem virados para cima e outros para baixo.

E, do mesmo modo, as pessoas ignoravam certos aspectos e não pensavam sobre questões que fossem além do seu dia a dia. Naquele momento, os agentes estavam tratando de problemas extremamente hostis. E sem a preocupação de refletir muito sobre aquilo, apenas porque não era algo que os atingia diretamente; e sabe-se que o ser humano tende a se envolver com determinado assunto só quando ele o atinge pessoalmente.

Os ingleses não paravam de ler os jornais que falavam do caso Soho. Liam com interesse, estupefação e horror. *Como aquilo podia ter acontecido em nossas ruas sem que ninguém se desse conta?*, eles se perguntavam.

Leslie tinha outras perguntas: quanto teriam pago para que os policiais da região de Soho fizessem vistas grossas? Como eles ameaçavam a polícia? Depois de tudo o que Markus tinha contado sobre a corrupção dentro dos órgãos de fiscalização e do SVR, por que eles não deveriam ter estendido seus tentáculos para as bases principais da segurança pública?

Mas, como sempre, aquelas perguntas tinham chegado tarde ou no último momento.

Ou eles atingiam alguém diretamente, ou não faziam nada.

Como tinham atingido Markus.

Mesmo assim, sendo um cidadão comum, não dava para combater as *bratvas*, a não ser que ele denunciasse todos os movimentos estranhos que observasse no próprio bairro. Ou a não ser que esse cidadão tivesse uma consciência social muito desenvolvida, como Leslie Connelly.

Pessoas como ela tinham um alto nível de responsabilidade e empatia. Devido a isso, dispunham-se a ajudar a sociedade, e alguns, iguais a ela, tornavam-se defensores da lei.

Leslie tinha a vocação para ser agente.

Markus, por outro lado, tinha se tornado um assassino de aluguel, transformado pela brutalidade e pela rigidez da vida.

Os dois eram heróis à sua maneira. E só eram vilões para aqueles que se incomodavam com eles.

No Marriott Lon County Hall, dois agentes infiltrados do FBI e do SVR iam ficar cara a cara com o alto escalão da *bratva* que era, provavelmente, a mais influente dos últimos tempos quando o assunto era tráfico de pessoas. Ou pelo menos a mais poderosa, financeiramente falando.

Leslie estava pensando nisso enquanto esperava em cima da Ninja, apoiada nos ombros de Markus, vestida com jeans, botas pretas e uma camiseta de alças verde-escura, um pouco larga, que escondia um colete à prova de balas ultra-Slim e todas as suas valiosíssimas armas. Estava carregando sua inseparável mochila preta nas costas, e segurando, entre os dedos, minibinóculos digitais Minox.

Markus estava entretido com um netbook de última geração com aspecto militar. Estava vestido todo de preto. O russo tinha invadido o sistema de informática do hotel e estava tentando apurar se o quarto 103 estava ocupado e, em caso afirmativo, por quem.

Ao fazer isso, ele não gostou nada do que descobriu.

– Faz meia hora que o inquilino da suíte 103, chamado John Charles, deixou o quarto. Ele chegou na manhã de hoje e acabou de sair.

– Hmmm... John Charles existe? – Leslie perguntou.

– Não. Segundo o cadastro oficial de identidades da SOCA, John Charles III não existe; também não está registrado no banco de dados do FBI – ele respondeu, enquanto verificava o dito registro.

– É ele. É o Drakon.

– Sim. É ele – Markus afirmou, olhando para a frente. – O que você está vendo?

Leslie não havia abaixado os binóculos em nenhum momento.

– Tem dois gorilas conversando tranquilamente na parte exterior da entrada do hotel. Um deles é loiro, parece um armário e tem um dragão tatuado na mão. Acho que eles estão nos esperando – disse Leslie.

Markus fez um som com a língua.

– Drakon está saindo de fininho, superagente.

– Claro. A matança no Soho tem suas consequências, russo – ela alfinetou. – Esse homem não é idiota... Ele não vai esperar que tragam a escolhida dele depois do assassinato de seu brigadeiro. Com certeza, ele e a equipe estão indo para o porto, mas deixou seus gorilas para investigar e nos caçar.

– Mas não vamos dar esse gostinho pra ele – Markus replicou, dando partida na moto. Guardou o netbook na mochila que estava nas costas e esperou que Leslie escondesse os binóculos e se agarrasse de novo nele. – Podemos ir à caça, Les? – ele perguntou, por cima do ombro.

Ela olhou desconfiada para ele, mas forçou um sorriso autêntico e fez sinal de positivo, como se as palavras ouvidas na suíte tivessem sido levadas pelo vento.

Como se, na verdade, ela acreditasse nele e em suas promessas, às cegas.

Mas não era assim. Seria louca se acreditasse.

Markus estava segundos atrás de Drakon, mas ansioso porque já conseguia farejá-lo.

Da mesma forma que Leslie sentia o cheiro de fumaça que estava saindo da boca do russo, pois não eram só os dragões que podiam cuspir fogo. Os demônios tinham vivido eternidades rodeados por labaredas do mal e estavam familiarizados com esse elemento.

Quem era o mais perigoso?

Quem era o mais letal?

Estavam prestes a descobrir.

Procurar uma frota de barcos de um *pakhan* russo não era nada fácil.

Markus, como especialista em invadir sistemas de computadores, tinha tentado acessar os dados da PLA, agência reguladora dos portos, uma empresa pública responsável pelos canais do Tâmisa. Além de tudo, um porto não ocupava uma única área, porque se estendia ao longo do rio.

Nos canais havia transatlânticos atracados, balsas e cargueiros que transportavam todo o tipo de coisa.

Markus estava analisando as chegadas de todas as embarcações e os nomes delas, independentemente do tipo.

Na área central de Londres havia uma grande quantidade de barcos estrangeiros. E todos com nomes inverossímeis.

– O que você achou no computador? Alguma informação que nos ajude? – Leslie perguntou, impaciente. – As autoridades estão se deslocando para o Hyde Park, para o início do festival, e vai ter pouco efetivo por aqui. Está escurecendo e...

– Eu já sei – ele interrompeu; estava igualmente desesperado, com o olhar fixo na tela. – Todos os proprietários dos barcos têm nomes ingleses. Não tem um maldito com nome russo, árabe ou chinês... – ele reclamou.

– Dá uma olhada nos nomes dos barcos. Talvez assim...

– Olha os nomes: *North Star*, *Demon Soul*, *BigChocolate*, *PandaBallet*, *The Black Pearl*, *Littlesun*, *Neltharion*, *DeepSea*, *Deathwing*, *Sintharia*, *Cloudnine*, *Daval Prestor*...

– Espera um pouco, Markus – Leslie pediu, olhando com cuidado os cabos do porto de Londres. – *Daval Prestor*... *Deathwing*...

– Sim, o que tem isso?

– Eu estou vindo do mundo do RPG. Estudei muito para a missão AeM nas Ilhas Virgens, o que me fez buscar informações com fanáticos pelos romances de *Warcraft*.

– Estou te escutando – ele disse, descendo da moto. Entregou o netbook para ela.

Leslie deu uma tossidinha para limpar a garganta.

– O mundo de *Warcraft* tem a ver com magia e dragões. A primeira parte de um dos romances se chama *O dia do dragão*.

– Ilenko falou que hoje era um dia especial para o chefe. O dia de Drakon – Markus comentou, cruzando os braços.

– Pois bem – Leslie prosseguiu, sem titubear. – Em *O dia do dragão*, aparece uma organização formada por dragões das trevas que pretendem dominar Azeroth. O Voo Negro é liderado por Deathwing, ou seja, o Asa da Morte, o dragão mais maligno de todos. Ele destrói cidades, faz pactos com outros grupos de espécies inteligentes e troca escravos e reféns para torturá-los. E é justamente isso que Drakon faz. Trafica e assassina pessoas.

– A frota dele é composta por cinco barcos. *Deathwing* é só uma das embarcações – Markus apontou, ansioso.

– Certo, mas tem mais. O Demon Soul, Alma do Demônio, é o artefato no qual os deuses antigos prenderam a alma de Neltharion, e por isso ele se transformou no Asa da Morte, se voltando contra todos os dragões ancestrais.

O rosto de Markus mostrava que ele estava pasmo ao ouvir as palavras da superagente. Leslie era uma mulher inteligente e não era de se estranhar que fosse tão valorizada dentro do FBI.

– Sintharia – Leslie continuou, apontando para a tela – foi a primeira alcunha do Asa da Morte. E Lord Daval Prestor foi a identidade adotada pelo Asa da Morte em sua forma humana, para tomar o trono do reino humano de Alterac.

– Cinco barcos.

– Sim. E todos batizados com algum *alter ego* do Asa da Morte, ou nomes relacionados a ele em *O dia do dragão*. Essa é a frota do Voo Negro. Aí está o seu Drakon. O *pakhan* está em um desses barcos.

Markus começou a rir e negou com a cabeça. Maravilhosa, Leslie era maravilhosa.

– Vai se foder, Les. Você é uma máquina.

– Eu sei – ela admitiu, com um sorriso de orelha a orelha.

Os dois ficaram se olhando em silêncio. Markus a fitava com olhos estranhos que falavam por si só, cheios de uma admiração que ele não conseguia expressar com palavras.

Leslie estava apenas observando. Ela não esperava que ele cumprisse a promessa que havia feito, pois Markus não honraria sua palavra. Ela o conhecia perfeitamente. Cada passo dado, desde que ele foi traído, tinha sido para chegar naquele momento, e Markus não ia perder a oportunidade. Queria acabar com a frota inteira.

Ele só conseguia pensar na vingança. Mas que loucura estaria planejando? Ele, sozinho, não podia enfrentar todos. E ela não podia fazer a cobertura de um parceiro que só pensava em se expor e em agir desprotegido.

– Drakon vai estar no *Daval Prestor* – Markus falou, dissimulando.

– Não tenho dúvida disso – Leslie assegurou.

– Então, vamos cercar o barco e ir atrás deles – mandou o moicano.

Leslie concordou, mesmo sabendo que os dois estavam mentindo.

Markus queria que os dois fossem para lados diferentes do barco. Depois de cercá-lo, o moicano fugiria e iria para o *Deathwing*.

Porque de uma coisa eles estavam certos: Drakon, quem quer que fosse, estaria no *Deathwing*, e não no *Daval Prestor*. Um homem tão vaidoso e ambicioso ia se esconder no barco que tivesse o nome mais aterrorizante de todos. Ele nunca se esconderia em sua forma humana, a mais frágil, pois ele era um dragão.

E o Asa da Morte era o líder do Voo Negro.

Os dois agentes tinham tentado enganar um ao outro, descaradamente.

As mentiras estavam na mesa, mas Leslie também tinha preparado uma surpresa para Markus.

Na moto, ela havia pegado o celular do russo sem que ele percebesse, e ia aproveitar o cerco falso ao *Daval Prestor* para enviar uma mensagem para sua unidade de apoio particular. Uma unidade com a qual ela estava em contato desde que eles haviam chegado na casa de Princeton St, onde Leslie tinha sido sequestrada.

Markus ia ficar muito bravo, mas Leslie não se importava. Porque, se ele ficasse bravo, queria dizer que continuava vivo. Caso contrário, ele não ia sobreviver.

Qual era o objetivo dela? Que eles fossem os vencedores contra aquele exército do mal, dos dragões mais impiedosos do universo.

Os cinco barcos estavam atracados na mesma zona portuária. Eram iates superluxuosos pretos; autênticos palácios flutuantes pagos por desalmados que dominavam o mercado negro e que tinham, muitos deles, as mãos sujas de sangue.

Quatro Mercedes Benz CLS e o espetacular Yacht Plus One compunham o Voo Negro de Drakon. O *Deathwing* era o maior de todos.

Havia dois gorilas engravatados tomando conta de cada uma das entradas dos barcos. Eram dez guardas no total.

– Cada um desses indivíduos faz parte de uma unidade de elite. São máquinas de matar – Markus informou Leslie, enquanto se escondiam atrás de um iate de menor status, próximo do alvo deles.

Não precisava ser nenhum gênio para perceber que aqueles caras eram autênticos guerreiros.

– Como vamos fazer para entrar sem que eles nos vejam? – ela perguntou, em voz baixa. – Acho que a gente podia entrar na água. Todos os iates têm uma entrada traseira, e me parece que os convidados estão nas cabines internas. Não estou ouvindo música, nem taças de champanhe brindando... Eles não estão jantando na parte externa. Além do mais... – Leslie parou de falar. – O que foi?

– Hmmm?

– Por que você está olhando assim pra mim?

Seus olhos avermelhados brilhavam enquanto ele escutava. O russo sorriu com ternura e levantou uma das mãos, colocando-a sobre a bochecha da agente.

– Leslie, presta atenção.

Ela franziu a testa. Ela sempre escutava e prestava atenção nele. Por que ele estava fazendo aquele carinho com tanto cuidado?

– O que foi?

Markus se aproximou dela, rosto com rosto, para observá-la mais profundamente. Ele não queria que ela se envolvesse naquilo, mas, se ele não sobrevivesse, alguém teria que se encarregar de terminar o que ele começou.

– Preciso que você me faça um favor.

Leslie pestanejou, presa na expressão dele. Pela primeira vez, desde que o conheceu, ela estava olhando para um Markus completamente sincero, como se o que ele pretendia dizer naquele momento fosse a maior de suas verdades.

– O quê? – perguntou ela, querendo abraçá-lo para ele falar logo.

Markus olhou bem para os lábios dela e depois cravou seus olhos ametista nos olhos prateados da morena.

– Quando você sair daqui, pede para o Montgomery te entregar o pacote.

– Pedir para o Montgomery entregar... – ela repetiu, hipnotizada. – Quê? Que pacote? – indagou, de súbito. – Para o Montgomery?

– Shhh – ele ordenou, colocando o polegar sobre os lábios dela. – Sim, Les. Não fala com mais ninguém sobre isso. Só fala para o Montgomery te dar o pacote. Ele vai saber o que fazer.

– Mas… – Leslie estava confusa. Aquilo era uma despedida? Ela não estava entendendo.

– Eu só confio em você. Só em você – ele murmurou, embebendo-se dela.

– Não estou entendendo… Não sei pra quê me falar essas coisas numa hora dessas, russo.

– Não tem motivo pra eu guardar para outro momento. É agora ou nunca. – Ele tossiu e mudou de assunto de forma brusca, olhando para a frente: – Eu tenho outro plano pra gente enfrentar esses brutamontes.

– Do que você está falando agora? – indagou ela, perdida. – Outro plano? Qual?

Markus dirigiu um último olhar para ela e a beijou.

Um beijo nos lábios.

Foi um beijo rápido e carinhoso. Que expressou uma ternura que ele jamais tinha demonstrado. E que tocou diretamente o coração de Leslie, pela beleza e pela originalidade da ocasião.

Eles estavam envolvidos em uma guerra cruel, a ponto de morrer ou arriscar suas vidas, um por vingança e a outra por dever, e Markus tinha acabado de presenteá-la com um beijo de verdade.

Nascido da pureza que ele dizia não ter em sua alma.

E descobrir aquilo a encheu de luz e alegria. Se aquele era o verdadeiro Markus, então tinha valido a pena viver toda aquela experiência com ele.

Quando ele a soltou, Leslie caiu sem forças na plataforma de madeira do porto.

– Esse é o meu plano – ele disse, jogando alguma coisa para o alto, como se tivesse sido afetado drasticamente por aquele beijo.

– O que você está fazendo? – Leslie perguntou, do chão.

O artefato caiu no mar, entre duas embarcações de Drakon, a *Sintharia* e a *Demon Soul*.

O moicano piscou um olho.

– Te vejo no *Daval Prestor*. – Ele voltou a mentir.

Àquela altura, ambos sabiam que *Deathwing* era seu destino. Ele levantou e se mostrou diante dos guardas da unidade do *pakhan*.

Eles olharam com cara de poucos amigos e franziram a testa, já que não entendiam o que aquele homem com cabelo espetado estava fazendo ali, saindo de um barco menor que, supostamente, estava vazio.

E então, aconteceu.

Uma imensa explosão, vinda das profundezas do mar, pegou o *Sintharia* em cheio. Os efeitos colaterais também danificaram o *Demon Soul*, que estremeceu e teve parte de seu esqueleto destroçado.

Os guardas se viraram para olhar o que havia acontecido. Vários homens tinham saído voando por causa da força da explosão.

Leslie arregalou os olhos ao perceber que o russo tinha roubado seus microexplosivos DIME, pequenos dispositivos desenvolvidos pela engenharia do exército norte-americano. A agente tinha conseguido três explosivos daquele tipo. Eles pareciam uma bateria redonda e grudavam naquilo que iriam detonar.

Ela tirou a mochila das costas para procurá-los. Ele a tinha deixado sem nenhum.

Mas que filho da puta!

Ela levantou rapidamente e o seguiu através da fumaça que tomava a seção do porto onde eles se encontravam.

Dava para ouvir, ao longe, as sirenes da polícia.

E o mais importante: ela não tinha mais que avisar sua equipe de reforço e nem indicar sua localização. A fumaceira e o espetáculo já os levaria até os dois.

Esperava que eles chegassem antes que fosse tarde demais.

Porém, Markus já tinha começado a atirar, com a HSK em uma das mãos e a Beretta na outra. Avançou sem hesitar, sem dificuldade alguma, com uma desenvoltura e um profissionalismo que faziam Leslie se lembrar dos heróis dos filmes.

As cápsulas voavam ao seu redor enquanto ele continuava ganhando território, até conseguir entrar no *Deathwing*.

Os guardas foram atrás dele, mas Markus não falhava.

Leslie correu atrás para dar cobertura e ajudar no seu avanço. A agente carregou suas duas pistolas e seguiu, com a Beretta mini e a Glock 19, uma em cada mão. Ela tratou de acabar com os guardas que ainda estavam no porto tentando deter os agentes.

Quando os arredores da impressionante embarcação Yacht Plus One ficaram livres de inimigos, Markus já havia desaparecido em seu interior. Leslie, que continuava na parte externa do barco, se deu conta de que ele começava a navegar pelo Tâmisa. Estava livre das amarras.

O *Deathwing* tinha zarpado, com os dois agentes a bordo.

Markus estava com as armas em punho e não pensava duas vezes antes de disparar. Ele lembrava de seu treinamento na sala de tiro. Alvo que aparecia era alvo que tomava bala, bem no meio.

Aquilo era mais ou menos a mesma coisa. Só que, nesse caso, os alvos se mexiam e atiravam de volta. Na verdade, ele já havia levado um tiro na coxa, e outra bala tinha passado de raspão na bochecha dele.

Mas aquilo não importava.

As garotas, semidrogadas nas camas de luxo, vestindo calcinhas de brilhantes e tapa-seios, estavam inconscientes demais para gritar ou se assustar. Apenas olhavam para ele e o deixavam continuar, como se aquela guerra não fosse com elas. Como se aquela realidade não as tivesse pegado em cheio, manchando sua pureza e seu âmago. Markus não tinha chegado a tempo de evitar que algumas delas sofressem abusos de homens muito mais velhos, ansiosos por adrenalina e luxúria, mas pelo menos elas permaneciam com vida.

Cada um dos camarins do iate estava vazio. Não havia mais guardas nem na parte externa e nem na interna. E ele não duvidava de que ia encontrar seu alvo mais desejado na sala principal.

Suas mãos tremiam pela ansiedade de se encontrar de novo com Tyoma. Ele seria o último obstáculo antes de chegar ao Drakon. Markus tinha certeza de que o ex-presidiário era o braço direito e segurança particular do chefe da quadrilha.

O moicano não prestava muita atenção nos detalhes, e não ia se distrair com o incrível interior daquele iate de alto padrão. Tinha um cheiro de limpo, com uma incômoda pitada de patchouli. As portas de vidro preto se abriam automaticamente, as paredes tinham delicados painéis de madeira lisa, e o chão de tacos, antes intacto, agora estava salpicado pelas gotas de sangue de suas vítimas.

Ele também não estava percebendo como mancava. Uma bala havia se alojado em seu quadríceps, rasgando os músculos e impedindo que ele se movesse de forma cômoda. Mesmo assim ele seguia em frente, com os olhos fixos na única porta que não tinha aberto ainda, no final do corredor.

Era ali. Ali, o Demônio enfrentaria o Dragão e seu Voo Negro. Ali, finalmente…

Pá!

Ele sentiu um impacto pelas costas, no ombro que já estava ferido. O colete deteve o avanço da bala, mas a dor foi a mesma.

Markus se dobrou sobre si mesmo e olhou para trás.

Pá!

Outra bala atravessou seu antebraço direito, fazendo com que ele deixasse a Glock cair.

O homem com as três lágrimas abaixo de um dos olhos, o homem que tinha sido seu amigo e depois o traído da pior forma possível, estava diante dele.

Tyoma, atônito, apontava sua arma, cujo cano soltava um pequeno fio de fumaça.

Leslie trabalhava fazendo a cobertura.

Estava ajudando todas as garotas livres e drogadas nas cabines onde Markus tinha entrado para interromper os multimilionários pederastas, abusadores e fetichistas.

Ele não matou nenhum. Os dez homens, de diferentes nacionalidades, tinham sido derrubados por tiros no joelho. Eles nunca voltariam a andar direito, e Leslie ia garantir que, se caminhassem, que fosse sempre atrás das grades.

Enquanto ela acompanhava as moças para o andar superior, para que se protegessem do tiroteio e de tudo o que estava acontecendo lá dentro, a agente começou a ouvir as hélices de um helicóptero, bem acima de suas cabeças.

Um foco de luz penetrava as janelas dos corredores e iluminava todo o seu caminho.

Ela levou as garotas para o exterior da embarcação e olhou para cima.

Segurando-se na porta de um helicóptero preto, com os corpos meio para fora, como se estivessem se preparando para pular, Lion Romano e Cleo, sua irmã, sobrevoavam o *Deathwing* com uma aeronave da SOCA inglesa.

Cleo e o agente Romano tinham ido em busca dela. Leslie havia entrado em contato com eles, porque não sabia mais a quem recorrer para pedir ajuda. Ela não confiava mais em ninguém.

Les olhou para os dois e sorriu, sacudindo os braços para que a localizassem.

Os agentes viram e a cumprimentaram com um polegar para cima. Estavam com roupas de operação policial. Cleo estava com o cabelo preso em um rabo de cavalo no topo da cabeça, e a franja balançava com o vento. Ela olhava para a irmã com um misto de orgulho e medo. Cleo não descansaria até estar ao lado de Leslie.

A morena nunca tinha adorado tanto a irmã quanto naquele momento. Cleo tinha corrido para ajudar, cruzado o oceano por ela. Estava arriscando a pele. Não existia gesto de amor maior do que esse.

Lion estudava toda a área com seus olhos azuis. O iate continuava avançando pelo Tâmisa, e detê-lo era essencial. Calculista como era, ele mandou o piloto aterrissar na parte de cima do iate, no teto principal, onde havia um heliponto. O piloto estava fazendo manobras para conseguir pousar.

Os outros dois iates, *Daval Prestor* e *Altherion*, que tinham tentado partir junto com o *Deathwing*, estavam cercados pelas lanchas da polícia da Inglaterra.

Leslie percebeu que a situação estava controlada, mas longe de ser concluída.

Só ia considerar a missão encerrada quando tanto Markus quanto ela mesma saíssem dali vivinhos da silva.

Por isso, enquanto o helicóptero estava pousando, ela gritou para a irmã e para o amigo:

– As garotas estão todas vivas! Vocês têm que tirá-las daqui e levá-las para receberem cuidados médicos! Os compradores foram baleados, mas estão vivos! Russos, xeques, japoneses... Tem de tudo! – Ela verificou a munição que ainda havia em suas duas pistolas e adicionou: – Vou lá dentro buscar o Markus!

– Espera, agente, eu vou com você! – Lion gritou, quase saindo do helicóptero.

Mas Les não escutou. Markus estava sozinho com o *pakhan* e a cúpula da *bratva*.

E ela iria ajudá-lo.

16

– Caralho, Demônio. – Tyoma se aproximou dele sem deixar de apontar a arma, e sem parar de negar com a cabeça.

O moreno de cabelos longos e pele semibronzeada vestia uma camisa branca de mangas longas, dobradas até os cotovelos, calça social preta e sapatos intactos e brilhantes. O cabelo estava preso para trás.

Seus olhos, pretos como o betume, brilhavam incrédulos diante da aparição de um homem que ainda estava vivo, apesar de tudo o que ele tinha feito para destruí-lo.

Suas mãos sustentavam uma Magnum prateada com o cabo de ouro. Em uma delas estava a famosa tatuagem de dragão. Cada um de seus dedos estava marcado com uma caveira.

Ele era um assassino. Um torturador. Um mafioso. Um *vor*.

Markus, machucado, em um acesso de fúria, correu para agarrá-lo pela cintura. Encurralou-o contra a parede, mas Tyoma ergueu o cotovelo e o cravou bem na cabeça do moicano, com um golpe seco que provocou um corte e deixou o agente desnorteado, de joelhos.

– Você já aprontou demais – Tyoma falou, sorrindo com malícia. – Foi você que fodeu o crivo em Soho? Eu devia ter suspeitado… A *matrioska* na boca de Ilenko me deixou pensativo. – Tyoma deu uma coronhada no rosto de Markus com sua Magnum, abrindo uma ferida na sobrancelha direita.

O moicano caiu de lado no chão, mas se levantou de novo, olhando para Tyoma com toda a ira de seu inferno interior.

– É realmente uma pena – Tyoma se lamentou, puxando a crista do inimigo. – Você tinha um futuro promissor como *vor*. Mas o código é inviolável. E você nos enganou.

– Ela não tinha feito nada pra você! Não havia motivo para matá-la! Você não tinha motivo pra fazer nada daquilo...! – ele rebateu.

– Um *vor* não tem esposa, lembra? Não pode ser casado, idiota!

– Dina não merecia uma morte daquelas! Ela não tinha culpa de nada!

– Você se lembra do vídeo? – ele perguntou, levantando Markus pelos cabelos. – Eu, sim. Lembro de como ela estava gritando enquanto Ilenko e eu abusávamos dela. E como chorava quando a matamos...

– Cala a boca! Cala a boca!

Os guardas do *gulag*, subornados pela *bratva* de Tyoma, permitiram que os membros da quadrilha mostrassem para Markus o vídeo completo do que os mafiosos tinham feito com Dina.

Dina tinha sido a esposa de Markus quando ele morava na Rússia. No entanto, o casamento complicava tudo na sua missão, já que significava infligir uma das regras dos *vor v zakone*.

Markus e Dina não tinham ninguém por eles. Apenas um ao outro. O diretor encarregado pela missão, Vladímir Vólkov, concordou em guardar segredo para que eles pudessem se infiltrar no cárcere soviético. Prometeu que ela estaria sempre segura. Mas quando Tyoma e Ilenko saíram do *gulag*, foram avisados sobre Dina.

E aquilo mandaria por terra tudo o que havia sido conquistado com a infiltração de Markus nos *gulags*, afastando-o da missão.

Ela foi assassinada sem piedade, depois de horas de tortura.

– Dina falava pra gente: "Eu falo tudo o que eu sei!". – Tyoma riu, enquanto dava uma joelhada na barriga do moicano. – "Mas, por favor, não me machuquem..."

Markus apertou os dentes. Uma ira satânica eclodiu em seu interior. Ele e Dina tinham um segredo: nenhum dos dois era o que parecia ser.

– Você devia ter ouvido... – sussurrou enquanto agarrava a barriga, lutando para recuperar o ar, rendido, no chão.

– Como? – Tyoma aproximou sua orelha à boca do russo.

– Você devia ter ouvido, babaca...

O *vor* se afastou e sorriu sem vontade.

– Eu ouvi. Eu a ouvi durante horas. Escutei os gemidos dela...

– Se você não a tivesse amordaçado, teria ficado sabendo de toda a verdade. Mas você perdeu a chance... – Markus voltou a se levantar. – Ela estava vendendo a própria honra e vocês não se importaram.

– Você não cansa de apanhar? – Tyoma perguntou, guardando sua arma na calça e estralando os dedos das mãos. – Dina ficou sem honra depois que Ilenko e eu a fodemos ao mesmo tempo – ele soltou, com crueldade.

– Sim, a honra de seu corpo..., mas eu estou falando da honra de seu juramento. Do juramento que ela fez diante da lei de seu país. Diante da bandeira.

Tyoma franziu a testa e começou a rir.

– As promessas e os juramentos do Leste não valem nada. Por acaso você não sabe disso?

– As do Leste pode ser que não. Mas as dos Estados Unidos valem. Se você não a tivesse torturado e nem feito aquele show na frente da câmera para me intimidar, agora eu não estaria aqui, estragando todo o seu negócio.

– Do que você está falando? Você está maluco?

Markus agarrou o pescoço de Tyoma com um movimento rápido e determinado.

O *vor* arregalou os olhos, surpreso com a velocidade de Markus. Tentou se soltar. Como não conseguiu, lutou para pegar de novo sua Magnum.

Tirando forças de onde não tinha, Tyoma levantou a perna e deu com o joelho nas costelas do moicano. Markus o soltou, morrendo de dor.

Em seguida o *vor* engatilhou a Magnum, apontada para a cabeça de Markus, e falou:

– Você está morto, Demon. Até você tem que morrer algum dia.

Pá!

Uma bala atravessou a mão que Tyoma estava usando para segurar a arma.

O russo levantou o olhar, colocou a mão esquerda na parte de trás da calça e pegou uma lâmina para jogar contra a agente morena com olhos prateados cobertos de lágrimas.

A lâmina roçou o lado esquerdo do pescoço de Les, fazendo um corte um tanto profundo. Ela logo se deixou cair no chão enquanto tentava estancar o sangue com a mão desocupada.

Markus gritou com todas as forças, pegou a HSK do chão e esmagou Tyoma contra a parede. Depois o obrigou a abrir a boca e enfiou nela o cano de sua arma.

– Já te foderam alguma vez pela boca, Tyoma? – perguntou o moicano, com repulsa. – Acabou seu jogo, filho da puta.

O homem negou com a cabeça, tentando afastar Markus. Mas

este tinha recuperado suas forças, e parecia mais potente do que nunca.

Markus estourou a cabeça de Tyoma e tingiu a parede lisa do iate de vermelho-sangue.

Depois ele se virou e olhou para Leslie. Prestou atenção na ferida dela. Quis socorrê-la, mas Leslie o impediu, levantando a mão que sustentava sua Glock. A arma tinha uma câmera que estava gravando tudo e uma mira a laser apontada para a testa de Markus.

– Eu falei... – Markus balbuciou, machucado como ela – que seu barco era o *Daval Prestor*.

– Falou. Eu achei que fosse o seu também. – Ela fez um gesto de dor e olhou para a mão, cheia de sangue do próprio pescoço.

– Foi só um corte superficial – ele comunicou para tranquilizá-la.

– Claro, e você só era casado. E a tatuagem da *matrioska* com uma caveira representa a sua esposa. Só isso – ela apontou, com sarcasmo.

Markus escureceu o olhar e colocou a HSK para trás.

– O Montgomery vai te contar a verdade.

– Ah, é? O Montgomery? Tenho que esperar ele me contar tudo o que você, babaca, se negou a me explicar?

– Me deixa continuar, Les...

– Você não vai sair daqui, Markus – Leslie assegurou, com ele ainda na mira de sua arma, enquanto se levantava do chão, cambaleando, e se apoiava na parede. – Você não vai entrar ali e nem matar mais ninguém. Drakon e o seu chefe vão ser meus.

– Essa missão nunca foi sua – ele disse. – Ela sempre pertenceu ao Demônio. – Ele deu um passo para trás e se aproximou da porta onde se escondia o verdadeiro Drakon.

– Sem mais nenhum passo, maldito mentiroso – Leslie advertiu, magoada com ele e com seus segredos. – Você já vingou sua mulher o suficiente. Já está ótimo. Se der outro passo, não vou hesitar em atirar.

– Se você tentar me impedir, superagente, eu também não vou ter medo de atirar.

Os dois se atravessaram com os olhos.

Os de Leslie estavam cheios de lágrimas de ressentimento e de dor. Tudo o que Markus havia feito tinha a ver com sua mulher. Ele esteve casado e apaixonado. Por que ele não tinha contado aquilo?

Por que ele não contou que estava querendo se vingar pela morte da esposa?

Dina...

No entanto, Leslie não conseguia sentir raiva dessa mulher; na verdade, tinha pena por tudo o que haviam feito com ela; Dina teve que passar pelo inimaginável nas mãos daqueles sanguinários sem escrúpulos. Mas a agente estava com ciúmes.

– Não é nada do que você está pensando. Deixa eu acabar com isso – Markus suplicou, apontando sua pistola para ela. – Não me obrigue a te machucar.

– Talvez você já tenha me machucado, cretino. Mas, claro, eu entendo que você não tenha nem se dado conta, seu coração de gelo. – Leslie engatilhou a semiautomática. Sim, ela estava se sentindo ferida e enganada.

Markus tomou a decisão rapidamente.

Mirou no gatilho da Glock da agente do FBI para distraí-la.

– Você não seria capaz de atirar em mim – ele falou, confiante.

– Não me dê motivo. – Leslie secou as lágrimas com o antebraço.

Enquanto isso, com a mão do braço ferido, Markus tirou de seu cinto uma pequena ampola metálica. Ele a abriu e a deixou cair no chão, aos pés de Leslie.

– Solta isso, Markus.

A ampola de gás lacrimogêneo estourou quando Markus atirou nela. Leslie se lançou para trás, e uma nuvem de fumaça branca encheu o corredor.

A agente bateu a cabeça na parede e ficou aturdida, percebendo um leve zumbido no ouvido esquerdo.

Através da fumaça branca, ela ouviu os gritos de Drakon, e Markus insultando Vladímir.

Tal qual os dois suspeitavam, o diretor do SVR estava envolvido na sujeira.

Agora só faltava saber qual era a identidade de Drakon.

Leslie se levantou depois de alguns minutos, desorientada. Sabia que Markus não ia atirar nela, da mesma forma que ela seria incapaz de atirar nele. Mas o russo a havia surpreendido. Ela não sabia que o impacto de uma bala em um artefato de gás lacrimogêneo pudesse detoná-lo daquele modo, com tanta força.

Ainda instável, ela adentrou a sala que tinha sido invadida por Markus. Ouvia sirenes e gritos de todos os lados. Os agentes ingleses estavam ajudando a realizar as prisões, mas ela sentiu que, naquela parte do barco, estava em um universo alternativo e solitário.

Em um ambiente de ajuste de contas.

Leslie apontou a câmara da pistola para os corpos que encontrou. Ambos estavam na frente de uma mesa com dois laptops abertos, sentados um ao lado do outro, com punhais cravados no peito; cada um dos punhais sustentava uma folha de papel com um nome escrito: tratavam-se do diretor do SVR, Vladímir Vólkov, e de Aldo Vasíliev, dono de um dos maiores impérios de siderurgia da Rússia.

Aldo era o pai de Yuri Vasíliev, o Vingador do torneio Dragões e Masmorras DS.

Porém, algo a deixou sem palavras.

A identificação sustentada pelo punhal de Aldo Vasíliev tinha uma palavra escrita em russo: *sovetnik*, conselheiro. E se Aldo era o conselheiro da *bratva*, então quem estava ao lado dele, Vladímir Vólkov, era o *pakhan*, tal qual indicava sua identificação. Vladímir Vólkov, o diretor do SVR, chefe de Markus, era, para estupefação dela, o verdadeiro Drakon.

Em menos de cinco minutos, Markus tinha transformado os corpos dos dois em peneiras. Nem sequer deu tempo para que se levantassem da cadeira. Depois, amarrou as mãos deles nas costas, e os identificou para que tanto o FBI quanto o SVR e a SOCA não tivessem nenhuma dúvida sobre quem era cada um.

Eles estavam bem mortos, com certeza, já que Markus havia deixado claro que não acreditava no castigo da prisão para aquele tipo de delinquentes e assassinos.

Leslie revistou a sala à procura do moicano, mas não o encontrou.

Uma das janelas de vidro que dava diretamente para o rio tinha virado cacos.

Les correu para a janela e o procurou nas águas do Tâmisa. O vento refrescou seu rosto, e o cheiro do rio tocou seus sentidos, mas a decepção tomou conta de sua alma.

Markus não tinha apenas feito o que ele quis.

Não tinha apenas conquistado a própria vingança.

Ele também tinha fugido. Escapado, deixando-a mais sozinha do que nunca.

– Les?

Leslie se virou e viu sua irmã Cleo, avançando devagar e com sua

Glock à frente, como mandava o figurino.

– Seu pescoço... – a ruiva advertiu, preocupada. – Você se machucou.

Leslie pestanejou com os olhos cheios de lágrimas, e Cleo se sensibilizou o suficiente para demonstrar apoio. A morena recebeu o calor e o carinho de que precisava vindos dos cabelos vermelhos e dos olhos claros da irmã mais nova, que correu para abraçá-la.

– Cadê o Markus? – Lion Romano perguntou, próximo à porta da sala.

Leslie se sentiu perdida e frustrada, e começou a chorar no ombro da irmã.

Lion Romano olhou para Cleo. Esta, assustada ao ver a irmã daquela maneira, encolheu os ombros e a abraçou com mais força.

– Procura no rio... Ele pulou pela janela – Cleo falou, olhando para Lion com seriedade. – Por favor, Les... Já passou... Me conta o que aconteceu. Eu nunca te vi desse jeito – ela sussurrou.

Mas Les negou com a cabeça e se segurou com mais força ainda na irmã.

Nenhum deles sabia que, mesmo tendo chegado até Tyoma, Vladímir e Aldo, Leslie não estava se sentindo nem um pouco vitoriosa.

Na terra da rainha, ela tinha sido enganada pelas promessas daquele russo. Mesmo assim, tinha acreditado nele.

Grande ilusão.

O que mais ela poderia esperar ao vender a alma para o demônio?

No fim das contas, as palavras de Markus tinham sido tão verdadeiras quanto o fato de que ele nunca tinha gostado dela, nem sequer um pouco.

Porque tudo o que ele fez havia sido por causa de outra mulher, e não por ela.

17

Nova Orleans
Rua Tchoupitoulas

Leslie estava sentada nas escadas do alpendre traseiro da casa de Cleo. Com um olhar perdido, tomava um café com gelo.

Cleo e Lion continuavam em recesso, que ela certamente tinha interrompido, direto de Londres, quando decidiu entrar em contato com a irmã para pedir ajuda. Agora, o feliz casal tinha ido para o bar Lafitte, no Bairro Francês, para ver uma amiga chamada Nina, que administrava um clube de BDSM.

Leslie não faria nenhuma pergunta a respeito; não se importava se os dois gostavam daquele tipo de prática sexual, perpetrada no torneio Dragões e Masmorras DS. Ela sabia que Lion era um amo de verdade, mas nunca tinha imaginado que Cleo pudesse gostar de ser submissa.

A única coisa que importava para Leslie era saber que os dois não a haviam deixado de auxiliar quando ela precisou. Foram para Londres, entraram em contato com agentes da SOCA conhecidos de Lion, e trabalharam juntos para deter a frota do Voo Negro, do malvado Drakon; tudo aquilo sem informar Montgomery e nem Spurs, por exigência de Leslie.

Aquela história estava parecendo um filme de fantasia: um caso de dragões no maior estilo *A Guerra dos Tronos* ou *Warcraft*. Mas bem próximo da realidade.

Ela sabia que as pessoas podiam ser dragões ou demônios sem necessariamente ser personagens de romances; algumas, como ela, eram simples bruxas que não conseguiam, com seus feitiços, manter as pessoas queridas do seu lado.

Ela não havia recebido nenhuma notícia de Markus. O corpo dele não tinha sido encontrado e não havia qualquer pista sobre seu paradeiro. E Leslie continuava se sentindo mal.

De alguma forma, ela tinha caído na rede do moicano: estava apaixonada.

A letra de "Under", de Alex Hepburn, expressava tudo aquilo o que ela, por orgulho e medo, não se atrevia a falar em voz alta.

Don't bury me
Don't let me down
Don't say it's over
'Cause that would
Send me under.
Underneath the ground
Don't say those words
I wanna live but your words can murder
Only you can send me, under under under.[5]

---

5 "Não me enterre / Não me decepcione / Não diga que acabou / Porque isso / me mandaria para baixo. / Para debaixo da terra / Não diga essas palavras / Quero viver, mas suas palavras podem matar / Só você pode me mandar para baixo, baixo, baixo." (N. E.)

Markus já a havia jogado na lama e a enterrado. Com suas mentiras e sua fuga, ele tinha dito o que não se atreveu a demonstrar com palavras: estava acabado. Na verdade, ele sempre agiu como se nada houvesse começado entre eles. E aquilo a deixava no subterrâneo, a sete palmos do chão. As palavras que ele não tinha dedicado a ela eram uma punhalada fatal. E apenas ele poderia conseguir aquilo.

Ninguém mais.

Ainda assim, Leslie continuava esperando como uma boba apaixonada. Como ela nunca havia sido. E seguia aguardando, por mais que negasse para si mesma.

Markus era o demônio que jamais iria abandoná-la por completo.

Ela sabia por causa das noites que passava olhando para o telefone, esperando uma ligação que não vinha; ou pelas repetidas vezes que abria a cortina do quarto de hóspedes esperando que ele aparecesse, passeando pelo jardim com sua crista de pontas avermelhadas.

Fazia uma semana que tinham voltado para os Estados Unidos. Ela passou por Washington, onde recebeu os cumprimentos de Spurs e Montgomery. Até o presidente tinha ligado a fim de parabenizá-la.

O certo era que ter prendido um grande número de xeques, japoneses e russos milionários, integrantes de diferentes máfias, renderia condecorações que todos levariam em conta.

No entanto, Leslie se sentia culpada por não ter detido Ilenko, Tyoma, Vladímir e Aldo com vida. Markus tinha acabado com eles, e ela não podia nem esfregar isso na cara do moicano…

Alguém tocou a campainha.

Leslie se levantou das escadas e olhou para seu Casio dourado; o vice-diretor era tão pontual quanto se esperava dele.

Eles teriam uma longa conversa. Ela ia requisitar o pacote de Markus.

Quando foi convidado a entrar, Montgomery sentou-se ao lado dela, nas escadas. Estava muito calor para ficar dentro da casa, e o jardim de Cleo era um lugar agradável para relaxar e conversar. O homem pediu um café com gelo, que Leslie, amavelmente, serviu.

– Achei louvável o ânimo que a senhorita demonstrou para enfrentar a missão dos Reinos Esquecidos – Montgomery congratulou.

– Obrigada, senhor, mas não preciso de mais tapinhas nas costas. Meu companheiro de missão desapareceu – era o que importava –, e, além de tudo, me pediu que lhe solicitasse um pacote. Então, se o senhor tiver conhecimento – ela reivindicou, com ironia –, eu adoraria saber quem é Markus Lébedev.

Montgomery concordou, apertando os lábios. Pelo visto, ele estava disposto a falar a verdade, por mais incômoda que ela pudesse ser.

– Muitas vezes a verdade supera a ficção, agente Connelly.

– E o senhor acha que eu não sei? – Ela sorriu sem vontade e jogou os cabelos pretos para trás. – Eu só quero as respostas. Tyoma falou de Dina, a mulher dele. E Markus insinuou que ela podia ser norte-americana. Ele inclusive sabia que Vladímir, o chefe dele, estava envolvido com a *bratva*. A pergunta é: o senhor sabia o que Markus estava fazendo no SVR? Já tinha tido contato com ele alguma vez?

– É uma longa história. Mas acho que eu devo isso para a senhorita – reconheceu o vice-diretor, um tanto envergonhado. – O que eu vou contar se passou há quarenta e seis anos.

– Sou toda ouvidos.

Montgomery bebeu parte do café e depois o deixou sobre o degrau de madeira.

– No fim dos anos 1970, os Estados Unidos receberam um grande número de imigrantes judeus russos, que se instalaram em Brighton Beach, no Brooklyn. Dentre todos os criminosos que começaram a tomar a cidade, um se destacou. Tratava-se de Ulrich Lébedev. O pai do Markus.

– Como?

– Ulrich aceitou trabalhar com as autoridades norte-americanas porque um dos *vory* das quadrilhas inimigas o estava ameaçando, e ele já estava cansado do negócio de venda ilegal de álcool. O mafioso, em um ato de brutalidade, matou a mulher de Ulrich, o pai de Ulrich e sua filha pequena, sem que ninguém pudesse fazer algo para evitar. E o que Ulrich fez? Converteu-se. Decidiu trabalhar para a polícia e delatar todos os guetos e *bratvas* russas que começavam a controlar a cidade. Em troca disso, nós o extraditamos para o país dele, oferecendo outra identidade e o afastando das *bratvas*, além de dar para ele uma recompensa considerável. Na Rússia, Ulrich reconstruiu a vida, mas o mundo é muito pequeno, e os chefes da máfia russa descobriram a história dele e o marcaram como um traidor.

– Meu Deus...

– Ulrich entrou em contato comigo, pedindo ajuda.

– Que tipo de ajuda?

– Ele tinha uma nova mulher que estava esperando um bebê. Um filho dele – pontuou.

– Markus.

– Exato. Ulrich nos ofereceu Markus: vendeu-o como uma futura ferramenta de trabalho. A única coisa que teríamos que fazer era cuidar dele e vigiá-lo até que ele chegasse à maioridade. Nós, que acreditamos muito na herança genética das pessoas, vimos o menino como um futuro agente do FBI, com traços russos, fácil de se infiltrar e com a inteligência do pai, um ex-mafioso que se transformou em cidadão exemplar.

– Um momento, um momento… – Leslie balançou a cabeça e se levantou, sobressaltada com a informação. – Markus é ou não é russo?

– Ulrich nos enviou a esposa, e nós arranjamos uma casa para ela no Brooklyn – ele explicou, pacientemente –, em um lugar onde estivesse segura da influência dos russos judeus e de suas máfias. Markus nasceu nos Estados Unidos. No Brooklyn.

Leslie piscou repetidas vezes, esperando que o movimento fizesse o cérebro entender a situação, mas nem assim era possível.

– Markus é norte-americano – ela disse em voz alta, para acreditar naquilo de vez.

– É. Nós cuidamos dele e o educamos. Quando ele completou dezoito anos, começou a formação para entrar no FBI. Naquele momento, o esquema do tráfico de pessoas e de drogas na Rússia estava começando a crescer, e nós não conseguíamos entender como as autoridades locais não faziam nada para conter os criminosos. O crime organizado estava se espalhando como uma praga, e tínhamos chegado à conclusão de que, para entender o funcionamento dessas organizações, precisávamos de alguém infiltrado no SVR, porque tudo levava a crer que os primeiros a fazer vistas grossas eram eles.

Leslie esfregou o rosto com as mãos e suspirou.

– Markus é um agente infiltrado do FBI.

– Isso. Ele foi preparado para se tornar uma lenda na Rússia e chegar até o alto escalão dos *vory*. Mas ele não viajou sozinho para a missão.

Leslie empalideceu e ficou com vontade de tapar os ouvidos para não escutar o que o vice-diretor tinha a dizer em seguida.

– Dina Riushka, agente infiltrada do FBI, foi com ele. Juntos, eles criaram uma história própria, tal qual faziam os agentes duplos da antiga KGB. Eles se estabeleceram na Rússia e inventaram um passado. Dina era nossa informante oficial de todos os passos dados por Markus, até ele fazer os testes pertinentes para integrar o SVR.

– E que tipo de história eles criaram para si? Eles se casaram?

Não quero ouvir. Não quero ouvir.

– Sim. Eles tiveram que se casar, para tudo ficar mais verossímil. Quando Markus conseguiu entrar no SVR e deram para ele o caso das *bratvas* nos *gulags*, nós sabíamos que tudo iria mudar. E, de fato, mudou. Durante quatro anos, Markus se passou por *vor*, e Dina ia nos informando de tudo o que ele tratava em suas chamadas telefônicas. – Montgomery terminou o café e prosseguiu: – A dois anos do fim de sua pena, dois membros da *bratva* na qual ele ia se infiltrar saíram da prisão e enviaram um vídeo para ele. Obrigaram Markus a assistir. A gravação mostrava Dina, nossa agente, sendo estuprada e assassinada de forma brutal nas mãos de Tyoma e Ilenko. Markus foi tatuado com o símbolo da *matrioska* com rosto de caveira. É a marca colocada nos *vory* recusados por terem uma esposa fora da cadeia.

Leslie ficou arrepiada e passou as mãos pelos braços, esperando se aquecer de novo.

– E como ele aguentou?

– Nós perdemos o rastro dele durante dois anos, nos quais, por despeito, conseguiu ir ganhando espaço e o respeito do segundo *vor* mais temido do *gulag*, até voltar a entrar em contato conosco, graças ao caso Amos e Masmorras, nas Ilhas Virgens. Mas o Markus que eu encontrei não tinha nada a ver com aquele que eu enviei para a Rússia – Montgomery lamentou. – Ele mudou completamente; estava mais duro, mais selvagem e mais frio. Seus olhos ficaram sem alma.

Não estava trabalhando mais para ninguém, só para si mesmo. Ele descobriu que Vladímir, diretor do SVR, estava envolvido no esquema das máfias. Confirmar essa suspeita era importante, tanto para mim quanto para o Markus, por isso eu permiti que ele continuasse no caso, mesmo à maneira dele. O que nunca poderíamos imaginar era que Vladímir fosse o Drakon. Ele teve que investir muito tempo para conquistar tal reconhecimento. Imagina só, um membro do SVR que se tornou um *pakhan*... Incrível, não acha?

Leslie não se deu conta de que estava chorando até puxar algumas lágrimas pelo nariz. E, mesmo que parecesse mentira, ela não se importou de demonstrar tristeza ou emoção diante de Montgomery.

Sim, tudo aquilo era muito incrível. Markus era norte-americano, e um agente duplo infiltrado no SVR. Aldo Vasíliev era conselheiro de Drakon, ninguém menos que Vladímir, o diretor da agência de segurança e inteligência russa. Por isso ele tinha escolhido Leslie como sua *vybranny*, ele esperava que Markus a entregasse, e assim poderia matar dois coelhos com uma cajadada só. Mas ele nunca imaginou que Leslie fosse do FBI. E muito menos que Markus fosse um agente duplo.

– Markus é um vingador. Um demônio. E foram vocês que o fizeram assim.

– Infiltrar-se é difícil, agente Connelly. As pessoas podem acabar perdendo a razão e os valores. Lébedev teve a opção de deixá-los com vida, mas não quis assim.

– Não, senhor. – Leslie ergueu o queixo e pegou o copo de café vazio entre os pés de Montgomery. – Markus nunca teve escolha. Não teve quando nasceu. Nem sequer pôde escolher o que queria ser, já que vocês o coagiram. Também não teve escolha quando teve que assistir à esposa sendo morta.

– Senhorita Connelly – Montgomery se levantou com ela, com gesto rígido e tom severo –, o caminho da justiça é duro.

Leslie começou a rir. Ela não acreditava que o vice-diretor pudesse falar algo tão simplista.

– Por favor... Às vezes a justiça é supervalorizada, o senhor não acha?

Montgomery sabia que Leslie estava se sentindo mal pelo parceiro, mas não podia fazer nada para maquiar a realidade.

– Você ainda quer o pacote do Lébedev? – ele perguntou, de repente.

– Ah. – Leslie parou na porta de entrada da sala. – Eu achava que o tal pacote era toda essa história.

Montgomery secou o suor da careca e negou.

– Não, agente. O pacote está no Brooklyn. Nesse endereço. – Ele se aproximou dela, desdobrando uma folha de papel com algo escrito. – Vá até lá e o pegue.

– Do que se trata? – ela perguntou, perplexa.

Ele sabia, mas deu de ombros, como se não soubesse.

– O senhor não me engana. Tenho certeza de que o senhor sabe do que se trata.

– É algo que Markus deixou antes de aceitar se infiltrar nos *gulags*. Quando a senhorita chegar lá, é só citar o meu nome que eles vão te entregar sem problemas. Eles já sabem o que têm que fazer.

Leslie não sabia nem no que pensar. Acariciou o papel com o polegar e levantou o olhar para encontrar os olhos claros de seu superior.

– No Brooklyn?

– Sim. Tire umas boas férias. A senhorita merece. E, na sua volta ao trabalho, conversaremos sobre sua promoção.

– Minha promoção?

– Você não queria ser inspetora? – Ele a olhou de soslaio e sorriu, petulante. – Cuide-se, Leslie.

– O senhor também – respondeu a agente, surpresa.

Quando a porta para a rua se fechou, ela ficou sem entender a razão de não estar dando saltos de alegria com aquela notícia.

Durante anos, o trabalho tinha sido sua única fixação. Sua única obsessão. Finalmente tinha chegado o cargo que ela esperava. Ela mesma teria o controle das operações.

No entanto, estava mais animada com aquele papel que tinha nas mãos.

Brooklyn.

O que Markus teria deixado no Brooklyn?

Não seria o coração, já que ele o tinha perdido nos Reinos Esquecidos.

18

Brooklyn Heights
Dois dias depois

Aquele tinha sido o primeiro subúrbio do país, mesmo que agora fosse considerado uma joia e o bairro mais elegante da cidade.

Leslie estacionou em uma espaçosa rua histórica com casas em estilo gótico, federal norte-americano e grego; uma deliciosa mistura que fazia daquele lugar um recanto fantástico para construir uma família. Tudo envolto em um grande complexo residencial.

Ela havia deixado seu jipe Wrangler Rubicon preto em frente ao número indicado no papel, já amassado de tantas vezes que Leslie tinha mexido nele enquanto tentava adivinhar o que Markus teria deixado escondido por lá.

Atrás dela estava uma vista fascinante para o horizonte de Manhattan revelando vários parquinhos ideais para as crianças.

Leslie tirou os óculos escuros pretos Carrera e observou a fachada comovente. Subiu os poucos degraus e tocou a campainha, diante daquela robusta porta branca que protegia a casa de tijolos escuros e acabamentos claros. Cobriu a ferida no pescoço com um lenço fúcsia e esperou que abrissem a porta.

Então ela reparou que havia, do lado direito da porta, uma placa dourada: TIA BROOKLYN. ABRIGO.

Leslie leu novamente.

Um abrigo? O que o russo teria deixado em um abrigo?

Uma senhora baixa e gorducha, com cabelos brancos e usando um avental sujo de farinha, abriu a porta e ficou olhando para a agente com uma expressão amável.

– Você está procurando alguém, querida?

Leslie engoliu saliva e olhou de novo para a placa.

– Na verdade eu não sei… É que… É que eu estou aqui em nome do senhor Elias Montgomery, e eu…

– Ai, meu Deus! – A mulher levou as mãos à boca e olhou para Leslie, de cima a baixo. – Então vocês vão levá-la?

– Levar? Quem?

– Espera aqui só um momento. Elias nos passou um procedimento muito claro. Tenho que seguir o protocolo.

Leslie não estava entendendo nada. Cada vez mais inquieta, ela tirou do bolso uma daquelas balas russas que Markus gostava, já que ela havia descoberto, em Nova Orleans, uma loja onde eram vendidas. Estava tão viciada quanto ele. Era de café com leite, cremosa e deliciosa.

De repente, a bala a fez lembrar dos beijos duros e úmidos de Markus, e os joelhos dela se amoleceram.

No entanto, ela devia manter o foco no presente. Markus tinha desaparecido e deixado alguma tarefa para ela, que a morena fazia questão de cumprir.

Subitamente, a voz de uma menina pequena tirou a agente de seus pensamentos.

As mãos de Leslie suavam. Por que ela estava tão nervosa? Do que é que ela estava com medo?

A senhora apareceu de novo, com lágrimas nos olhos, conduzindo pela mão uma menina de não mais do que quatro anos de idade. Ela estava usando um vestido rodado branco e tinha uma franja castanha longa e lisa, como a de Leslie, e seus cabelos estavam presos com dois elásticos, um de cada lado da cabeça. Ela calçava tênis rosa, e os elásticos de cabelo tinham o formato de duas borboletas. Com a mão livre, ela segurava uma malinha de viagem da Hello Kitty.

A pequena olhou para a agente de cima a baixo e inclinou a cabeça para um lado. E então ela cravou os olhos ametista em Leslie.

A morena sentiu uma flechada impactante.

Havia sentido a mesma coisa quando, uma vez, Markus a olhou com aqueles dois rubis que Deus tinha dado para ele em forma de olhos. A expressão pura e inocente daquela pequena doçura tinha acabado de roubar o coração de Leslie. Ela estava entregue no mesmo instante, e nem sequer sabia o motivo.

Bom, na verdade ela sabia.

Ela já havia entendido quem era aquela menina.

– Meu nome é Milenka. Qual é o seu nome? – perguntou a menina, com uma inocência que apenas uma criança poderia emanar.

– Meu nome é Leslie.

– Você vai me levar com você?

Leslie sentiu que estava aflita; ajoelhou-se para ficar na mesma altura de Milenka e fez carinho nos cabelos dela.

Milenka.

Milenka significava "minha pequena".

Sem dúvida nenhuma, ela era filha de Markus.

FIM?